Donna Leon
El peor remedio

Traducción del inglés por Ana M.ª de la Fuente

D1341179

Seix Barral

Título original: *Fatal Remedies*

© 1999 by Donna Leon and Diogenes Verlag AG Zürich
   All rights reserved
© Editorial Seix Barral, S. A., 2004
   Avinguda Diagonal 662, 6.ª planta. 08034 Barcelona (España)
© por la traducción, Ana M.ª de la Fuente, 2002

Diseño de la cubierta: Opalworks
Ilustración de la cubierta: «To Loognum from Xavi, with all my love»
Fotografía de la autora: © Isolde Ohlbaum
Primera edición en Colección Booket: julio de 2004
Segunda edición: setiembre de 2004

Depósito legal: B. 40.577-2004
ISBN: 84-322-1661-5
Impresión y encuadernación: Liberdúplex, S. L.
Printed in Spain - Impreso en España

Biografía

Donna Leon nació en New Jersey el 28 de septiembre de 1942. En 1965 estudió en Perugia y Siena. Continuó en el extranjero y trabajó como guía turística en Roma, como redactora de textos publicitarios en Londres y como profesora en distintas escuelas norteamericanas en Europa y en Asia (Irán, China y Arabia Saudita). En la actualidad enseña literatura inglesa y norteamericana en la extensión de la Universidad de Maryland, situada en la base de las fuerzas aéreas de Estados Unidos en las cercanías de Venecia, donde reside desde 1981.

Protagonizadas por el comisario Brunetti, ha publicado las novelas *Muerte en La Fenice*, que obtuvo el prestigioso Premio Suntory a la mejor novela de intriga, *Muerte en un país extraño*, *Vestido para la muerte*, *Muerte y juicio*, *Acqua alta*, *Mientras dormían*, *Nobleza obliga*, *El peor remedio*, *Amigos en las altas esferas*, *Un mar de problemas* y *Malas artes*, todas ellas publicadas por Seix Barral.

A William Douglas

Di questo tradimento
Chi mai sarà l'autor?

(De esta traición,
¿quién puede ser autor?)

La Clemenza di Tito
MOZART

1

La mujer entró silenciosamente en el desierto *campo*. Tenía a su izquierda las ventanas enrejadas de un banco, vacío y sumido en el sueño profundo de las primeras horas de la madrugada. Cruzó hasta el centro del *campo* y se paró junto a las cadenas que rodeaban el monumento a Daniele Manin, que había sacrificado su vida por la libertad de la ciudad. «Qué adecuado», pensó.

Oyó ruido a su izquierda y al volverse sólo vio a un guardia de San Marco, acompañado de su pastor alemán. El animal, que caminaba pausadamente con la boca abierta, parecía muy joven y muy amistoso para suponer una amenaza para los ladrones. Si al guardia le extrañó ver a una mujer de mediana edad sola en medio de *campo* Manin a las tres y cuarto de la madrugada, no lo demostró, y siguió insertando rectángulos de papel color naranja en los marcos de las puertas y cerca de las cerraduras de las tiendas, en prueba de que había hecho la ronda sin observar anomalías en los locales.

Cuando el guardia y su perro se alejaron, la mujer

se apartó del monumento, fue hacia el fondo de la plaza y se detuvo frente a un gran escaparate. A la débil luz del interior, contempló los carteles, leyó los precios indicados para las distintas ofertas especiales, y vio que se aceptaban MasterCard, Visa y American Express. Colgada del hombro izquierdo llevaba una bolsa playera de lona azul. La mujer giró el cuerpo y el peso de lo que había en la bolsa hizo que ésta se venciera hacia adelante. La puso en el suelo, miró al interior y metió la mano derecha.

Antes de que pudiera extraer algo, la sobresaltaron unos pasos que sonaron a su espalda haciéndole sacar la mano y erguir el cuerpo rápidamente. Pero no eran más que cuatro hombres y una mujer llegados en el barco 1, con parada en Rialto a las tres y cuarto, que cruzaban el *campo* camino de distintos lugares de la ciudad. Ninguno prestó atención a la mujer. Sus pasos se perdieron subiendo y luego bajando por el puente que conducía a la calle della Mandola.

Nuevamente, la mujer se inclinó e introdujo la mano en la bolsa. Cuando la sacó esta vez, sostenía un pedrusco que desde hacía más de diez años estaba en el escritorio de su estudio. Lo había recogido de una playa de Maine durante unas vacaciones. La piedra tenía el tamaño de un pomelo y encajaba perfectamente en su mano enguantada. La mujer la contempló, la sopesó y hasta la lanzó al aire un par de veces como la tenista que se dispone a hacer un saque. Su mirada fue de la piedra al escaparate y otra vez a la piedra.

Dio un paso atrás, situándose a unos dos metros de la luna y se volvió de perfil a ella, sin dejar de mirarla. Levantó la mano derecha a la altura y por detrás de la cabeza mientras extendía el brazo izquierdo en sentido horizontal, buscando el equilibrio, tal como le había enseñado su hijo un verano en que se empeñó en que aprendiera a lanzar como los chicos y no como las niñas. Durante un instante, pensó que su vida, o por lo menos parte de ella, podía quedar dividida en un antes y un después de este acto, pero enseguida desechó la idea, que le pareció melodramática y pedante.

Entonces proyectó la mano hacia adelante con toda su fuerza y, al extender el brazo del todo, soltó la piedra y avanzó un paso, arrastrada por el impulso al tiempo que bajaba la cabeza, por lo que los fragmentos de vidrio le cayeron en el pelo sin causarle daño.

La piedra debió de impactar en un punto débil de la luna, porque, en lugar de producir en ella un agujero de su mismo tamaño, abrió un boquete triangular de dos metros de alto por casi otros tantos de ancho. Ella esperó hasta que dejó de oírse el sonido del vidrio al astillarse, pero no bien cesó éste, cuando del interior de la tienda brotó a la noche silenciosa el penetrante alarido en dos tonos de una alarma. La mujer se enderezó sacudiéndose distraídamente las astillas de vidrio de las solapas del abrigo y agitó la cabeza violentamente, como si acabara de emerger de una ola, para hacer caer los trozos de vidrio que sentía enredados en el pelo. Retrocedió, recogió la bolsa y se la colgó del hombro. Entonces, de pronto, notó que le flaqueaban las rodillas y se sentó en uno de los pilares que sostenían las cadenas del monumento.

En realidad, no había pensado en el tamaño del agujero, pero la sorprendió que fuera tan grande, lo bastante como para que pasara un hombre. Una telaraña de grietas se extendía hasta los cuatro ángulos de la luna que en los bordes del agujero estaba blanquecina y opaca, aunque no por ello parecían menos peligrosas las astillas que apuntaban hacia el interior.

A su espalda, a la izquierda del banco, se encendieron luces en un último piso, y también, justo encima de la alarma que seguía aullando. Pasaba el tiempo, pero la mujer se sentía extrañamente ajena a él: lo que fuera a pasar pasaría, con independencia del tiempo que la policía tardara en llegar. Sin embargo, el ruido la molestaba. El doble balido destruía la paz de la noche. Pero entonces pensó: «Precisamente se trata de eso, de la destrucción de la paz.»

Se abrían persianas, tres cabezas se asomaron y retiraron rápidamente, se encendían más luces. Imposible dormir mientras la sirena siguiera vociferando que había crimen en la ciudad. Al cabo de unos diez minutos, dos policías llegaron corriendo al *campo*, uno con la pistola en la mano. Se acercó al escaparate destrozado y gritó por el agujero:

—Policía. Los de ahí dentro, salgan.

No pasó nada. La sirena seguía sonando.

El policía volvió a gritar y, al no recibir respuesta, miró a su compañero, que se encogió de hombros y movió la cabeza negativamente. El primer policía enfundó la pistola y dio otro paso hacia el escaparate. Encima de él, se abrió una ventana y alguien gritó:

—¡A ver si paran eso de una vez!

Otra voz iracunda rugió:

—¡Queremos dormir!

El segundo policía se acercó a su compañero y juntos atisbaron al interior. Entonces el primero levantó un pie e hizo saltar las altas estalagmitas de vidrio que se alzaban de la base del escaparate. Juntos entraron en el local y desaparecieron por una puerta del fondo. Transcurrían los minutos y no pasaba nada hasta que, de pronto, en el mismo instante en que se apagaron las luces de la tienda, enmudeció la alarma.

Los policías reaparecieron en la tienda. El que iba delante llevaba ahora una linterna. Miraron en derredor, para ver si parecía faltar algo o había otros destrozos y salieron al *campo* por el escaparate. Fue entonces cuando vieron a la mujer sentada en el pilar.

El que había sacado la pistola fue hacia ella.

—¿Ha visto lo ocurrido, *signora*?

—Sí.

—¿Cómo? ¿Quién ha sido?

Al oír las preguntas de su compañero, el otro policía se acercó a ellos, satisfecho de que hubieran encontrado tan pronto a un testigo. Ello les evitaría tener que llamar a puertas y hacer preguntas. Conseguirían una descripción y podrían dejar la calle esta húmeda noche de otoño para volver a la *questura* a redactar el informe.

—¿Quién ha sido? —preguntó el primero.

—Alguien ha arrojado una piedra contra el escaparate —dijo la mujer.

—¿Qué aspecto tenía el individuo?

—No era un hombre —respondió ella.

—¿Una mujer? —interrumpió el segundo policía, y ella tuvo que hacer un esfuerzo para no preguntarle si existía otra alternativa que ella desconocía. Nada de bromas. Nada de bromas. No habría más bromas, hasta que todo esto terminara.

—Sí, una mujer.

Asaeteando con la mirada a su compañero, el primer policía prosiguió con sus preguntas:

—¿Qué aspecto tenía?

—Poco más de cuarenta años, pelo rubio hasta los hombros.

La mujer llevaba el pelo metido dentro del pañuelo del cuello, por lo que el policía aún no reaccionó.

—¿Cómo vestía? —preguntó.

—Abrigo beige y botas marrones.

Él observó el color de su abrigo y le miró los pies.

—Nada de bromas, *signora*. Queremos saber qué aspecto tenía.

Ella lo miró de frente y, a la luz de las farolas, él descubrió en sus ojos el brillo de una secreta exaltación.

—Nada de bromas, agente. Ya le he dicho cómo vestía.

—Es que se describe usted a sí misma, *signora*. —Nuevamente, la profunda aversión que siempre había sentido ella por el melodrama le impidió responder: «Tú lo has dicho», y se limitó a asentir con un movimiento de la cabeza.

—¿Ha sido usted? —preguntó el primer policía, sin disimular el asombro.

Ella volvió a asentir.

El otro policía remachó:

—¿Usted ha arrojado una piedra a ese escaparate?

Una vez más, ella movió la cabeza de arriba abajo.

Por tácito acuerdo, los dos hombres se alejaron andando hacia atrás hasta que ella no pudiera oírles, sin dejar de observarla. Juntaron las cabezas y deliberaron en voz baja. Luego, uno sacó el móvil y marcó el número de la *questura*. Encima de ellos, se abrió bruscamente una ventana y apareció una cabeza que se retiró al momento. La ventana se cerró con un golpe seco.

El policía estuvo hablando varios minutos, dio la información que tenía y dijo que ya habían detenido a la persona responsable. Cuando el sargento de guardia les dijo que lo llevaran inmediatamente, el agente no se molestó en corregirle. Cerró el teléfono y lo guardó en el bolsillo de la chaqueta.

—Dice Danieli que la llevemos —dijo a su compañero.

—¿Eso quiere decir que yo tengo que quedarme? —preguntó el otro, sin disimular la irritación que le causaba verse obligado a aguantar el frío.

—Puedes esperar dentro. Danieli llamará al dueño. Creo que vive por aquí cerca. —Dio el teléfono a su compañero—. Si no viniera, llama.

El segundo policía, tratando de poner a mal tiempo buena cara, tomó el teléfono con una sonrisa.

—Lo esperaré. Pero la próxima vez, me tocará a mí acompañar al detenido.

Su compañero asintió con una sonrisa. Restablecida la armonía, se acercaron a la mujer que durante su larga conversación había permanecido sentada en el pilar, contemplando el escaparate destrozado y los fragmentos de vidrio esparcidos en el suelo formando una especie de arco iris incoloro.

—Venga conmigo —dijo el primer policía.

En silencio, ella se levantó del pilar y empezó a andar hacia la embocadura de una estrecha calle situada a la izquierda del escaparate. Ninguno de los policías reparó en la circunstancia de que ella parecía saber por dónde se llegaba antes a la *questura*.

Diez minutos tardaron, y ninguno de los dos dijo nada durante este tiempo. Si alguna de las pocas personas que los vieron se hubiera fijado en ellos mientras cruzaban la dormida explanada de la *piazza* San Marco y la estrecha calle que conducía a San Lorenzo y la *ques-*

tura, hubiera visto a una mujer atractiva y bien vestida en compañía de un policía de uniforme. Una imagen insólita, a las cuatro de la mañana, pero quizá habían entrado ladrones en su casa o la habían llamado para que identificara a un niño fugado.

No había nadie esperando para abrirles la puerta, por lo que el policía tuvo que llamar varias veces al timbre antes de que de la sala de guardia situada a mano derecha de la entrada apareciera la cara soñolienta de un joven agente. Al verlos, se retiró, para reaparecer segundos después poniéndose la chaqueta, y abrió la puerta murmurando una disculpa.

—Nadie me ha avisado de que venías, Ruberti —dijo. El otro rechazó la disculpa con un ademán, pero luego le indicó con una seña que volviera a la cama, recordando lo que es ser nuevo en el cuerpo y estar aturdido por el sueño.

El agente llevó a la mujer al primer piso, a la oficina de los policías de uniforme. Abrió la puerta y la sostuvo cortésmente para que entrara ella. Luego la siguió y se sentó ante un escritorio. Del cajón de mano derecha sacó un grueso bloc de formularios, lo puso encima de la mesa con un golpe seco, miró a la mujer y con un ademán la invitó a sentarse en la silla que estaba frente a él.

Mientras ella se sentaba y se desabrochaba el abrigo, él rellenó la parte superior del formulario con la fecha, la hora y su nombre y graduación. Al llegar a la casilla de «Delito» vaciló un momento y escribió: «Vandalismo.»

Miró a la mujer y entonces, por primera vez, la vio claramente. Le llamó la atención algo que le pareció incongruente, absurdo: en ella, todo —la ropa, el pelo y hasta la manera de sentarse— denotaba una seguridad que sólo da el dinero, el mucho dinero. «Ojalá no esté loca», rogó en silencio.

—¿Tiene su *carta d'identità, signora*?

Ella asintió y metió la mano en la bolsa. A él no se le ocurrió ni por asomo que pudiera haber peligro en permitir que una mujer a la que acababa de arrestar por un delito de cierta violencia metiera la mano en una bolsa grande.

La mano salió de la bolsa asiendo una cartera de piel. Ella la abrió y extrajo el documento beige de identidad. Lo desdobló, le dio la vuelta y lo puso encima de la mesa, delante de él.

El policía miró la foto, vio que debía de haber sido tomada hacía años, cuando ella era todavía una auténtica belleza y leyó el nombre.

—¿Paola Brunetti? —No daba crédito a lo que veía.

Ella asintió.

—¡Joder, si es usted la esposa de Brunetti!

2

Cuando sonó el teléfono, Brunetti estaba tumbado en la playa, con el antebrazo sobre los ojos, para protegerlos de la arena que levantaban los hipopótamos al bailar. Es decir, en el mundo de los sueños, Brunetti estaba en una playa, a la que sin duda había ido huyendo del calor de la discusión que había mantenido con Paola días atrás, y los hipopótamos eran la imagen que le había quedado en el subconsciente, del medio que había utilizado para zafarse de la polémica, uniéndose a Chiara en la sala para ver la segunda parte de *Fantasía*.

Seis veces sonó el teléfono antes de que Brunetti reconociera la señal y se acercara al borde de la cama para descolgarlo.

—¿Sí? —dijo, embrutecido por el sueño inquieto que invariablemente le producía un conflicto pendiente de resolver con Paola.

—¿El comisario Brunetti? —preguntó una voz masculina.

—Un momento. —Brunetti dejó el teléfono y encendió la luz. Volvió a echarse y se subió las mantas sobre el hombro derecho. Entonces miró a Paola, para comprobar que no la había destapado. La otra mitad de la cama estaba vacía. Habría ido al baño o a la cocina a beber un vaso de agua o, si aún estaba nerviosa por la discusión lo mismo que él, un vaso de leche caliente con miel. Le pediría disculpas cuando volviera, disculpas por lo que le había dicho y por esta llamada intempestiva, a pesar de que no la había despertado. Alargó la mano hacia el teléfono.

—Sí, dígame. —Hundió la cabeza en las almohadas, confiando en que la llamada no fuera de la *questura* para sacarlo de la cama y obligarlo a acudir al escenario de algún crimen.

—Tenemos a su esposa, señor.

Se le quedó la mente en blanco por la incongruencia de la típica frase del secuestrador con el tratamiento de «señor».

—¿Qué? —preguntó cuando pudo volver a pensar.

—Tenemos a su esposa, señor —repitió la voz.

—¿Quién habla? —dijo ya con la voz áspera de impaciencia.

—Ruberti, comisario. Llamo desde la *questura*. —El hombre hizo una pausa larga y añadió—: Tengo el turno de noche, con Bellini.

—¿Qué dice de mi esposa? —inquirió Brunetti, a quien era indiferente dónde estuvieran ni quién tuviera el turno de noche.

—Estamos aquí, comisario. Es decir, estoy yo. Bellini se ha quedado en *campo* Manin.

Brunetti cerró los ojos y tendió el oído, para detectar sonidos en el resto de la casa. Nada.

—¿Qué hace ahí mi esposa, Ruberti?

Tuvo que esperar un largo momento antes de oír decir a Ruberti:

—La hemos arrestado, comisario. —Como Brunetti no decía nada, agregó—: Es decir, la he traído aquí, señor. Todavía no ha sido arrestada.

—Déjeme hablar con ella —ordenó Brunetti.

Después de una larga pausa, oyó la voz de Paola.

—*Ciao*, Guido.

—¿Estás en la *questura*?

—Sí.

—¿Así que lo has hecho?

—Te dije que lo haría.

Brunetti volvió a cerrar los ojos mientras sostenía el teléfono con el brazo extendido. Al cabo de un rato, se lo acercó otra vez al oído.

—Dentro de quince minutos estoy ahí. No digas nada ni firmes nada. —Sin esperar su respuesta, colgó el teléfono y saltó de la cama.

Se vistió rápidamente, entró en la cocina y escribió una nota para los chicos en la que decía que él y Paola habían tenido que salir pero volverían pronto. Salió de casa cerrando la puerta sin ruido y bajó la escalera como un ladrón.

En la calle, torció hacia la derecha. Caminaba deprisa, casi corría, con el cuerpo inflamado por la cólera y el temor. Cruzó rápidamente el mercado desierto y el puente de Rialto, sin ver nada ni a nadie, mirando al suelo, insensible a cualquier señal exterior. Sólo recordaba el furor de Paola, el apasionamiento con que había golpeado la mesa con la palma de la mano haciendo tintinear los platos y tirando una copa de vino tinto. Recordaba que él se había quedado mirando cómo el vino empapaba el mantel preguntándose por qué la enfurecería tanto esta cuestión. Porque, tanto en aquel momento como ahora —seguro como estaba de que lo que ella hubiera hecho estaba provocado por aquel mismo furor—, le causaba extrañeza que pudiera sublevarla tanto una injusticia que se cometía tan lejos. Durante las décadas de su matrimonio, él había tenido ocasión de familiarizarse con sus cóleras y descubierto que las injusticias en el terreno civil, político o social la exasperaban y sulfuraban, pero aún no había aprendido a calcular con exactitud qué era lo que la catapultaba más allá de todo comedimiento.

Mientras cruzaba el *campo* Santa Maria Formosa, iba recordando algunas de las cosas que ella había dicho, sorda a su recordatorio de que los niños estaban delante, ciega a su desconcierto ante aquella reacción. «Claro, como tú eres un hombre...», había bufado ella en tono tenso, destemplado. Y después: «Hay que hacer que les cueste más continuar que dejarlo. Si no, no se conseguirá nada.» Y por último: «No me importa que no sea ilegal. Está mal y alguien tiene que pararles los pies.»

Como solía ocurrir, Brunetti no había hecho caso de su indignación ni tampoco de su promesa —¿o era una amenaza?— de hacer algo por cuenta propia. Y ahora aquí estaba él, tres días después, doblando por el muelle de San Lorenzo, en las inmediaciones de la *questura* donde Paola estaba arrestada por un delito que ya le había advertido que iba a cometer.

El joven agente de guardia abrió la puerta y saludó a Brunetti cuando el comisario entró. Éste, sin mirarlo, fue hacia la escalera, subió los peldaños de dos en dos y entró en el despacho de los agentes, donde encontró a Ruberti sentado a su escritorio y a Paola frente a él, en silencio.

Ruberti se puso en pie y saludó a su superior.

Brunetti movió la cabeza de arriba abajo y miró a Paola, que sostuvo su mirada, pero él no tenía nada que decirle.

El comisario indicó a Ruberti que se sentara y luego dijo:

—Cuénteme qué ha ocurrido.

—Hará cosa de una hora recibimos una llamada, comisario. En *campo* Manin estaba sonando una alarma antirrobo, y Bellini y yo acudimos para indagar.

—¿Fueron a pie?

—Sí, señor.

Como Ruberti callaba, Brunetti movió la cabeza de arriba abajo para animarlo a seguir.

—Cuando llegamos vimos que la luna del escaparate estaba rota y la alarma hacía un ruido infernal.

—¿Dónde sonaba?

—En una oficina interior.

—Sí, sí, pero ¿qué local?

—El de la agencia de viajes, comisario.

Al ver la reacción de Brunetti, el agente Ruberti volvió a enmudecer hasta que Brunetti lo instó a seguir:

—¿Y qué más?

—Yo entré y corté la corriente. Para parar la alarma —explicó sin necesidad—. Luego, al salir, vimos en el *campo* a una mujer, como si estuviera esperándonos, y le preguntamos si había visto lo ocurrido. —Ruberti miró la mesa, luego a Brunetti y finalmente a Paola y, en vista de que ninguno decía nada, prosiguió—: Ella dijo que había visto a quien lo había hecho y cuando le pedí que me lo describiera contestó que había sido una mujer.

Nuevamente, se interrumpió y miró a uno y luego al otro, pero ellos tampoco esta vez dijeron nada.

—Luego, cuando le pedimos que describiera a la

mujer, se describió a sí misma y, cuando se lo hice notar, dijo que lo había hecho ella. Ella había roto la luna del escaparate, comisario. Y eso es todo. —Reflexionó un momento y agregó—: Bueno, no es que lo dijera, pero cuando le pregunté si había sido ella movió la cabeza afirmativamente.

Brunetti se sentó a la derecha de Paola y apoyó las manos en la mesa de Ruberti con los dedos entrelazados.

—¿Dónde está Bellini? —preguntó.

—Aún está allí, comisario. Esperando al dueño.

—¿Cuánto hace que lo dejó allí?

—Más de media hora —dijo Ruberti después de mirar su reloj.

—¿Lleva teléfono?

—Sí, señor.

—Llámele.

Ruberti alargó la mano y se acercó el teléfono, pero antes de que pudiera marcar oyeron pasos en la escalera y al cabo de un momento Bellini entraba en el despacho. Al ver a Brunetti, saludó, aunque no demostró sorpresa al encontrar allí al comisario a aquella hora.

—*Buon dì*, Bellini —dijo Brunetti.

—*Buon dì, commissario* —dijo el agente, que miró a Ruberti buscando una explicación.

Su compañero se encogió de hombros casi imperceptiblemente.

Brunetti alargó la mano y se acercó el bloc de atestados. Vio la letra pulcra de Ruberti, leyó la hora y la fecha, el nombre del agente y la definición que Ruberti había dado al delito. No se había escrito más, no figuraba nombre alguno en la casilla de «Arrestado», ni siquiera en la de «Interrogado».

—¿Qué ha dicho mi esposa?

—Como le decía, comisario, en realidad no ha dicho nada. Sólo ha movido la cabeza afirmativamente cuando le he preguntado si había sido ella —respondió Ruberti. Y, para ahogar el sonido que empezaba a salir de labios de su compañero, agregó—: Señor.

—Me parece que quizá haya usted interpretado mal lo que ella quería decir, Ruberti —dijo Brunetti. Paola se inclinó hacia adelante, como si fuera a hablar, pero Brunetti descargó una fuerte palmada sobre el formulario del atestado y lo estrujó.

Ruberti recordó entonces, nuevamente, los tiempos en los que él era un agente novato, atontado por el sueño y, en una ocasión, húmedo de miedo y cómo Brunetti, más de una vez, había cerrado los ojos a los terrores y los errores de la juventud.

—Sí, señor, seguro que lo entendí mal —respondió en tono perfectamente neutro. Entonces miró a Bellini, que movió la cabeza afirmativamente: no entendía nada, pero sabía lo que tenía que hacer.

—Bien —dijo Brunetti, y se puso en pie. La hoja del atestado era ahora una prieta bola que él guardó en el bolsillo del abrigo—. Llevaré a casa a mi esposa.

Ruberti se puso en pie y se situó al lado de Bellini, que dijo:

—Ya ha llegado el dueño, comisario.

—¿Usted le ha dicho algo?

—No, señor; sólo que Ruberti había vuelto a la *questura*.

Brunetti asintió. Se inclinó hacia Paola sin tocarla. Ella se levantó apoyándose en los brazos del sillón pero no se puso al lado de su marido.

—Buenos días, señores —dijo el comisario—. Esta mañana hablaremos.

Los dos hombres saludaron y Brunetti agitó una mano en dirección a ellos y dio un paso atrás para dejar que Paola lo precediera hasta la puerta. Ella salió primero. Brunetti cerró y, uno detrás de otro, bajaron la escalera. El agente de guardia estaba preparado para abrir la puerta. Saludó a Paola con un movimiento de la cabeza, a pesar de que no tenía ni la menor idea de quién era. Como es de rigor, saludó a su superior cuando éste pasó por delante de él al cruzar el umbral y salir a la fría madrugada de Venecia.

3

En la puerta de la *questura*, Brunetti fue hacia la izquierda. Al llegar a la primera esquina, se paró a esperar a Paola. No decían nada. Uno al lado del otro, recorrían las desiertas calles maquinalmente, dejando que los pies los condujeran a casa.

Por fin, cuando salieron a Salizzada San Lio, Brunetti se decidió a hablar, pero no para decir algo importante:

—He dejado una nota a los niños, por si se despertaban.

Paola asintió, pero como él evitaba cuidadosamente mirarla, no lo advirtió.

—No quería que Chiara se preocupara —dijo y, al darse cuenta de que sonaba como un intento de hacer que ella se sintiera culpable, reconoció que no le importaba.

—Lo olvidé —dijo Paola.

Cruzaron por el paso inferior y enseguida salieron a *campo* San Bartolomeo, donde la alegre sonrisa de la estatua de Goldoni parecía fuera de lugar. Brunetti miró el reloj y, como buen veneciano, recordó sumar una hora: casi las cinco, no lo bastante temprano como para volver a meterse en la cama. No obstante, ¿cómo ocupar el tiempo hasta que fuera hora de ir a trabajar? Miró hacia la izquierda, pero ninguno de los bares estaba abierto. Necesitaba un café, pero más desesperadamente aún necesitaba la distracción que el café le procuraría.

Al otro lado de Rialto, torcieron hacia la izquierda, luego hacia la derecha y entraron en el paso inferior que discurría a lo largo de Ruga degli Orefici. Hacia la mitad del recorrido estaban abriendo un bar y, de tácito acuerdo, entraron. En el mostrador había un enorme montón de brioches recién hechos, envueltos todavía en el papel blanco de la *pasticceria*. Brunetti pidió dos *espressos* pero no miró las pastas. Paola ni las vio.

Cuando el camarero les puso delante los cafés, Brunetti echó el azúcar en las dos tazas y acercó una de ellas a Paola. El camarero se fue a un extremo del mostrador y empezó a colocar los brioches en una vitrina, uno a uno.

—¿Y bien? —preguntó Brunetti.

Paola tomó un sorbo de café, añadió media cucharadita de azúcar y dijo:

—Te previne de que lo haría.

—No me dio esa impresión.

—¿Qué impresión te dio?

—La de que estabas diciendo que todo el mundo debería hacerlo.

—Todo el mundo debería hacerlo —dijo Paola, pero en su voz no había ahora la rabia que la impregnaba la primera vez que había pronunciado estas palabras.

—No pensé que pudieras referirte a una cosa así. —Brunetti movió una mano como para abarcar, no el bar, sino todo lo que había ocurrido antes de que entraran en él.

Paola dejó la taza en el plato y lo miró fijamente por primera vez.

—Guido, ¿podemos hablar?

Su primer impulso fue el de decir que eso era precisamente lo que estaban haciendo, pero conocía a su mujer y sabía a qué se refería, por lo que se limitó a asentir.

—Hace tres noches, te dije lo que estaba haciendo esa gente. —Antes de que él pudiera interrumpir, ella prosiguió—: Y tú dijiste que no había nada ilegal en ello, y que, en su calidad de agentes de viajes, tenían perfecto derecho.

Brunetti asintió y, cuando el camarero se acercó, le pidió más café con una seña. Cuando el hombre se alejó hacia la cafetera, Paola prosiguió:

—Pero está mal. Tú lo sabes y yo lo sé. Es repugnante organizar *sex-tours* para que los ricos y los no tan ricos vayan a Tailandia y a las Filipinas a violar a niñas de diez años. —Levantó una mano para atajar su interrupción—. Sí, ya sé que ahora eso es ilegal. Pero, ¿se ha arrestado a alguien? ¿Se ha condenado a alguien? Tú sabes perfectamente que no tienen más que cambiar el vocabulario de los anuncios, pero el negocio continúa. «Recepción tolerante en hotel. Compañía local agradable.» No me digas que no sabes qué significa eso. Es más de lo mismo, Guido. Y me repugna.

Brunetti seguía sin decir nada. El camarero les llevó otras dos tazas de café y retiró las vacías. Se abrió la puerta y entró en el bar una ráfaga de aire húmedo seguida de dos hombres corpulentos. El camarero fue hacia ellos.

—Entonces te dije que eso estaba mal y que había que pararles los pies —prosiguió Paola.

—¿Y tú crees poder parárselos?

—Sí —respondió ella y, sin darle tiempo a discutir o contradecir su afirmación, prosiguió—: Yo sola no, ni aquí en Venecia, rompiendo la luna del escaparate de una agencia de viajes de *campo* Manin. Pero si todas las mujeres de Italia salieran a la calle de noche y rompieran a pedradas los escaparates de todas las agencias de viajes que organizan *sex-tours*, al cabo de poco tiempo, dejarían de organizase *sex-tours* en Italia, ¿o no?

—¿Es una pregunta real o puramente retórica?

—Me parece que es una pregunta real —dijo ella. Esta vez fue Paola quien puso el azúcar en el café.

Brunetti se tomó el suyo antes de decir algo.

—No puedes hacer eso, Paola. No puedes ir por ahí rompiendo los cristales de las oficinas o de las tiendas que hacen cosas que tú no quieres que hagan o que venden cosas que no te parece bien que vendan. —Antes de que ella pudiera decir algo, preguntó—: ¿Te acuerdas de cuando la Iglesia quiso prohibir la venta de anticonceptivos? ¿Recuerdas tu reacción? Bien, si tú no la recuerdas, yo sí. Y era lo mismo: una cruzada contra algo que tú habías decidido que estaba mal. Pero aquella vez tú estabas en el otro lado, contra la gente que hacía lo que ahora tú dices que tienes derecho a hacer: impedir que alguien haga aquello que a ti te parece mal. No la obligación. —Sentía que estaba cediendo a la cólera que lo había invadido desde que se había levantado de la cama, que había caminado con él por las calles y que ahora estaba a su lado, en este tranquilo bar de madrugada—. Es lo mismo —insistió—. Tú sola decides que algo está mal y te sientes tan importante que te consideras la única que puede impedirlo, la única que conoce la verdad absoluta.

Esperaba que ella dijera algo a esto, pero, en vista de que callaba, continuó imparablemente:

—Es el ejemplo perfecto. ¿Qué buscas, ver tu foto en primera plana de *Il Gazzettino*, la defensora de la infancia? —Tuvo que hacer un esfuerzo para no seguir. Metió la mano en el bolsillo, se acercó al camarero y pagó los cafés. Entonces abrió la puerta del bar y la sostuvo para que saliera ella.

En la calle, Paola torció hacia la izquierda, dio unos pasos y se paró a esperarlo.

—¿De verdad es así como tú lo ves? ¿Que sólo busco llamar la atención, que quiero que la gente me considere importante?

Él pasó por su lado desentendiéndose de la pregunta.

A su espalda, la oyó forzar el tono por primera vez.

—¿Es eso, Guido?

Él se paró y se volvió. Por detrás de ella vio venir a un hombre que empujaba una carretilla cargada de paquetes de diarios y revistas. Esperó a que el hombre hubiera pasado y contestó:

—Sí, en parte.

—¿En qué parte? —espetó ella.

—No sé. Estas cosas no pueden dividirse.

—¿Piensas que ésa es la razón por la que lo hago?

La exasperación le hizo preguntar a su vez:

—¿Por qué de todo tienes que hacer una *causa*, Paola? ¿Por qué todo lo que haces, o lees o dices... y hasta la ropa que te pones y la comida que comes, por qué ha de tener todo un *sentido*?

Ella lo miró largamente sin decir nada, luego bajó la cabeza y se alejó camino de su casa.

Él la alcanzó.

—¿Qué has querido decir con eso?

—¿Qué he querido decir con qué?

—Esa mirada.

Ella volvió a pararse se encaró con él.

—A veces me pregunto qué se ha hecho del hombre con el que me casé.

—¿Y eso qué quiere decir?

—Quiere decir que cuando me casé contigo, Guido, tú creías en todas esas cosas de las que ahora haces burla. —Sin darle tiempo a preguntar qué cosas eran, ella respondió—: Cosas tales como lo que es justo y lo que está bien y cómo decidir lo que está bien.

—Y sigo creyendo —protestó él.

—Ahora, Guido, crees en la ley —dijo ella, pero suavemente, como se habla a un niño.

—Eso es lo que te estoy diciendo —dijo él levantando la voz, sordo y ciego a la gente que pasaba por su lado, más numerosa ahora, que pronto abrirían los primeros puestos del mercado—. Oyéndote parece que lo que yo hago sea estúpido o sórdido. Soy policía, por Dios. ¿Qué quieres que haga más que obedecer la ley? ¿Y aplicarla? —Se sentía arder de indignación al ver, o creer ver, que durante todos aquellos años ella había menospreciado y desestimado lo que él hacía.

—Entonces, ¿por qué has mentido a Ruberti? —preguntó Paola.

El furor de Brunetti se evaporó.

—No le he mentido.

—Le has dicho que había habido una confusión, que no había comprendido lo que yo quería decir. Pero él sabe, lo mismo que tú, y que yo, y que el otro policía, qué es exactamente lo que he hecho. —Como él no respondía, ella se acercó—. He quebrantado la ley, Guido. He roto el escaparate y volvería a hacerlo. Y seguiré rompiendo sus escaparates hasta que tu ley, esa preciosa ley de la que tan orgulloso estás, hasta que tu ley haga algo, o a ellos o a mí. Porque no voy a dejar que sigan haciendo lo que están haciendo.

Él, sin poder contenerse, extendió las manos y la agarró por los codos. Pero no la atrajo hacia sí, sino que dio un paso hacia ella y luego la envolvió en un abrazo, oprimiéndole la cara contra su cuello. Le dio un beso en la coronilla y hundió los labios en su pelo. Bruscamente, se echó hacia atrás, con la mano en la boca.

—¿Qué te pasa? —preguntó ella, asustada por primera vez.

Brunetti se miró la mano y vio que tenía sangre. Se llevó un dedo a los labios y notó algo duro y afilado.

—No, déjame a mí —dijo Paola, poniendo la mano derecha en la mejilla de su marido para hacerle bajar la cara. Se quitó el guante y le rozó el labio con dos dedos.

—¿Qué es?

—Un trocito de vidrio.

Él sintió una punzada aguda, y luego un beso, muy suave, en el labio inferior.

4

Camino de casa, entraron en una *pasticceria* y compraron una gran fuente de brioches, dándose a entender mutuamente que era para los niños, pero sabiendo que era una especie de ofrenda para celebrar la paz, por precaria que fuera su restauración. Lo primero que hizo Brunetti al llegar a casa fue retirar la nota que había dejado en la mesa de la cocina y echarla a la bolsa de la basura que estaba debajo del fregadero. Luego cruzó el pasillo, procurando no hacer ruido para no despertar a los niños, y entró en el baño, donde se dio una larga ducha, como para tratar de eliminar las inquietudes que a tan temprana hora y de forma tan inesperada le habían asaltado.

Cuando se hubo afeitado y vestido, volvió a la cocina, donde encontró a Paola, que se había puesto el pijama y la bata, una prenda de franela a cuadros escoceses tan antigua que ninguno de los dos recordaba dónde la había adquirido. Estaba sentada a la mesa, leyendo una revista y mojando un brioche en un tazón de *caffè latte*, como si acabara de levantarse de la cama tras largas horas de sueño reparador.

—¿Tengo que darte un beso y decir: *Buon giorno, cara*, has dormido bien? —preguntó él al verla, pero no había sarcasmo ni en su voz ni en su intención. Su propósito, por el contrario, era el de distanciarlos a ambos de los sucesos de la noche, aunque bien sabía que tal cosa era imposible, y demorar las inevitables consecuencias de los actos de Paola, aunque éstas fueran a reducirse a un nuevo enfrentamiento verbal desde posiciones irreconciliables.

Ella levantó la cabeza, meditó estas palabras y sonrió, indicando que también ella optaba por esperar.

—¿Vendrás hoy a almorzar? —preguntó levantándose para ir al fogón, a echar café en un tazón. Agregó leche caliente y lo puso en la mesa en el sitio de él.

Al sentarse, Brunetti pensaba en lo extraño de la situación y en la circunstancia, más extraña todavía, de que ambos la aceptaran con tanta facilidad. Él había leído relatos de la tregua de Navidad que durante la Gran Guerra se había hecho espontáneamente en el Frente Occidental, en la que los soldados alemanes cruzaban las líneas para encender los cigarrillos que acababan de lanzar a los *tommies* y éstos saludaban sonrientes a los *huns*. Bombardeos masivos pusieron fin a aquella situación, y Brunetti no creía que tampoco la tregua con su mujer fuera a durar mucho, pero estaba decidido a aprovecharla mientras pudiera, de modo que se echó azúcar al café, tomó un brioche y contestó:

—No; he de ir a Treviso para hablar con uno de los testigos del atraco al banco de *campo* San Luca de la semana pasada.

Como en Venecia un atraco a un banco era un suceso insólito, éste les sirvió de distracción, y Brunetti explicó a Paola lo poco que se sabía de los hechos, a pesar de que en toda la ciudad no debía de quedar nadie que no lo hubiera leído en el diario. Tres días antes, un joven armado con una pistola había entrado en un banco, exigido dinero, se había marchado con el dinero en una mano y la pistola en la otra y había desaparecido tranquilamente en dirección a Rialto. La cámara disimulada en el techo del banco había proporcionado a la policía una imagen borrosa, pero le había permitido hacer una identificación provisional del hermano de un residente en la ciudad al que se relacionaba con la mafia. El atracador se había tapado la cara con un pañuelo al entrar en el banco, pero se lo había quitado al salir, por lo que un hombre que entraba en aquel momento había podido verle la cara claramente.

El testigo, un *pizzaiolo* de Treviso que iba al banco a pagar una hipoteca, había mirado atentamente al atracador, y Brunetti confiaba en que podría identificarlo por las fotos de sospechosos que había reunido la policía. Esto sería suficiente para hacer un arresto y, quizá, conseguir una condena. Y ésta era la tarea de Brunetti para aquella mañana.

Del fondo del apartamento llegó el sonido de una puerta que se abría y los pasos inconfundibles de Raffi, cargados de sueño, camino del baño y —era de esperar— del pleno conocimiento.

Brunetti tomó otro brioche, sorprendido de tener tanta hambre a esta hora: normalmente, el desayuno era una comida por la que sentía poca simpatía. Mientras esperaban nuevos sonidos del fondo del apartamento, marido y mujer se dedicaron al café y los brioches.

Brunetti ya terminaba cuando se abrió otra puerta.

Instantes después, Chiara recorrió el pasillo tambaleándose y entró en la cocina, frotándose los ojos con una mano, como para ayudarles en la complicada tarea de abrirse. Sin decir nada, cruzó la cocina descalza y se sentó en las rodillas de Brunetti. Le pasó un brazo alrededor del cuello y le puso la cabeza en el hombro.

Brunetti la abrazó y le dio un beso en el pelo.

—¿Así vestida piensas ir hoy a la escuela? —le preguntó en tono coloquial, contemplando la muestra del pijama—. Muy bonito, seguro que a tus compañeros les encanta el estilo. Globitos. Un gusto exquisito. Hasta diría que muy chic. Serás la envidia de la clase.

Paola bajó la mirada y volvió a concentrar la atención en su revista.

Chiara se revolvió y luego se incorporó ligeramente para mirarse el pijama. Antes de que pudiera decir algo, entró Raffi, que se inclinó para dar un beso a su madre y fue al fogón a servirse de la cafetera de seis tazas y del cacharro de la leche. Volvió a la mesa, se sentó y dijo:

—Espero que no te moleste que haya usado tu gilette, papá.

—¿Para qué? —preguntó Chiara—. ¿Para cortarte las uñas? Porque en la cara no te crece nada que necesite una gilette. —Dicho esto, la niña se alejó del alcance de Raffi arrimándose a Brunetti, que la reconvino con un apretón a través de la gruesa franela del pijama.

Raffi se inclinó hacia su hermana por encima de la mesa, pero no tenía muchas ganas de pelea y su mano no pasó de los brioches. Tomó uno, mojó la punta en el café con leche y le dio un enorme mordisco.

—¿Y eso? ¿Hoy tenemos brioches? —preguntó. En vista de que nadie contestaba, miró a Brunetti—: ¿Has salido?

Brunetti asintió, se desasió de Chiara, apartándola suavemente y se puso en pie.

—¿También has traído los periódicos? —preguntó Raffi por el lado de otro bocado de brioche.

—No —dijo Brunetti yendo hacia la puerta.

—¿Y eso?

—Se me olvidó —mintió Brunetti a su primogénito, salió al vestíbulo, se puso el abrigo y abandonó el apartamento.

En la calle, se dirigió hacia Rialto por el itinerario que seguía para ir a la *questura* desde hacía décadas. La mayoría de las mañanas, encontraba por el camino algún detalle divertido: un titular más absurdo de lo normal en uno de los diarios nacionales, otra falta de ortografía en las camisetas colgadas en los tenderetes del mercado o alguna esperada fruta o verdura de temporada que ya estaba a la venta. Pero esta mañana, mientras cruzaba el mercado, el puente y la primera de las estrechas calles que lo conducirían a su despacho, fue poco lo que vio y nada que le llamara la atención.

Durante casi todo el camino estuvo pensando en Ruberti y Bellini, preguntándose si su lealtad personal hacia un superior que los había tratado con cierta medida de humanidad sería motivo suficiente para que traicionaran su juramento de lealtad al Estado. Supuso que sí, pero al darse cuenta de lo cerca que estaba esta tesitura de la escala de valores que habían inspirado la conducta de Paola, ahuyentó el pensamiento y se puso a considerar la inminente prueba del día: la novena de las *«convocations du personnel»* que su superior inmediato, el *vicequestore* Giuseppe Patta, había instituido en la *questura* después del cursillo que había seguido en las oficinas centrales de la Interpol en Lyon.

Allí, en Lyon, Patta se había sometido a la influencia de los elementos característicos de las diversas naciones que constituían la Europa unida: champaña y trufas de Francia, jamón de Dinamarca, cerveza inglesa y viejo brandy español, al tiempo que probaba los distintos estilos de gestión que ofrecían los burócratas de las naciones allí representadas. Al término del cursillo, había regresado a Italia con las maletas llenas de salmón ahumado y mantequilla irlandesa y la cabeza repleta de ideas nuevas y progresistas sobre la manera de tratar a los que estaban a sus órdenes. La primera de tales ideas —y la única que hasta el momento había sido revelada a los miembros de la *questura*— fue la semanal «*convocation du personnel*», una reunión interminable en la que se exponían a todo el personal cuestiones de una trivialidad apabullante, que eran debatidas, analizadas y, finalmente, descartadas por todos los presentes.

Cuando empezaron las reuniones, hacía ya dos meses, Brunetti se había sumado a la opinión general de que no durarían más de una o dos semanas; pero ya llevaban ocho, y nada permitía presagiar un pronto final de las convocatorias. Después de la segunda, Brunetti empezó a llevarse el diario, pero tuvo que dejar de hacerlo porque el teniente Scarpa, el ayudante personal de Patta, había preguntado repetidamente si tan poco interesaba a Brunetti lo que pasaba en la ciudad que se dedicaba a leer el periódico durante la reunión. Después probó de llevar un libro, pero no encontraba ninguno que fuera lo bastante pequeño como para poder esconderlo entre las manos.

La salvación, como en tantas otras ocasiones durante los últimos años, le llegó de la *signorina* Elettra. La mañana de la quinta reunión, se presentó en el despacho de Brunetti diez minutos antes de la hora fijada y le pidió diez mil liras, sin más explicaciones.

Él le dio las diez mil liras y ella, a cambio, le entregó veinte monedas de quinientas liras con el centro dorado. En respuesta a su mirada de interrogación, ella le dio una tarjeta, poco mayor que un estuche de CD.

Él miró la tarjeta y vio que estaba dividida en veinticinco cuadrados del mismo tamaño, cada uno de los cuales contenía una palabra o una frase impresa en letra muy pequeña. Tuvo que acercarse la tarjeta a los ojos para leer algunas de ellas: «maximizar», «priorizar», «fuente externa», «coordinación», «coyuntural», «temática», y toda la retahíla de palabras sonoras y huecas que infestaban el idioma desde hacía varios años.

—¿Qué es esto? —preguntó.

—Un bingo —fue la escueta respuesta de la *signorina* Elettra. Y a continuación explicó—: Mi madre jugaba. Lo único que hay que hacer es esperar a que alguien utilice una de las palabras de tu tarjeta, ya que todas son diferentes, y tapar la palabra con una moneda. El primero que consigue cubrir cinco palabras en línea gana.

—¿Qué gana?

—La puesta de los demás jugadores.

—¿Qué jugadores?

—Ya lo verá —fue todo lo que ella tuvo tiempo de decir antes de que los llamaran a la reunión.

Desde aquel día, las reuniones habían sido tolerables, por lo menos, para los que disponían de las tarjetas. Aquel primer día sólo eran Brunetti, la *signorina* Elettra y uno de los otros comisarios, una mujer que acababa de volver de un permiso de maternidad. Posteriormente, las tarjetas habían ido apareciendo en el regazo o dentro del bloc de un creciente número de personas, y cada semana Brunetti estaba más interesado en descubrir quién tenía la tarjeta que en ganar la partida. Y cada semana las palabras cambiaban, generalmente, siguiendo la tónica de las preferencias idiomáticas de Patta: unas veces reflejaban los coqueteos del *vicequestore* con lo políticamente correcto y el «multiculturalismo» —una nueva aparición— y otras, su reciente afición a utilizar expresiones en lenguas que desconocía, como *«voodoo economics»*, *«pyramid scheme»* y *«wirtschaftlicher Aufschwung»*.

Brunetti llegó a la *questura* treinta minutos antes de la hora fijada para la reunión. Ni Ruberti ni Bellini estaban ya de guardia, y fue otro agente quien le entregó el registro de las incidencias de la noche que él le pidió. Lo hojeó con aparente indiferencia: un robo en Dorsoduro, en el piso de una familia que estaba de vacaciones; una riña en un bar de Santa Marita entre marineros de un carguero ruso y dos tripulantes de un crucero griego. Tres de ellos habían sido llevados al *Pronto Soccorso* del hospital Giustinian, uno con fractura de brazo; no se habían formulado denuncias, ya que ambos barcos debían zarpar aquella tarde. La luna del escaparate de una agencia de viajes de *campo* Manin había sido rota de una pedrada; no había testigos ni se había detenido a nadie. Y la máquina expendedora de preservativos instalada delante de una farmacia de Cannaregio había sido forzada, probablemente, con un destornillador y, según cálculo del dueño de la farmacia, se habían llevado diecisiete mil liras. Y dieciséis paquetes de preservativos.

La reunión no deparó sorpresas. Al principio de la segunda hora, el *vicequestore* Patta anunció que, para asegurarse de que no eran utilizadas para blanquear dinero, habría que pedir a las distintas organizaciones sin ánimo de lucro de la ciudad que permitieran que sus archivos fueran «*accessed*» por los ordenadores de la policía, momento en el que la *signorina* Elettra hizo un pequeño movimiento con la mano derecha, miró a Vianello que estaba enfrente, sonrió y dijo, pero muy bajito:

—Bingo.

—¿Decía, *signorina*? —Hacía un rato que el *vicequestore* Patta había notado que allí ocurría algo que no acababa de captar.

Ella miró a su jefe, sonrió de nuevo y dijo:

—Dingo.

—¿Dingo? —preguntó él mirándola por encima de las gafitas de media luna que se ponía para las reuniones.

—La protectora de animales. Distribuye huchas por los comercios y destina la recaudación a cuidar a los animales abandonados. Es una organización sin ánimo de lucro. También habría que llamarlos.

—¿Seguro? —preguntó Patta, dudando de que esto fuera lo que él había oído, o lo que esperaba oír.

—No hay que olvidarlos —insistió ella.

Patta volvió a mirar los papeles que tenía delante y la reunión prosiguió. Brunetti, con la barbilla apoyada en la palma de la mano, observaba a seis personas que tenían delante pequeñas pilas de monedas. El teniente Scarpa las miraba también atentamente, pero las tarjetas, disimuladas por mangas, blocs y vasitos de café, no estaban a la vista. Sólo se veían las monedas, y la reunión prosiguió cansinamente durante otra media hora.

En el momento en que la insurrección parecía inminente —y la mayoría de los presentes en la sala portaban armas—, Patta se quitó las gafas y, con gesto de fatiga, las puso encima de sus papeles.

—¿Algo que añadir?

Si alguien deseaba añadir algo, calló, disuadido sin duda por la idea de todas aquellas armas, y se levantó la sesión. Patta se fue, seguido por Scarpa. Montoncitos de monedas viajaron entonces a lo largo de uno y otro lado de la mesa hasta quedar delante de la *signorina* Elettra. Ella, con airoso ademán de crupier, se las acercó, se las echó en la mano y se puso en pie, dando de este modo por realmente terminada la reunión.

Brunetti subió la escalera con ella, divertido al oír el tintineo de las monedas que sonaba en el bolsillo de la chaqueta de seda gris de la joven.

—«*Accessed*»? —repitió él, pero haciendo que esta palabra inglesa sonara a inglés.

—Jerga informática, comisario.

—¿Acceder? ¿Se puede usar como verbo transitivo?

—Creo que sí, señor.

—Pues antes no lo era.

—Tengo entendido que los americanos pueden permitirse hacer esas cosas con sus verbos.

—¿Convertirlos de intransitivos en transitivos? ¿O en sustantivos? ¿Si les apetece?

—Sí, señor.

—Ah —dijo Brunetti.

En el primer rellano, él movió la cabeza de arriba abajo y la joven se alejó hacia la parte delantera del edificio, donde tenía su escritorio, en el antedespacho de Patta.

Brunetti siguió subiendo, camino de su propio despacho, pensando en las libertades que la gente creía poder tomarse con el lenguaje. Como las que Paola pensaba que podía tomarse con la ley.

Brunetti entró en su despacho y cerró la puerta. Todo —descubrió cuando trataba de leer los papeles de encima de su mesa—, todo le traía a la mente a Paola y los sucesos de aquella madrugada. No conseguirían resolverlo y sentirse libres hasta que pudieran hablar de ello, pero el recuerdo de lo que su mujer se había atrevido a hacer aún le producía viva crispación y comprendía que ahora era incapaz de tratar con ella de aquel tema.

Miró por la ventana, sin ver, buscando la verdadera razón de su cólera. Aquel acto, si él no hubiera podido suprimir las pruebas, hubiera puesto en peligro su trabajo y su carrera. De no ser por la discreta complicidad de Ruberti y Bellini, todos los diarios hubieran pregonado el caso a bombo y platillo. Y había muchos periodistas —Brunetti dedicó varios minutos a hacer la lista— que se regodearían haciendo la crónica del vandalismo de la esposa del comisario. Brunetti se repitió mentalmente estas palabras, convertidas en un gran titular.

Pero la había frenado, momentáneamente por lo menos. Recordó haber sentido estremecerse durante el abrazo el cuerpo de ella, de puro miedo. Quizá este acto de violencia real, aunque no fuera más que violencia contra la propiedad, fuera un gesto que bastara para calmar su indignación ante la injusticia. Y quizá se diera cuenta de que su actitud hacía peligrar la carrera de Brunetti. Miró el reloj y vio que tenía el tiempo justo para tomar el tren para Treviso. Al pensar que iba a poder investigar un hecho tan concreto como un atraco a un banco, notó una grata sensación de alivio.

5

Por la tarde, durante el viaje de regreso de Treviso, Brunetti no estaba satisfecho, a pesar de que el testigo había identificado en una foto al hombre que la policía creía que era el que aparecía en el vídeo, y de que se había mostrado dispuesto a testificar contra él. Brunetti se sintió obligado a explicarle quién era el sospechoso y el peligro que podía entrañar tal decisión. Y descubrió, sorprendido, que al *signor* Iacovantuono, que trabajaba de cocinero en una pizzería, no parecía no ya preocuparle sino ni siquiera interesarle tal peligro. Él había visto cometer un delito, había reconocido en una foto al delincuente y, por lo tanto, tenía la obligación de atestiguarlo, pese al riesgo que ello pudiera suponer para él y su familia. Y hasta parecía desconcertado por la insistencia de Brunetti en asegurarle que se les procuraría protección policial.

Y, lo que era más sorprendente, el *signor* Iacovantuono era de Salerno, es decir, uno de aquellos sureños con predisposición al crimen cuya presencia en el Norte —se afirmaba— estaba destruyendo el tejido social de la nación. «Pero, comisario —había dicho—, si nosotros no hacemos algo respecto a toda esa gente, ¿qué vida espera a nuestros hijos?»

Brunetti no podía librarse del eco de estas palabras y empezaba a temer que de ahora en adelante fueran a acompañarle los aullidos de la jauría de la moral desatada en su conciencia por el acto de Paola de la noche antes. Aquel *pizzaiolo* de Salerno de cabello negro lo veía claro: se había cometido un delito y su deber era colaborar para que fuera castigado. Y, prevenido del peligro, había permanecido firme en su decisión de hacer lo que consideraba justo.

Mientras desfilaban ante la ventanilla los campos de los alrededores de Venecia, adormecidos por el otoño, Brunetti se preguntaba cómo podía parecer al *signor* Iacovantuono tan simple algo que a él le parecía tan complejo. Quizá lo simplificara la circunstancia de que la sociedad en general estaba de acuerdo en que atracar bancos era ilegal, mientras que ninguna ley decía que no se debían vender billetes de avión para Tailandia o las Filipinas ni que comprarlos fuera un crimen. Y las leyes tampoco determinaban lo que podían y lo que no podían hacer las personas cuando llegaban allí, por lo menos, leyes que se aplicaran en Italia, porque, si las había, debían de vegetar, junto con las leyes contra la blasfemia, por ejemplo, en una especie de limbo jurídico de cuya existencia no se tenían pruebas.

Durante los tres o cuatro meses últimos, quizá más, habían venido apareciendo en los diarios y revistas de ámbito nacional artículos en los que especialistas diversos analizaban el turismo del sexo en términos estadísticos, psicológicos, sociológicos y en cuantos aspectos gusta de explayarse la prensa cuando el tema tiene morbo. Brunetti recordaba algunos de aquellos artículos y, concretamente, la foto de unas preadolescentes, con la cara velada por un truco informático y unos pechitos incipientes que le dañaron la vista, en cuyo epígrafe se leía que las niñas trabajaban en un burdel de Cambodia.

Brunetti había leído los informes de la Interpol, había visto que los cálculos del número de personas implicadas, tanto clientes como —no encontraba otra palabra— víctimas, oscilaban nada menos que en medio millón. Al mirar las cifras, una parte de él siempre había querido quedarse con las más bajas: de haber aceptado las más altas, se hubiera sentido denigrado en su condición de ser humano.

El último de aquellos artículos —creía recordar que lo publicaba *Panorama*— encendió el furor de Paola. La primera andanada había sonado hacía dos semanas cuando, desde el fondo del apartamento, Paola gritó: «*Bastardi!*» rompiendo la placidez de una tarde de domingo y —temía ahora Brunetti— muchas cosas más.

No tuvo que levantarse para ir al estudio de su mujer, porque ella irrumpió en tromba en la sala, apretando con la mano derecha la revista enrollada.

No hubo preámbulo.

—Escucha esto, Guido. —Desenrolló la revista alisando las páginas contra sus rodillas y se irguió para leer—: «Un pedófilo, como la palabra indica, es alguien que ama a los niños.» —Aquí se paró y lo miró.

—Entonces, ¿un violador es alguien que ama a las mujeres? —preguntó Brunetti.

—¿Tú puedes concebir esta desfachatez? —preguntó ella, sin hacer caso de su observación—. ¿Una de las revistas más populares del país, y Dios sabrá por qué, se permite publicar esta mierda? —Miró la página y dijo—: Y este tipo enseña Sociología. Dios, ¿es que esa gente no tiene conciencia? ¿Cuándo saldrá en este asqueroso país alguien que diga que nosotros somos responsables de nuestros actos, en lugar de culpar a la sociedad o, ¡por el amor de Dios!, a la víctima?

Brunetti, que nunca había sabido qué responder a esta clase de preguntas, no intentó hacerlo con ésta sino que quiso saber qué más decía el artículo.

Y ella se lo contó, si bien la necesidad de sosegar el ánimo para dar coherencia a sus palabras no hizo que disminuyera su cólera. El artículo seguía el gran itinerario, recorriendo los ya famosos centros de Phnom Penh, Bangkok y Manila para recalar finalmente cerca de casa, repasando los recientes casos de Bélgica e Italia. Pero era el tono lo que indignaba a Paola y, así lo reconocía él, repugnaba a Brunetti: partiendo de la asombrosa premisa de que los pedófilos aman a los niños, el sociólogo residente de la revista, pasaba a explicar cómo una sociedad permisiva inducía a los hombres a hacer estas cosas. En parte, opinaba el sabio, la razón era el gran poder de seducción de los niños. La rabia había impedido a Paola seguir leyendo.

—Turismo sexual —murmuró apretando los dientes con tal fuerza que Brunetti vio cómo se recortaban bajo la piel los tendones del cuello—. ¡Dios! Pensar que, comprando un viaje, inscribiéndose en un viaje, pueden ir a violar a criaturas de diez años. —Arrojó la revista contra el respaldo del sofá y volvió a su estudio. Y fue aquella misma noche, después de la cena, cuando propuso a Brunetti la idea de combatir esta industria.

Al principio, él creyó que bromeaba y ahora, al mirar atrás, temía que su negativa a tomarla en serio la hubiera reafirmado en su actitud y empujado a dar el paso fatídico para pasar de las palabras a la acción. Recordaba haberle preguntado —y ahora, en el recuerdo, su voz le sonaba sarcástica y condescendiente— si pensaba parar aquel tráfico ella sola.

—¿Y la circunstancia de que es ilegal?

—¿Qué es ilegal?

—Romper lunas de escaparates, Paola.

—¿Y no es ilegal violar a criaturas de diez años?

Aquí, Brunetti había cortado la conversación y ahora, al pensarlo, tenía que reconocer que era porque no tenía respuesta que darle. En efecto, al parecer, había sitios en los que no era ilegal violar a criaturas de diez años. Pero aquí, en Venecia, Italia, era ilegal arrojar piedras a los escaparates, y su trabajo consistía en encargarse de que nadie hiciera esas cosas y, si las hacía, de que fuera arrestado.

El tren entró en la estación y, poco a poco, se detuvo. Muchos de los pasajeros que se apeaban llevaban ramos de flores envueltos en cucuruchos de papel, lo que recordó a Brunetti que era primero de noviembre, día de Todos los Santos, en que la mayoría de los ciudadanos iban al cementerio a llevar flores a las tumbas de los difuntos. Señal de su decaimiento era que pensar en parientes muertos le resultara ahora una distracción grata. Él no iría al cementerio; casi nunca iba.

Brunetti decidió irse a casa directamente, sin pasar por la *questura*. Caminaba por la ciudad ciego y sordo a sus encantos, dando vueltas y más vueltas a las conversaciones y enfrentamientos resultantes de aquel primer estallido de Paola.

Una de sus muchas peculiaridades era la de ser una fanática de la higiene dental, y a menudo la veías andar por la casa o entrar en el dormitorio cepillándose los dientes. Por eso no le llamó la atención encontrarla de pie en la puerta del dormitorio, cepillo en mano, tres noches atrás, cuando le dijo sin preámbulos:

—Voy a hacerlo.

Brunetti supo enseguida a qué se refería, pero no la creyó, y se limitó a mirarla un momento moviendo la cabeza de arriba abajo. Y no hubo nada más, hasta que recibió la llamada de Ruberti que le había destrozado, primero, el sueño y, ahora, la paz de espíritu.

Entró en la *pasticceria* que había al lado de su casa y compró una bolsa de *fave*, unas pastitas redondas de almendra que sólo se hacían en esta época del año. A Chiara le encantaban. A continuación pensó que lo mismo podía decirse prácticamente de cualquier sustancia comestible, y con este pensamiento llegó la primera auténtica distensión que había experimentado Brunetti desde la noche antes.

Había silencio en el apartamento, aunque, en las circunstancias actuales, esto no significaba mucho. El abrigo de Paola estaba colgado del perchero, al lado del de Chiara, cuya bufanda de lana roja había caído al suelo. Él la recogió y la colgó encima del abrigo, antes de quitarse el suyo y colgarlo a la derecha del de Chiara. Como en el cuento de «Los tres osos», pensó: mamá, papá y la niña.

Abrió la bolsa y se echó unas cuantas *fave* en la palma de la mano. Se metió una en la boca, luego otra, y dos más. Entonces, de pronto, recordó que también compraba estas galletitas para Paola, hacía décadas, cuando aún iban a la universidad, en plena efervescencia amorosa.

—¿No estás harta de que la gente se te ponga a hablar de Proust cuando come una magdalena o una galleta? —le preguntó, como si tuviera el don de leerle el pensamiento.

Una voz que sonó a su espalda lo sobresaltó sacándolo de su evocación.

—¿Me das, papá?

—Para ti las he comprado, cielo —contestó él inclinándose para poner la bolsa en las manos de Chiara.

—¿Te molesta si sólo como las de chocolate?

Él movió negativamente la cabeza.

—¿Tu madre está en el estudio?

—¿Vais a discutir? —preguntó la niña con la mano sobre la abertura de la bolsa.

—¿Por qué lo dices?

—Porque cuando dices «tu madre» es señal de que vas a discutir con ella.

—Seguramente —admitió él—. ¿Está?

—Ajá. ¿Será fuerte?

Él se encogió de hombros. No tenía ni idea.

—Entonces vale más que me las coma todas, por si acaso.

—¿Por qué?

—Porque la cena se retrasará. Siempre se retrasa.

Él metió la mano en la bolsa y tomó unas *fave*, evitando que fueran de chocolate.

—Entonces procuraré que no haya discusión.

—Bien. —Ella dio media vuelta y se fue pasillo adelante hacia su cuarto llevándose la bolsa. Brunetti la siguió momentos después y se paró en la puerta del estudio de Paola. Llamó con los nudillos.

—*Avanti* —gritó ella.

Al entrar, la encontró como tantas otras veces al volver del trabajo, sentada a su escritorio, con un montón de papeles delante y las gafas en la punta de la nariz. Ella levantó la cabeza, lo miró con una sonrisa auténtica, se quitó las gafas y preguntó:

—¿Cómo te han ido las cosas en Treviso?

—Como no creía que me fueran —dijo Brunetti, yendo hacia su sitio habitual, a un vetusto y macizo sofá, arrimado a la pared, a la derecha del escritorio.

—¿Va a declarar? —preguntó Paola.

—Lo está deseando. Ha identificado la foto al momento y mañana vendrá para ver al hombre, aunque me parece que no tiene dudas. —En respuesta a la sorpresa que manifestaba ella, Brunetti agregó—: Y es de Salerno.

—¿En serio va a declarar? —Ella no podía disimular el asombro. Cuando Brunetti asintió, dijo—: ¿Cómo es ese hombre?

—Bajito, unos cuarenta años, tiene mujer y dos hijos, trabaja en una pizzería de Treviso. Hace unos veinte años que vino al Norte, pero aún va a Salerno de vacaciones todos los años, si puede.

—¿Trabaja su mujer? —preguntó Paola.

—Es encargada de la limpieza en una escuela primaria.

—¿Y qué hacía él en un banco de Venecia?

—Pagar la hipoteca de su apartamento de Treviso. El banco que se la concedió fue absorbido por uno de aquí, y él viene una vez al año a pagar personalmente. Si lo hiciera por transferencia, el banco de Treviso le cargaría doscientas mil liras. Para eso había venido a Venecia en su día libre.

—Y se encontró en pleno atraco.

Brunetti asintió.

Paola meneó la cabeza.

—Es extraordinario que esté dispuesto a testificar. ¿No decías que el detenido tiene relaciones con la Mafia?

—Su hermano. —Brunetti se calló su convicción de que esto significaba que las tenían los dos.

—¿Y ese hombre de Treviso lo sabe?

—Se lo he dicho yo.

—¿Y aun así está dispuesto? —Cuando Brunetti asintió de nuevo, Paola dijo—: Entonces quizá aún quede esperanza para todos nosotros.

Brunetti se encogió de hombros, consciente de que era un poco inmoral —o quizá muy inmoral— no revelar a Paola lo que Iacovantuono había dicho sobre la necesidad de comportarnos con valentía por el bien de nuestros hijos. Se retrepó en el sofá, estiró las piernas y las cruzó a la altura de los tobillos.

—¿Vas a dejarlo ya? —preguntó, seguro de que ella lo entendería.

—Me parece que no, Guido —respondió Paola con vacilación y pesar en la voz.

—¿Por qué?

—Porque cuando los diarios den la noticia de lo ocurrido lo llamarán un acto de vandalismo gratuito, como volcar un contenedor de basura o desgarrar la tapicería de los asientos de un tren.

Brunetti optó por no decir nada, aunque no por falta de ganas, y la dejó continuar.

—Y no fue gratuito, Guido, ni fue vandalismo. —Apoyó la cara en las palmas de las manos y fue bajando la cabeza, hasta cubrirse con ellas el pelo. Su voz le llegó ahogada—: La opinión pública tiene que saber por qué se hizo aquello, saber que esa gente se dedica a un tráfico repugnante e inmoral y que hay que obligarla a abandonarlo.

—¿Has pensado en las consecuencias? —preguntó Brunetti con voz neutra.

Ella levantó la cabeza.

—¿Veinte años casada con un policía, y quieres que no haya pensado en las consecuencias?

—¿Para ti?

—Por supuesto.

—¿Y para mí?

—Sí.

—¿Y no te importa?

—Claro que me importa. No quiero perder mi empleo ni perjudicar tu carrera.

—Pero...

—Ya sé que piensas que me gusta hacer ruido para llamar la atención, Guido —empezó, y prosiguió antes de que él pudiera decir algo—: Y es verdad, pero sólo a veces. Ahora no, en absoluto. No hago esto para salir en los periódicos. Es más, francamente, me da miedo pensar en los disgustos que esto va a causarnos a todos. Pero tengo que hacerlo. —De nuevo, cuando vio que él iba a interrumpir, rectificó—: Quiero decir que alguien tiene que hacerlo o, usando la voz pasiva que tanto aborreces, tiene que hacerse. —Sonriendo todavía, agregó—: Escucharé todo lo que tengas que decir, pero no creo que pueda hacer nada más que lo que me he propuesto.

Brunetti cambió la posición de los pies, poniendo el izquierdo encima y se inclinó un poco hacia la derecha.

—Los alemanes han cambiado la ley. Ahora los ciudadanos alemanes pueden ser juzgados por lo que hagan en otros países.

—Ya lo sé. Leí el artículo —dijo ella ásperamente.

—¿Y?

—Y sentenciaron a un hombre a unos cuantos años de cárcel. «*Big fucking deal*», que dirían los americanos. ¡Vaya una gran cosa! Son cientos de miles los hombres que viajan a esos países al cabo del año. Poner a uno en la cárcel, una cárcel alemana, bien iluminada, con televisión y visitas de la esposa una vez por semana, no disuadirá a nadie de ir a Tailandia en un *sex-tour*.

—¿Y qué pretendes hacer tú para impedirlo?

—Si no hay aviones, si nadie está dispuesto a correr el riesgo de organizar los viajes, facilitando hotel, comidas y guías que los acompañen a los burdeles, quizá sean menos los que vayan. Ya sé que no es mucho, pero es algo.

—Irán por su cuenta.

—Menos.

—Pero irán. ¿Serán pocos? ¿Serán muchos?

—Probablemente.

—Entonces, ¿por qué?

Ella movió la cabeza de derecha a izquierda con impaciencia.

—Quizá no lo entiendes porque eres hombre.

Por primera vez desde que había entrado en el estudio, él sintió irritación.

—¿Qué quieres decir?

—Quiero decir que hombres y mujeres vemos estas cosas de distinta manera. Y así será siempre.

—¿Por qué? —Su voz era serena, pero los dos sabían que ahora había tensión entre ellos.

—Porque, por más que intentes comprender lo que eso significa, siempre estarás haciendo un ejercicio de imaginación. Es algo que a ti, Guido, no puede ocurrirte. Tú eres grande y fuerte y, desde que eras niño, has estado familiarizado con cierta violencia: el fútbol, las peleas con otros chicos, en tu caso, el entrenamiento de policía.

Ella vio que estaba perdiendo su atención. Él ya había oído esto otras veces, y no lo había creído. Ella pensaba que no quería creerlo, pero esto nunca se lo había dicho.

—Para nosotras, las mujeres, es muy distinto —prosiguió—. Durante toda la vida se nos hace temer la violencia, siempre se nos induce a evitarla. A pesar de todo, cada una de nosotras sabe que lo que les pasa a esas criaturas de Cambodia, de Tailandia o de las Filipinas también podría habernos pasado a nosotras, y aún podría pasarnos. Sencillamente, Guido, vosotros sois grandes y nosotras somos pequeñas.

Él no respondió y ella continuó:

—Guido, hace años que hablamos de esto y nunca hemos conseguido ponernos de acuerdo. Ahora tampoco. —Hizo una pausa y preguntó—: ¿Quieres escuchar dos cosas más y después yo te escucho a ti?

Brunetti deseaba hacer que su voz sonara cordial, franca y aquiescente, quería decir: «Por supuesto», pero sólo le salió un ronco:

—Sí.

—Piensa en ese inmundo artículo de la revista. Es uno de los medios de información más importantes del país, y en ella un sociólogo, que no sé dónde enseñará pero seguro que es una universidad importante, por lo que se le considera un especialista y la gente se cree lo que escribe, un sociólogo se permite afirmar que los pedófilos aman a los niños. Y puede decirlo porque a los hombres les conviene que la gente lo crea así. Y los hombres gobiernan el país.

Ella se interrumpió un momento y agregó:

—No sé muy bien si esto tiene algo que ver con lo que estamos hablando, pero yo pienso que otra de las causas del abismo que nos separa, no sólo a nosotros dos, Guido, sino a los hombres y mujeres en general, es que la idea de que el sexo pueda ser una experiencia desagradable es plausible para todas las mujeres pero inconcebible para la mayoría de los hombres. —Cuando vio que él iba a protestar, dijo—: Guido, no existe ni una sola mujer que pueda creerse ni por un momento que los pedófilos aman a los niños. Los desean o quieren dominarlos, pero esto no tiene nada que ver con el amor.

Entonces ella lo miró y vio que él tenía la cabeza baja.

—Ésta es la segunda cosa que quiero decir, querido Guido al que amo con toda mi alma. Así es como lo vemos nosotras, la mayoría de las mujeres. El amor no es deseo ni ansia de dominio. —Calló y se miró la mano derecha, que frotaba maquinalmente la cutícula del pulgar—. Y eso es todo, me parece. Fin del sermón.

Se hizo el silencio, hasta que Brunetti lo rompió, pero tímidamente.

—¿Crees que todos los hombres piensan así o sólo algunos? —preguntó.

—Sólo algunos, supongo. Los buenos, como tú, Guido, que eres un hombre bueno, no. —Pero enseguida agregó, sin darle tiempo a contestar—: Aunque los buenos tampoco piensan como nosotras, las mujeres. No creo que la noción del amor como deseo y violencia y dominación les sea tan extraña como nos lo es a nosotras.

—¿A todas? ¿Extraña a todas las mujeres?

—Ojalá. No; a todas, no.

Él levantó la cabeza y la miró.

—¿Así pues, hemos resuelto algo?

—No lo sé. Pero quiero que sepas lo serio que esto es para mí.

—¿Y si yo te pidiera que lo dejaras, que no hicieras nada más?

Ella cerró la boca y apretó los labios en un gesto que él había visto durante décadas. Meneó la cabeza sin decir nada.

—¿Eso quiere decir que no lo dejarás o que no quieres que te lo pida?

—Las dos cosas.

—Pues tengo que pedírtelo y te lo pido. —Él levantó una mano para atajar su respuesta—. No, Paola, no digas nada, sé lo que vas a decir y no quiero oírlo. Pero recuerda, por favor, que te he pedido que no lo hagas. No por mí ni por mi carrera, valga lo que valga. Sino porque creo que lo que haces y lo que piensas que debe hacerse está mal.

—Lo sé. —Ella se puso en pie. Antes de que pudiera apartarse de la mesa, él añadió:

—También yo te quiero con toda mi alma. Y siempre te querré.

—Ah, da gusto oír eso, y saberlo. —Él percibió el alivio en su voz, y una larga experiencia le decía que ahora seguiría un comentario jocoso. Ella, que en todos los años de su vida, nunca lo había defraudado, tampoco ahora lo defraudó—. Entonces podemos poner sin miedo cuchillos en la mesa a la hora de cenar.

6

A la mañana siguiente, Brunetti no siguió el itinerario habitual para ir a la *questura* sino que, después de cruzar el puente de Rialto, torció a la derecha. Todo el mundo decía que Rosa Salva era uno de los mejores bares de la ciudad. A Brunetti le gustaban sobre todo sus pasteles de *ricotta*. Entró en el establecimiento, pidió café y una pasta e intercambió frases y saludos con clientes conocidos.

Al salir del bar, tomó por la calle della Mandola hacia *campo* San Stefano, ruta que lo llevaría a la *piazza* San Marco. El primer *campo* que cruzó era Manin, donde cuatro hombres estaban descargando de un barco una gran placa de vidrio. Una carretilla especial aguardaba para transportarla a la agencia de viajes donde debía ser instalada.

Brunetti se unió al grupo de curiosos que se había congregado para ver cómo trasladaban la luna a través del *campo*. Los hombres habían puesto unas mantas entre el vidrio y el bastidor de madera que lo sostenía en posición vertical. Se situaron dos a cada lado para empujar la carretilla y llevar la luna hasta el hueco que debía cerrar.

Mientras los hombres cruzaban el *campo*, los espectadores hacían conjeturas.

—Han sido los gitanos.

—No; un antiguo empleado, que ha vuelto con una pistola.

—Dicen que lo ha hecho el dueño, para cobrar el seguro.

—Qué estupidez; ahí ha caído un rayo.

Como suele ocurrir, cada uno estaba convencido de la autenticidad de su versión y no tenía para las ajenas más que desdén.

Cuando el carro llegó frente al escaparate, Brunetti se apartó del pequeño grupo y siguió su camino.

Al llegar a la *questura,* pasó por la oficina de los policías de uniforme y pidió los informes de las incidencias de la noche. Era poco lo que había ocurrido y nada que le interesara. En su despacho, dedicó la mayor parte de la mañana al proceso, al parecer, interminable, de pasar papeles de un lado al otro de la mesa. Hacía años, en su banco le habían dicho que estaban obligados a guardar copia de todas las transacciones, por insignificantes que fueran, durante diez años.

Sus ojos, siguiendo al pensamiento, se apartaron de la hoja que tenían delante y, sin darse cuenta, Brunetti se encontró contemplando una Italia que estaba cubierta, hasta la altura del tobillo de un hombre, de una capa de informes, fotocopias, copias carbón y vales de caja de bares, tiendas y farmacias. Y, en este mar de papel, una carta aún tardaba dos semanas en llegar a Roma.

De estos pensamientos lo sacó la entrada del sargento Vianello, que venía a decirle que había conseguido concertar una entrevista con uno de los pequeños delincuentes que a veces les pasaban información. El hombre había dicho a Vianello que tenía algo interesante que ofrecer, pero como no quería ser visto en dependencias de la policía, Brunetti tendría que encontrarse con él en un bar de Mestre, lo que significaba que, después del almuerzo, el comisario debería tomar el tren hasta Mestre y luego un autobús. El bar no era la clase de local al que se podía llegar en taxi.

Tal como se figuraba Brunetti, no sacó nada en limpio de la entrevista. El chico había leído en los periódicos que el Gobierno daba dinero a los que denunciaban a la Mafia y testificaban contra ella, y pretendía que Brunetti le adelantara cinco millones de liras. Una idea absurda y una pérdida de tiempo. Por lo menos, el viaje lo había mantenido distraído hasta después de las cuatro, hora en que llegó al despacho, donde encontró a Vianello esperándolo, muy alterado.

—¿Qué ha pasado? —preguntó Brunetti al ver la cara del sargento.

—Ese hombre de Treviso.

—¿Iacovantuono?

—Sí.

—¿Qué hay? ¿Ha decidido no venir?

—Su mujer ha muerto.

—¿Cómo ha muerto?

—Se ha desnucado al caer por la escalera de su casa.

—¿Cuántos años tenía?

—Treinta y cinco.

—¿Algún problema de salud?

—Ninguno.

—¿Hay testigos?

Vianello movió la cabeza negativamente.

—¿Quién la ha encontrado?

—Un vecino que iba a casa a almorzar.

—¿No ha visto nada?

Nuevamente, Vianello denegó con un movimiento de la cabeza.

—¿Cuándo ha sido?

—Dice el hombre que quizá ella aún vivía cuando la ha encontrado, poco antes de la una. Pero no está seguro.

—¿La mujer ha dicho algo?

—Él ha llamado al 113, pero cuando la ambulancia ha llegado ya había muerto.

—¿Han hablado con los vecinos?

—¿Quién?

—La policía de Treviso.

—No han hablado con nadie.

—¿Y se puede saber por qué no?

—Lo consideran un accidente.

—Naturalmente que tenía que parecer un accidente —estalló Brunetti. Como Vianello no decía nada, preguntó—: ¿Ya han hablado con el marido?

—Él estaba trabajando cuando ocurrió.

—Sí, pero, ¿han hablado con él?

—Yo diría que no, comisario, aparte de comunicarle lo ocurrido.

—¿Podemos disponer de un coche? —preguntó Brunetti.

Vianello levantó el teléfono, marcó un número y habló unos momentos. Después de colgar dijo:

—Habrá un coche esperándonos en *piazzale* Roma a las cinco y treinta.

—Llamaré a mi esposa.

Paola no estaba en casa, y Brunetti pidió a Chiara

que dijera a su madre que él tenía que ir a Treviso y que seguramente llegaría tarde.

Durante sus más de dos décadas de policía, Brunetti había desarrollado una intuición casi infalible para detectar el fracaso mucho antes de que fuera aparente. Ya antes de que él y Vianello salieran de la *questura*, sabía que el viaje a Treviso sería inútil y que cualquier posibilidad que hubiera podido existir de que Iacovantuono no testificara, había muerto con su mujer.

Eran más de las siete cuando llegaron a Treviso, las ocho cuando consiguieron convencer a Iacovantuono para que hablara con ellos y las diez cuando, finalmente, aceptaron su negativa a tener más tratos con la policía. Lo único de toda la actividad de la noche que procuró a Brunetti una brizna, si no de satisfacción, por lo menos, de ecuanimidad, fue su propia renuncia a hacer a Iacovantuono la pregunta retórica de qué les ocurriría a los hijos de todos ellos si él no testificaba. Lo que les ocurriría era evidente, cuando menos evidente según la lectura que Brunetti hacía de los hechos: que los hijos y el padre seguirían vivos. Sintiéndose un perfecto imbécil ante el *pizzaiolo* que lo miraba con ojos enrojecidos, le dio su tarjeta antes de volver con Vianello al coche.

El conductor, después de tan larga espera, estaba de mal humor, por lo que Brunetti propuso parar a cenar durante el viaje de vuelta, a pesar de que comprendía que ello retrasaría su llegada a casa hasta mucho después de medianoche. Finalmente, el coche los dejaba a él y a Vianello en *piazzale* Roma poco antes de la una, y Brunetti, fatigado, decidió tomar un *vaporetto* en lugar de ir a casa andando. Él y Vianello charlaban de cosas triviales en el embarcadero y después, en la cabina, mientras la embarcación remontaba majestuosamente la vía navegable más bella del mundo.

Brunetti desembarcó en San Silvestro, indiferente al magnífico escenario de Venecia a la luz de la luna. No deseaba más que encontrarse en su cama, al lado de su mujer, y olvidarse de los ojos tristes y desengañados de Iacovantuono. Colgó el abrigo en el recibidor y recorrió el pasillo hacia el dormitorio. No había luz en las habitaciones de los chicos, pero aun así se asomó para asegurarse de que dormían.

Abrió la puerta de su dormitorio sigilosamente, con intención de desnudarse con la claridad que llegaba del pasillo, para no despertar a Paola. Precaución inútil: la cama estaba vacía. Aunque no veía luz por la rendija de debajo de la puerta del estudio, la abrió para confirmar su certeza de que ella no estaba. Tampoco estaba encendida ninguna otra lámpara de la casa, pero fue a la sala, con la leve esperanza —aunque seguro de que era una esperanza vana— de encontrar a su mujer dormida en el sofá.

En la habitación no había más luz que la lamparita roja que parpadeaba en el contestador. Tres mensajes tenía. El primero era su propia llamada, hecha desde Treviso sobre las diez, para avisar a Paola de que se retrasaría aún más de lo previsto. La segunda era de alguien que había colgado y la tercera, tal como él se temía, era de la *questura*, el agente Pucetti que rogaba al comisario que le llamara lo antes posible.

Así lo hizo Brunetti, al número del despacho de los agentes. Le contestaron a la segunda señal.

—Pucetti, soy el comisario Brunetti. ¿Qué sucede?

—Creo que debería venir, comisario.

—¿Qué sucede, Pucetti? —insistió Brunetti, pero su voz no era brusca ni imperiosa sino sólo cansada.

—Es su esposa, comisario.

—¿Qué ha pasado?

—La hemos arrestado.

—Ya. ¿Puede decirme algo más?

—Creo que es preferible que venga, señor.

—¿Puedo hablar con ella?

—Desde luego —contestó Pucetti con un alivio audible.

Al cabo de un momento, le llegaba la voz de Paola.

—¿Sí?

Él sintió ahora una cólera repentina. Se hace arrestar y ahora se da aires de *prima donna*.

—Voy para allá, Paola. ¿Has vuelto a hacerlo?

—Sí. —Nada más.

Colgó el teléfono y dejó una nota para los chicos y la luz encendida. Fue hacia la *questura* con más peso en el corazón que en las piernas.

Empezaba a lloviznar, en realidad, aquello más parecía licuación del aire que algo tan concreto como lluvia. Mecánicamente, se subió el cuello del abrigo mientras caminaba.

Al cabo de un cuarto de hora, Brunetti llegaba a la *questura*. Un agente de gesto preocupado aguardaba en la puerta, que abrió con un saludo muy formal, tal vez fuera de lugar a esta hora. Brunetti movió la cabeza de arriba abajo mirando al joven —no recordaba su apellido, pero estaba seguro de conocerlo— y subió al primer piso.

Pucetti se puso en pie y saludó cuando entró el comisario. Paola lo miró desde su asiento frente a Pucetti, pero no sonrió.

Brunetti se sentó al lado de Paola y atrajo hacia sí el formulario del arresto que tenía delante el agente. Lo leyó lentamente.

—¿La han encontrado en *campo* Manin? —preguntó Brunetti.

—Sí, señor —respondió Pucetti, todavía de pie.

Brunetti, con una seña, indicó al joven que se sentara, lo que éste hizo con evidente timidez.

—¿Había alguien más con usted?

—Sí, señor. Landi.

«Estamos copados», pensó Brunetti, empujando el formulario otra vez hacia el agente.

—¿Y qué han hecho entonces?

—Hemos vuelto aquí y hemos pedido a la señora, a su esposa, su *carta d'identità*. Cuando nos la ha dado y hemos visto quién era, Landi ha llamado al teniente Scarpa.

Eso era típico en Landi, Brunetti lo sabía.

—¿Por qué no se ha quedado allí uno de ustedes?

—Un *guardia di San Marco* ha venido al oír la alarma, y lo hemos dejado allí esperando al dueño.

—Ya —dijo Brunetti—. ¿Ha venido el teniente Scarpa?

—No, señor. Él y Landi han hablado, pero no ha dado órdenes. Nos ha dejado que sigamos el procedimiento normal.

Brunetti estuvo a punto de decir que probablemente no había un procedimiento normal para el arresto de la esposa de un comisario de policía, pero se limitó a levantarse y decir, dirigiéndose a Paola por primera vez:

—Creo que podemos irnos, Paola.

Ella no contestó pero se puso en pie inmediatamente.

—La llevo a casa, Pucetti. Vendremos por la mañana. Si el teniente Scarpa pregunta, ¿hará el favor de decírselo?

—Desde luego, comisario —respondió Pucetti. Fue a decir más, pero Brunetti lo atajó con un ademán.

—No hay más que decir, Pucetti. No tenía usted elección. —Lanzó una mirada a Paola—. Además, antes o después tenía que suceder. —Trató de sonreír al agente.

Cuando llegaron al pie de la escalera, encontraron al agente joven en el vestíbulo, ya con la mano en el tirador de la puerta. Brunetti hizo pasar primero a Paola, levantó una mano sin mirar al agente y salió a la noche. El aire saturado de humedad los envolvió, convirtiendo al momento su aliento en pequeñas nubes. Mientras caminaban, la desavenencia que había entre ellos era casi tan perceptible como el aliento que se condensaba en el aire.

7

Ninguno de los dos habló durante el trayecto a casa, ni durmió durante el resto de la noche más que en lapsos esporádicos, agitados por sueños turbulentos. A veces, gravitando entre la vigilia y los momentos de inconsciencia, sus cuerpos se encontraban, pero en el contacto fortuito no había la naturalidad que es fruto de una larga familiaridad. Por el contrario, era como el roce con un desconocido, y uno y otro se retraían. Tenían, eso sí, la delicadeza de no apartarse con brusquedad, de no sobresaltarse con horror por el contacto con aquel extraño que había invadido su cama. Quizá hubiera sido más noble dejar que la carne expresara claramente lo que había en la mente y el espíritu, pero ambos dominaban el impulso, ahogándolo por un sentido de lealtad para con el recuerdo de un amor que los dos temían que estuviera dañado o alterado.

Brunetti se obligó a esperar las campanadas de las siete de San Polo; antes no quería saltar de la cama, pero aún no habían acabado de sonar cuando ya estaba en el cuarto de baño. Se quedó mucho rato debajo de la ducha, lavando los recuerdos de la noche y de Landi y

Scarpa y los pensamientos de lo que le aguardaba en el despacho aquella mañana.

Mientras dejaba correr el agua, comprendió que tendría que decir algo a Paola antes de salir de casa, pero no sabía qué. Decidió que eso dependería de la actitud de ella cuando volviera al dormitorio, pero ya no la encontró allí. Se la oía en la cocina, de donde llegaban los sonidos familiares del grifo, la cafetera, el roce de una silla en el suelo. Él entró en la cocina haciéndose el nudo de la corbata y vio que su mujer se había sentado en su sitio de siempre y que había dos tazas grandes en la mesa. Cuando acabó con la corbata, se inclinó y le dio un beso en el pelo.

—¿Y eso? —preguntó ella echando hacia atrás el brazo derecho para rodearle el muslo y atraerlo hacia sí.

Él se apoyó pero no la tocó con la mano.

—La costumbre, supongo.

—¿La costumbre? —preguntó ella, ya dispuesta a ofenderse.

—La costumbre de quererte.

—Ah —dijo ella, pero el siseo de la cafetera cortó su respuesta. Echó en las tazas el café, la leche caliente y el azúcar. Él tomó la taza pero no se sentó.

—¿Qué pasará ahora? —preguntó ella después del primer sorbo.

—Como es tu primera falta, supongo que te multarán.

—¿Eso es todo?

—Es suficiente —dijo Brunetti.

—¿Y a ti?

—Depende de cómo lo presenten los periódicos. Hay unos cuantos periodistas que llevan años esperando algo así.

Antes de que él pudiera enunciar los titulares posibles, ella dijo:

—Ya sé, ya sé —ahorrándoles a ambos la retahíla.

—Pero también es posible que te conviertan en una heroína, la Rosa Luxemburg de la industria del sexo.

Los dos sonrieron, pero él no pretendía ser sarcástico.

—No es eso lo que yo busco, Guido, ya lo sabes. —Antes de que él pudiera preguntar qué era lo que buscaba, dijo—: Sólo quiero que paren. Quiero ponerlos en evidencia, avergonzarlos para que lo dejen.

—¿Quiénes, los de las agencias de viajes?

—Sí, esa gente —dijo ella, y durante unos momentos bebió en silencio. Cuando casi había terminado el café, dejó la taza en la mesa y dijo—: Pero lo que quiero es avergonzarlos a todos.

—¿A los hombres que practican el turismo sexual?

—Sí, a todos.

—No vas a conseguirlo, Paola. Hagas lo que hagas.

—Ya lo sé. —Apuró el café y se levantó para hacer más.

—Déjalo —dijo Brunetti—. Tomaré otra taza por el camino.

—Es temprano.

—Siempre hay algún bar.

—Sí.

Lo había, y él entró a tomar otro café, alargándolo para demorar su llegada a la *questura*. Compró *Il Gazzettino*, aun sabiendo que hasta el día siguiente no podría aparecer la noticia. De todos modos, miró la primera página de la primera sección, luego pasó a la segunda, la dedicada a las noticias locales, pero no encontró nada.

Ahora había otro agente en la puerta. Como aún no eran las ocho, la *questura* estaba cerrada, y el agente abrió a Brunetti y saludó.

—¿Ha llegado Vianello? —preguntó el comisario al pasar.

—No, señor. No lo he visto.

—Cuando llegue, dígale que lo espero en mi despacho, por favor.

—Sí, señor —dijo el hombre volviendo a saludar.

Brunetti subió por la escalera de atrás. Allí se encontró con Marinoni, la mujer que acababa de volver del permiso por maternidad, pero ella sólo dijo que se había enterado de lo del hombre de Treviso y que lo sentía.

En su despacho, Brunetti colgó el abrigo, se sentó a la mesa y abrió *Il Gazzettino*. Los consabidos magistrados que investigaban a otros magistrados, ex ministros que hacían acusaciones contra otros ex ministros, disturbios en la capital de Albania, el ministro de Sanidad que pedía una investigación de la fabricación de fármacos adulterados para países del Tercer Mundo.

Pasó a la segunda sección y, en la tercera página, encontró la noticia de la muerte de la *signora* Iacovantuono. «*Casalinga muore cadendo per le scale* (Un ama de casa muere al caer por la escalera).» Seguro.

Él lo sabía desde el día antes: la mujer cayó, el vecino la encontró al pie de la escalera, los enfermeros la declararon muerta. El entierro, mañana.

Estaba acabando de leer la noticia cuando Vianello llamó a la puerta y entró. A Brunetti le bastó con verle la cara.

—¿Qué dicen?

—Landi se ha puesto a hablar de ello en cuanto ha

empezado a llegar la gente, pero Ruberti y Bellini no han dicho ni palabra. Y los periódicos no han llamado.

—¿Y Scarpa?

—Aún no ha llegado.

—¿Qué dice Landi?

—Que anoche trajo a su esposa, después de que rompiera el escaparate de la agencia de viajes de *campo* Manin. Y que usted vino y se la llevó a casa sin cumplir con las formalidades. Se ha erigido en una especie de fiscal de pacotilla y dice que, técnicamente, la *signora* Brunetti es una fugitiva de la justicia.

Brunetti dobló el periódico por la mitad y luego volvió a doblarlo. Recordaba haber dicho a Pucetti que traería a su esposa por la mañana, pero no pensaba que su ausencia fuera suficiente para hacer de ella una fugitiva de la justicia.

—Ya veo —dijo. Hizo una pausa y preguntó—: ¿Cuánta gente está enterada de lo sucedido la vez anterior?

Vianello meditó la respuesta un momento:

—Oficialmente, nadie. Oficialmente, no sucedió nada.

—Eso no es lo que pregunto.

—No creo que lo sepa quien no deba saberlo —dijo Vianello, reacio a ser más explícito.

Brunetti no sabía si tenía que agradecer la discreción al sargento o a Ruberti y Bellini, y cambió de tema.

—¿Esta mañana ha llegado algo de la policía de Treviso?

—Iacovantuono se presentó en sus oficinas y dijo que no estaba seguro de la identificación que había hecho la semana pasada. Le parece que se equivocó. Porque estaba muy asustado. Ahora recuerda que el atracador tenía el pelo rojo. Parece ser que lo recordó hace un par de días, pero aún no lo había dicho a la policía...

—¿Hasta que su mujer murió?

Vianello tardó en contestar:

—¿Qué haría usted, comisario, si...?

—¿Si qué?

—Si estuviera en su lugar.

—Probablemente, también recordaría el pelo rojo.

Vianello hundió las manos en los bolsillos de la chaqueta del uniforme y asintió.

—Supongo que es lo que haríamos todos, y más, teniendo hijos.

Sonó el intercomunicador.

—¿Sí? —dijo Brunetti, descolgando el aparato. Escuchó un momento, colgó y se levantó—. Era el *vicequestore*. Quiere verme.

Vianello se alzó la manga para mirar el reloj.

—Las nueve y cuarto. Seguramente, eso explica lo que ha estado haciendo el teniente Scarpa.

Brunetti centró cuidadosamente el periódico en la mesa antes de salir del despacho. En el antedespacho de Patta, encontró a la *signorina* Elettra sentada frente a su ordenador, pero la pantalla estaba en blanco. La joven miró a Brunetti mordiéndose el labio inferior y alzando las cejas. Podía ser un gesto tanto de sorpresa como de ánimo, como el que hace un colegial al compañero que ha sido llamado al despacho del director.

Brunetti cerró los ojos un momento y sintió que sus labios se comprimían. Sin decir nada a la secretaria, llamó a la puerta y la abrió al oír gritar «*Avanti*».

Brunetti esperaba encontrar al *vicequestore* solo en su despacho, por lo que no pudo disimular la sorpresa al ver a cuatro personas: el *vicequestore* Patta, el teniente Scarpa, sentado a la izquierda de su superior, lugar que siempre se asigna a Judas en los cuadros de La Última Cena, y dos hombres, uno de cincuenta y tantos años y el otro unos diez años más joven. Brunetti no tuvo tiempo para observarlos detenidamente, pero sacó la impresión de que el mayor de los dos hombres llevaba el mando, aunque el otro parecía más atento a lo que se decía.

Patta empezó sin preámbulos.

—Comisario Brunetti, el *dottor* Paolo Mitri —indicando al más viejo con un elegante ademán— y el *avvocato* Giuliano Zambino. Lo hemos llamado para hablar de los sucesos de anoche.

Había una quinta silla, a la izquierda del abogado, un poco apartada, pero nadie invitó a Brunetti a ocuparla. Él saludó a los dos hombres con una inclinación de cabeza.

—¿Quizá el comisario podría unirse a nosotros? —sugirió el *dottor* Mitri señalando con la mano la silla vacía.

Patta asintió y Brunetti se sentó.

—Supongo que ya sabrá por qué está usted aquí —dijo Patta.

—Me gustaría oírlo expresado claramente —respondió Brunetti.

Patta hizo una seña a su lugarteniente, que empezó:

—Ayer noche, a eso de las doce, uno de mis hombres me llamó por teléfono para comunicarme que la luna del escaparate de la agencia de viajes sita en *campo* Manin, propiedad del *dottor* Mitri —especificó haciendo una pequeña inclinación con la cabeza en dirección al visitante—, había sido destruida nuevamente en un acto de vandalismo. Me dijo que se había traído a la *questura* a la persona sospechosa y que esa persona era la esposa del comisario Brunetti.

—¿Es verdad eso? —interrumpió Patta dirigiéndose a Brunetti.

—Ignoro lo que el agente Landi pudiera decir anoche al teniente —fue la serena respuesta de Brunetti.

—No he querido decir eso —replicó Patta, antes de que el teniente pudiera hablar—. ¿Fue su esposa?

—En el informe que leí anoche —empezó Brunetti, con voz aún sosegada—, el agente Landi indicaba el nombre y la dirección y manifestaba que ella admitía haber roto el vidrio.

—¿Y la otra vez?

Brunetti no se molestó en preguntar a qué se refería.

—¿La otra vez, qué?

—¿Fue su esposa?

—Eso tendrá que preguntárselo a ella, teniente.

—Puede estar seguro de que lo haré.

El *dottor* Mitri tosió una vez, disimulando la tos con la mano.

—Si me permites la interrupción, Pippo —dijo a Patta. El *vicequestore*, evidentemente halagado por la familiaridad del trato, asintió y Mitri se volvió hacia Brunetti—: Comisario, creo que sería beneficioso para todos llegar a un acuerdo sobre este asunto. —Brunetti lo miró pero no dijo nada—. Los daños sufridos por la agencia han sido considerables: cambiar la primera luna me costó casi cuatro millones de liras, y otro tanto me costará ésta. A lo que hay que sumar las pérdidas derivadas de la necesidad de mantener la agencia cerrada mientras esperábamos que se cambiara el vidrio.

El *dottor* Mitri hizo una pausa, como si esperara que

Brunetti dijera algo o hiciera alguna pregunta y, en vista de que no era así, prosiguió:

—Dado que la primera vez no se detuvo a nadie, supongo que el seguro pagará los daños y, quizá, una parte de las pérdidas por el cierre forzoso. Tardaremos mucho tiempo en conseguirlo, desde luego, pero estoy seguro de que llegaremos a un acuerdo. Ya he hablado con mi agente y me lo ha confirmado.

Brunetti examinaba al hombre que hablaba y detectaba la nota de confianza de su voz. Estaba acostumbrado a recibir la total atención de sus interlocutores. Irradiaba una seguridad casi tangible. Confirmaba la impresión toda su persona: desde el pelo, esculpido con navaja más corto de lo que imponía la moda, hasta las uñas, cuidadas por manos profesionales, pasando por la tez ligeramente bronceada. Tenía los ojos castaño claro, casi ámbar y una voz muy agradable, casi seductora. Como estaba sentado, Brunetti no podía sino adivinar su estatura, pero debía de ser considerable, a juzgar por sus largas extremidades de corredor.

Mientras su cliente hablaba, el abogado escuchaba atentamente, sin manifestar el deseo de intervenir.

—¿Cuento con su atención, comisario? —preguntó Mitri, consciente del riguroso examen de Brunetti, y quizá molesto.

—Sí.

—El segundo caso es diferente, y será tratado de forma diferente. Dado que, por lo visto, su esposa reconoció haber roto el vidrio, parece lo más razonable que ella pague la reparación. Por eso he querido hablar con usted.

—¿Sí? —dijo Brunetti.

—Creo que usted y yo podremos llegar a un acuerdo.

—Lo siento, pero no comprendo —dijo Brunetti, preguntándose hasta dónde podría desafiar a este hombre y qué ocurriría si se excedía.

—¿Qué es lo que no comprende, comisario?

—La razón por la que me han hecho venir.

El tono de Mitri se hizo un poco más tenso, pero la voz se mantenía suave.

—Deseo resolver este asunto. Entre caballeros. —Inclinó la cabeza en dirección a Patta—. Tengo el honor de ser amigo del *vicequestore* y preferiría no poner a la policía en una situación embarazosa.

Brunetti se dijo que esto podía explicar el silencio de la prensa.

—De modo que he pensado que podríamos solventar el caso discretamente, sin complicaciones innecesarias.

Brunetti miró a Scarpa.

—Ayer por la noche, ¿dijo mi esposa a Landi algo acerca de por qué lo hizo?

Scarpa, desprevenido, miró rápidamente a Mitri, que se adelantó a contestar:

—Estoy seguro de que eso ahora no importa. Lo que importa es que ella reconoció haber cometido el acto. —Se volvió hacia Patta—. Creo que en interés de todos deberíamos tratar de resolver esto mientras podamos. Supongo que estarás de acuerdo, Pippo.

Patta se permitió un rotundo:

—Por supuesto.

Mitri miró entonces a Brunetti.

—Si accede usted, podemos seguir adelante. De lo contrario, temo estar perdiendo el tiempo.

—Sigo sin saber a ciencia cierta a qué tengo que acceder, *dottor* Mitri.

—A que su esposa me pague la reparación del escaparate y me indemnice por las pérdidas debidas al cierre de la agencia.

—No puedo hacer eso —dijo Brunetti.

—¿Y por qué no? —inquirió Mitri, agotando ya la paciencia.

—No es asunto mío. Si desea hablarlo con mi esposa, puede hacerlo con toda libertad. Pero yo no puedo decidir por ella, y mucho menos, en un asunto como éste. —Brunetti consideró que el sonido de su voz era tan razonable como lo que tenía que decir.

—¿Qué clase de hombre es usted? —preguntó Mitri agriamente.

Brunetti miró a Patta.

—¿Manda usted algo más, *vicequestore?* —Patta parecía muy sorprendido, o muy furioso, para contestar, por lo que Brunetti se levantó y salió del despacho rápidamente.

8

En respuesta a la mirada que le lanzó la *signorina* Elettra enarcando las cejas y frunciendo los labios, Brunetti se limitó a menear la cabeza con un gesto ambiguo y a indicar que luego le explicaría. Mientras subía a su despacho, iba pensando en el significado de lo que acababa de ocurrir.

Era indudable que Mitri, que blasonaba de su amistad con Patta, tenía influencia suficiente como para impedir que una historia tan explosiva como ésta llegara a la prensa. Era un clásico que reunía todo lo que pudiera desear un periodista: sexo, violencia e implicación de la policía. Y, si se descubría la forma en que se había tapado el primer ataque de Paola, habría que sumar a todo ello el escándalo de la corrupción policial y abuso de poder.

¿Qué director de periódico desdeñaría semejante posibilidad? ¿Qué periódico podría renunciar al placer de publicar una noticia como ésta? Por otra parte, Paola era la hija del conde Orazio Falier, uno de los hombres más conocidos y acaudalados de la ciudad. Era todo tan noticiable que el periódico capaz de renunciar a semejante primicia, sencillamente, no podía existir.

Por consiguiente, el director o directores de periódico que se abstuvieran de publicarla debían de recibir una buena compensación. O, si ellos no, agregó tras un momento de reflexión, las autoridades que impidieran que la noticia llegara a la prensa. También existía la posibilidad de que la publicación se hubiera vetado por razones de Estado. No parecía que Mitri dispusiera de tanto poder, pero Brunetti tuvo que recordarse a sí mismo que, muchas veces, ese poder estaba donde menos lo imaginabas. No había más que pensar en el caso de un antiguo político, actualmente procesado por asociación con la Mafia, un hombre cuyo aspecto lo había hecho blanco de los caricaturistas durante décadas. Normalmente, no asocias el poder con un hombre de aspecto tan insignificante y sin embargo Brunetti no dudaba de que un simple guiño de aquellos ojos verde pálido podía provocar la eliminación de todo el que se opusiera a él, aunque fuera en una nimiedad.

Había en la inhibición de Brunetti de decidir por Paola un componente de desafío, sin duda, pero, al pensarlo fríamente, descubrió que, ni aun deseándolo, hubiera podido responder de otro modo.

Mitri se había presentado en el despacho de Patta acompañado de un abogado, al que Brunetti conocía vagamente de oídas. Le parecía recordar que Zambino se ocupaba generalmente de litigios corporativos, la mayoría, entre empresas importantes del continente. Quizá él aún residía en la ciudad, pero eran tan pocas las sociedades que quedaban en Venecia que, por lo menos profesionalmente, se había visto obligado a seguir el éxodo al continente.

—¿Por qué hacerse acompañar de un abogado de empresa a una reunión con la policía? ¿Por qué hacerle intervenir en un caso que era o podía ser un asunto criminal? Zambino —recordaba Brunetti— tenía fama de hombre duro, por lo que no debían de faltarle los enemigos. Pese a su fama, durante todo el tiempo en que Brunetti estuvo en el despacho de Patta, el abogado no había despegado los labios.

Brunetti llamó a la primera planta y pidió a Vianello que subiera. Al cabo de unos minutos, entró el sargento y el comisario le indicó que se sentara.

—¿Qué sabe de un tal *dottor* Paolo Mitri y del *avvocato* Giuliano Zambino?

Vianello ya debía de estar familiarizado con los nombres, porque su respuesta fue inmediata.

—Zambino vive en Dorsoduro, no muy lejos de la Salute. Un gran apartamento, unos trescientos metros. Está especializado en asesoría de empresas. La mayoría de sus clientes están en el continente: químicas, petroquímicas, farmacéuticas y una fábrica de maquinaria pesada para movimiento de tierras. A una de las químicas para las que trabaja la pillaron hace tres años vertiendo arsénico en la laguna y él consiguió que se librara con una multa de tres millones de liras y la promesa de no volver a hacerlo.

Brunetti esperó hasta que el sargento acabó de hablar, preguntándose si la fuente de datos sería la *signorina* Elettra.

—¿Y Mitri? —El comisario advirtió que el sargento trataba de disimular el orgullo por haber conseguido tan pronto toda esta información.

—Al salir de la universidad —prosiguió el sargento animadamente—, empezó a trabajar en un laboratorio de farmacia. Es químico, pero dejó de ejercer cuando adquirió la primera fábrica y luego otras dos. Durante los últimos años ha diversificado sus actividades y además de varias fábricas tiene esa agencia de viajes, dos agencias de la propiedad inmobiliaria y se dice que es el principal accionista de la cadena de restaurantes de comida rápida que abrió el año pasado.

—¿Algún problema con la policía?

—No, señor —dijo Vianello—. Ninguno de los dos.

—¿Podría deberse a negligencia?

—¿De parte de quién?

—Nuestra.

El sargento reflexionó.

—Podría ser. Hay mucho de eso.

—Podríamos echar un vistazo, ¿no?

—La *signorina* Elettra ya está hablando con sus bancos.

—¿Hablando?

Por toda respuesta, Vianello extendió las manos sobre la mesa e hizo como si tecleara.

—¿Cuánto hace que tiene la agencia de viajes? —preguntó Brunetti.

—Cinco o seis años, creo.

—Me gustaría saber desde cuándo organizan esos viajes —dijo Brunetti.

—Recuerdo haber visto carteles anunciándolos hace años en la agencia que utilizamos en Castello —dijo Vianello—. Me sorprendió que una semana en Tailandia costara tan poco. Pregunté a Nadia y ella me explicó lo que era. Por eso desde entonces observo los escaparates de las agencias de viajes. —Vianello no explicó la razón ni Brunetti la preguntó.

—¿Qué otros sitios se anuncian?

—¿Para los viajes?

—Sí.

—Generalmente, Tailandia, pero también van a Filipinas. Y a Cuba. Y, desde hace un par de años, a Birmania y a Cambodia.

—¿Qué dicen los anuncios? —preguntó Brunetti, que nunca les había prestado atención.

—Antes eran muy claros: «En pleno distrito de la luz roja, amable compañía, sueños hechos realidad...», cosas así. Pero ahora, con la nueva ley, todo está en clave: «Personal del hotel servicial, cerca de zona nocturna de diversión, camareras atentas.» Pero es lo mismo: montones de putas al servicio de clientes muy comodones para salir a la calle a buscarlas.

Brunetti no tenía ni idea de cómo Paola se había enterado de esto ni de lo que sabía acerca de la agencia de Mitri.

—¿Mitri también pone anuncios de ésos?

Vianello se encogió de hombros.

—Supongo. Todos los que andan metidos en el negocio utilizan el mismo lenguaje. Al cabo de un tiempo, aprendes a leer entre líneas. No obstante, también organizan viajes lícitos: las Maldivas, las Seychelles, dondequiera que haya diversiones baratas y mucho sol.

Durante un momento, Brunetti temió que Vianello, al que hacía años habían extirpado de la espalda un tumor maligno y desde entonces no perdía ocasión de predicar contra los peligros del sol, se enfrascara en su tópico favorito, pero el sargento dijo tan sólo:

—He preguntado por él. Abajo. Para ver si los chicos sabían algo.

—¿Y?

Vianello denegó con la cabeza.

—Nada. Como si no existiera.

—Bien, lo que hace no es ilegal —dijo Brunetti.

—Ya sé que no es ilegal —dijo Vianello—. Pero tendría que serlo. —Y, sin dar a Brunetti tiempo de replicar, agregó—: Ya sé que hacer las leyes no es tarea nuestra. Probablemente, ni siquiera, cuestionarlas. Pero no habría que permitir que esa gente enviara por ahí a hombres mayores a practicar el sexo con niños.

Vistas así las cosas, no había réplica posible. Pero, ante la ley, lo único que hacía la agencia de viajes era facilitar billetes de avión y reservas de hotel. Lo que el viajero hiciera una vez allí era asunto suyo. Brunetti recordó entonces el curso de Lógica que había seguido en la universidad y de cómo lo entusiasmaba su simplicidad prácticamente matemática. Todos los hombres son mortales. Giovanni es hombre. Por lo tanto, Giovanni es mortal. Recordaba que había reglas para comprobar la validez de un silogismo, algo sobre un término mayor y un término medio: tenían que encontrarse en un lugar determinado y no podía haber muchos que fueran negativos.

Los detalles se habían esfumado, se habían volatilizado junto con todos aquellos otros hechos, estadísticas y principios básicos que se habían fugado de su memoria durante las décadas transcurridas desde que terminó sus exámenes y fue admitido en las filas de los licenciados en derecho. Aun a esta distancia, recordaba la gran seguridad que le había infundido saber que había leyes incuestionables que podían utilizarse para determinar la validez de conclusiones, leyes cuya rectitud podía demostrarse, leyes que se basaban en la verdad.

Los años habían debilitado aquella seguridad. Ahora la verdad parecía ser patrimonio de los que podían gritar más o contratar a mejores abogados. Y no había silogismo que pudiera resistir la elocuencia de una pistola, de un puñal, o de cualquiera de las otras formas de argumentación que poblaban su vida profesional.

Ahuyentó estas reflexiones y volvió a concentrar la atención en Vianello, que en aquel momento terminaba una frase:

—¿... un abogado?

—Perdón, ¿decía? Estaba pensando en otra cosa.

—Preguntaba si había pensado en buscar a un abogado.

Desde el momento en que había salido del despacho de Patta, Brunetti había estado zafándose de esta idea. Del mismo modo en que no había querido responder por su esposa ante aquellos hombres, se había resistido a planear una estrategia para hacer frente a las consecuencias judiciales de la conducta de Paola. Aunque conocía a la mayoría de abogados penalistas de la ciudad y mantenía bastante buenas relaciones con muchos de ellos, su trato era meramente profesional. Sin darse cuenta, empezó a repasar la lista, tratando de recordar el nombre del que había ganado un caso de asesinato hacía dos años. Desechó la idea.

—De eso tendrá que encargarse mi esposa.

Vianello asintió, se puso en pie y, sin decir más, salió del despacho.

Cuando el sargento hubo salido, Brunetti se levantó y empezó a pasearse entre el armario y la ventana. La *signorina* Elettra estaba repasando las cuentas bancarias de dos hombres que no habían hecho nada más que denunciar un delito y sugerir la solución más favorable para la persona que prácticamente se jactaba de haberlo cometido. Se habían tomado la molestia de venir a la *questura* y habían ofrecido un compromiso que evitaría a la culpable las consecuencias judiciales de su acción. Y Brunetti se mantendría con los brazos cruzados mientras se investigaban sus finanzas por unos medios que probablemente eran tan ilegales como el delito del que uno de ellos había sido víctima.

No cabía la menor duda de que lo que había hecho Paola era ilegal. Se paró al advertir que ella nunca había negado que fuera ilegal. Sencillamente, no le importaba. Él había dedicado su vida a defender el concepto de la legalidad, y ahora su mujer se permitía escupir sobre ese concepto como si fuera un convencionalismo estúpido que no la vinculaba en absoluto, simplemente, porque no estaba de acuerdo con él. Sintió que se aceleraban los latidos de su corazón mientras despertaba la cólera que estaba latente en su interior desde hacía varios días. Ella actuaba por capricho, a impulsos de una definición autofabricada de la conducta correcta, y él, simplemente, tenía que limitarse a admirar boquiabierto tan noble proceder mientras su carrera se iba al garete.

Brunetti se pilló a sí mismo dejándose arrastrar hacia esta actitud y frenó antes de empezar a lamentarse del efecto que todo esto tendría en su posición respecto de sus colegas en la *questura* y el coste para su autoestima. De modo que, al llegar a este punto, tuvo que darse a sí mismo la respuesta que había dado a Mitri: él no podía hacerse responsable de la conducta de su esposa.

Ahora bien, esta explicación en poco o nada contribuyó a calmar su cólera. Siguió paseando y, como también este medio resultara inútil, bajó al despacho de la *signorina* Elettra.

—El *vicequestore* ha salido a almorzar —le informó

ella con una sonrisa al verle entrar, pero no dijo más, manteniéndose a la expectativa, para sondear el humor de Brunetti.

—¿Se ha ido con ellos?

La joven asintió.

—*Signorina* —empezó el comisario, y se interrumpió, buscando las palabras—. No creo necesario que siga usted haciendo preguntas acerca de esos hombres. —Al ver que ella iba a protestar, agregó, anticipándose a sus objeciones—. No hay indicios de que alguno de ellos haya cometido delitos, y me parece que sería poco ético empezar a investigarlos. Especialmente, dadas las circunstancias. —Dejó que ella imaginara cuáles eran las circunstancias.

—Comprendo, comisario.

—No le pido que comprenda, sólo digo que no debe usted empezar a indagar en sus finanzas.

—No, señor —dijo ella volviéndose hacia el ordenador y encendiendo el monitor.

—*Signorina* —insistió él con voz átona y, cuando ella desvió la mirada de la pantalla, prosiguió—: Hablo en serio, no quiero que se hagan más preguntas acerca de esas personas.

—Pues no se harán, comisario —dijo ella sonriendo con radiante falsedad, y puso los codos encima de la mesa apoyando el mentón en los dedos entrelazados como una *soubrette* de película francesa barata—. ¿Eso es todo, comisario, o hay algo que yo pueda hacer?

Él dio media vuelta sin contestar y se dirigió hacia la escalera, pero antes de llegar a ella cambió de idea y salió de la *questura*. Subió por el muelle hacia la iglesia griega, cruzó el puente y entró en el bar que quedaba enfrente.

—*Buon giorno, commissario* —saludó el camarero—. *Cosa desidera?*

Sin saber qué pedir, Brunetti miró el reloj. Había perdido la noción del tiempo y le sorprendió ver que era casi mediodía.

—*Un'ombra* —respondió y, cuando el hombre le sirvió el vasito de vino blanco, lo vació de un trago, sin saborearlo. El vino no arregló nada, y el buen sentido le dijo que un segundo vaso arreglaría menos aún. Dejó mil liras en el mostrador y volvió a la *questura*. Sin hablar con nadie, subió a su despacho, se puso el abrigo y se fue a casa.

Durante el almuerzo, se hizo evidente que Paola había contado a los chicos lo sucedido. La confusión de Chiara era evidente, mientras que Raffi miraba a su madre con interés, quizá hasta con curiosidad. Nadie habló del tema, y la comida transcurrió en relativa calma. Normalmente, Brunetti hubiera disfrutado con los *tagliatelle* frescos con *porcini*, pero hoy apenas los probó. Como tampoco saboreó los *spezzatini* con *melanzane* frito que siguieron. Después de comer, Chiara fue a su clase de piano y Raffi a casa de un amigo a estudiar matemáticas.

Una vez a solas, mientras tomaban café, él con grappa y ella solo y muy dulce, con los platos y las fuentes todavía en la mesa, él preguntó:

—¿Vas a contratar a un abogado?

—Esta mañana he hablado con mi padre.

—¿Y qué te ha dicho?

—¿Te refieres a antes o después del bufido?

Brunetti no pudo menos que sonreír. «Bufido» era una palabra que, ni con un alarde de imaginación, se le hubiera ocurrido asociar a su suegro. La incongruencia lo divirtió.

—Después, supongo.

—Me ha dicho que era una idiota.

Brunetti recordó que ésta había sido la respuesta que, hacía veinte años, dio a su hija el conde cuando ella le comunicó su decisión de casarse con él.

—¿Y después?

—Que contratara a Senno.

Brunetti movió la cabeza de arriba abajo al oír el nombre del mejor penalista de la ciudad.

—Quizá sea excesivo.

—Senno es muy bueno para defender a violadores y asesinos, niños ricos que pegan a sus amiguitas y a las amiguitas que son pilladas vendiendo heroína para pagarse el hábito. No me parece que tú estés en esa categoría.

—No sé si tomarlo como un cumplido.

Brunetti se encogió de hombros. Él tampoco lo sabía. En vista de que Paola no decía más, le preguntó:

—¿Piensas contratarlo?

—Nunca contrataría a un hombre como él.

Brunetti se acercó la botella de grappa y se sirvió un poco más en la taza vacía. La hizo girar y la bebió de un trago. Dejando en el aire la última frase de Paola, preguntó:

—¿A quién piensas contratar?

Ella se encogió de hombros.

—Esperaré a ver cuál es la acusación antes de decidir.

Él pensó en tomar otra grappa, pero enseguida descubrió que no le apetecía. Sin ofrecerse a ayudar a fregar los cacharros, ni siquiera a llevarlos al fregadero, Brunetti se levantó y arrimó su silla a la mesa. Miró el reloj y esta vez le sorprendió que fuera tan temprano: aún faltaban unos minutos para las dos.

—Me echaré un rato —dijo.

Ella asintió, se levantó y empezó a apilar los platos.

Él se fue por el pasillo hasta el dormitorio, se quitó los zapatos y se sentó en la cama, sintiéndose muy cansado. Se tumbó con las manos en la nuca y cerró los ojos. De la cocina llegaba rumor de agua, entrechocar de platos, el cencerreo de una sartén. Descruzó los dedos y se tapó los ojos con el antebrazo. Pensó en sus días de colegio, cuando se escondía en su cuarto si llevaba a casa malas notas, y se echaba en la cama, temiendo el enfado de su padre y la decepción de su madre.

El recuerdo lo envolvió en sus tentáculos y lo arrastró consigo. Luego sintió que algo se movía a su lado y notó un peso y enseguida calor en el pecho. Primero le llegó el olor y luego la caricia de su pelo en la cara, y aspiró aquella combinación de jabón y salud que los años habían grabado en su memoria. Levantó el brazo que tenía sobre los ojos y, sin molestarse en abrir los párpados, le rodeó los hombros. Sacó el otro brazo de debajo de la cabeza y enlazó las manos en la espalda de ella.

Al poco rato, los dos dormían y, cuando despertaron, nada había cambiado.

9

El día siguiente fue tranquilo, en la *questura* las cosas se mantuvieron dentro de una relativa normalidad. Patta ordenó que se trajera a Venecia a Iacovantuono para interrogarlo acerca de su negativa a testificar, y así se hizo. Brunetti se lo encontró acompañado de dos policías con metralleta que lo conducían al despacho de Patta. El *pizzaiolo* miró a Brunetti a los ojos, pero no dio señales de reconocerlo sino que mantuvo la cara congelada en esa máscara de ignorancia que los italianos han aprendido a adoptar frente a la autoridad.

Al ver sus ojos tristes, Brunetti se preguntó si saber la verdad de lo ocurrido supondría alguna diferencia. Tanto si a su esposa la había asesinado la Mafia como si eso era sólo lo que creía Iacovantuono, a sus ojos, el Estado y sus órganos eran impotentes para protegerlo de la amenaza de un poder mucho mayor.

Todos estos pensamientos se agolparon en la cabeza de Brunetti al ver subir la escalera al hombrecillo, pero eran muy confusos como para poder expresarlos, ni aun a sí mismo, con palabras, por lo que todo lo que pudo hacer fue saludar con un movimiento de la cabeza al hombre que, entre los corpulentos policías, parecía aún más pequeño.

Mientras seguía subiendo la escalera, Brunetti recordó el mito de Orfeo y Eurídice, el hombre que perdió a su esposa por mirar atrás para asegurarse de que ella lo seguía, quebrantando la prohibición de los dioses, con lo que la condenó a permanecer para siempre en el Hades. Los dioses que gobiernan Italia habían ordenado a Iacovantuono no mirar, él desobedeció y ellos le quitaron a su esposa para siempre.

Afortunadamente, Vianello estaba esperándolo en lo alto de la escalera y su presencia distrajo a Brunetti de sus cavilaciones.

—Comisario —dijo el sargento al verlo llegar—, se ha recibido una llamada de una mujer de Treviso. Dice que vive en la misma casa que los Iacovantuono, el mismo edificio habrá querido decir.

Brunetti pasó por delante del sargento indicándole con un movimiento de la cabeza que lo siguiera y precediéndole por el pasillo hasta su despacho. Mientras colgaba el abrigo en el *armadio*, el comisario preguntó:

—¿Qué ha dicho esa mujer?

—Que se peleaban.

Pensando en su propio matrimonio, Brunetti dijo:

—Mucha gente se pelea.

—Él le pegaba.

—¿Y ella cómo lo sabe? —preguntó Brunetti con inmediata curiosidad.

—Ha dicho que la mujer bajaba a su casa a llorar.

—¿Y nunca llamó a la policía?

—¿Quién?

—La *signora* Iacovantuono.

—No lo sé, yo sólo he hablado con esta mujer —empezó Vianello mirando una notita que tenía en la mano—. *Signora* Grassi, hace diez minutos. Acababa de colgar cuando ha entrado usted. Ha dicho que él es muy conocido en el vecindario.

—¿Por qué?

—Por problemas con los vecinos: grita a sus hijos.

—¿Y eso de los malos tratos a la mujer? —preguntó Brunetti sentándose detrás de su escritorio. Mientras hablaba, atrajo hacia sí un montoncito de papeles y sobres, pero no empezó a mirarlos.

—No lo sé. Aún no. No ha habido tiempo de preguntar.

—No es nuestra jurisdicción —dijo Brunetti.

—Ya lo sé. Pero ha dicho Pucetti que esta mañana iban a traerlo porque el *vicequestore* quería hablarle del atraco al banco.

—Sí; lo he visto en la escalera. —Brunetti miraba el sobre de encima de todo, tan abstraído en lo que Vianello acababa de decirle que lo único que percibía era un rectángulo verde pálido. Poco a poco, fue perfilándose el dibujo: un soldado galo con su esposa agonizante a los pies y la espada clavada en el propio cuerpo. «Roma, Museo Nazionale Romano», se leía en un borde lateral y en el otro: «Galatea suicida.» En la base, un número: «750».

—¿Seguro de vida? —preguntó Brunetti finalmente.

—No lo sé, comisario. Acabo de hablar con ella.

Brunetti se levantó.

—Se lo preguntaré a él —dijo y salió del despacho solo, camino de la escalera que lo llevaría al despacho de Patta, en la planta inferior.

El antedespacho estaba vacío, y pequeñas tostadoras evolucionaban lentamente por la pantalla del ordenador de la *signorina* Elettra. Brunetti llamó a la puerta de Patta y oyó la voz de su jefe autorizándolo a entrar.

Dentro, la escena familiar: Patta, detrás de un escritorio vacío, lo que lo hacía aún más intimidatorio. Iacovantuono estaba sentado en el borde de la silla, asiendo nerviosamente los lados del asiento, con los codos pegados al cuerpo, sustentándolo.

Patta miró a Brunetti con gesto imperturbable.

—¿Sí? —preguntó—. ¿Qué ocurre?

—Me gustaría hacer una pregunta al *signor* Iacovantuono —respondió Brunetti.

—Me parece que perderá el tiempo, comisario —dijo Patta y, alzando el tono de voz—: como yo he perdido el mío. El *signor* Iacovantuono parece haber olvidado lo que ocurrió en el banco. —Se inclinó hacia su visitante, aunque sería más exacto decir «se cernió» y dejó caer el puño en la mesa no con violencia pero sí con la fuerza suficiente como para que se le abriera la mano, apuntando con cuatro dedos a Iacovantuono. —En vista de que el cocinero no reaccionaba, Patta miró a Brunetti—: ¿Qué quiere preguntarle, comisario? ¿Si recuerda haber visto a Stefano Gentile en el banco? ¿Si recuerda la primera descripción que nos hizo? ¿Si recuerda haber identificado a Gentile por la foto? —Patta se recostó en el respaldo manteniendo la mano en el aire, todavía con los dedos extendidos hacia Iacovantuono—. No; no creo que recuerde nada de eso. Le sugiero que no pierda el tiempo.

—No es eso lo que deseo preguntarle —dijo Brunetti con voz suave, en contraste con la histriónica cólera de su jefe.

Iacovantuono miró al comisario.

—Bien, ¿de qué se trata? —apremió Patta.

—Me gustaría saber —empezó Brunetti dirigiéndose a Iacovantuono y desentendiéndose por completo de Patta— si su esposa estaba asegurada.

Iacovantuono abrió mucho los ojos con auténtica extrañeza.

—¿Asegurada? —preguntó.

Brunetti asintió.

—Si tenía un seguro de vida.

Iacovantuono miró a Patta y, al no encontrar allí ninguna explicación, se volvió otra vez hacia Brunetti.

—No lo sé.

—Gracias. —Brunetti dio media vuelta para marcharse.

—¿Eso era todo? —preguntó Patta a su espalda con irritación.

—Sí, señor —dijo Brunetti volviéndose hacia Patta pero mirando a Iacovantuono. El hombre seguía sentado en el borde de la silla, pero ahora tenía las manos juntas en el regazo y la cabeza baja, como si estuviera examinándolas.

Brunetti salió del despacho. Las tostadoras proseguían su interminable migración hacia la derecha, lemmings de la técnica, empeñados en la autodestrucción.

Al entrar en su despacho, Brunetti encontró esperándolo a Vianello, que se había acercado a la ventana y contemplaba el jardín del otro lado del canal y la fachada de la iglesia de San Lorenzo. El sargento, al oír abrirse la puerta, se volvió.

—¿Y bien? —dijo cuando Brunetti hubo entrado.

—Le pregunté lo del seguro.

—¿Y bien? —repitió Vianello.

—No lo sabe. —Vianello no hizo comentario y Brunetti preguntó—: ¿Nadia tiene una póliza de seguro?

—No. —Y, al cabo de un momento, Vianello agregó—: Por lo menos, que yo sepa. —Los dos meditaron un momento y el sargento preguntó—: ¿Qué va a hacer, comisario?

—Lo único que puedo hacer es comunicarlo a los de Treviso. —Entonces cayó en la cuenta—. ¿Por qué había de llamarnos a nosotros esa mujer? —preguntó a Vianello levantando una mano hacia la boca.

—¿A qué se refiere?

—¿Por qué una vecina había de llamar a la policía de Venecia? La mujer murió en Treviso. —Brunetti notó que se le encendía la cara. Por supuesto, evidentemente. Había que desacreditar a Iacovantuono en Venecia: si decidía testificar, lo haría allí. ¿Tan estrechamente lo vigilaban que hasta sabían cuándo había ido a buscarlo la policía? O, lo que era peor, ¿sabían cuándo iría a buscarlo?— *Gesú Bambino* —susurró—. ¿Cómo ha dicho que se llama?

—Grassi.

Brunetti descolgó el teléfono y pidió comunicación con la policía de Treviso. Cuando contestaron, se identificó y pidió hablar con la persona encargada de la investigación del caso Iacovantuono. Al cabo de unos minutos, el hombre que estaba al otro extremo de la línea le dijo que el caso había sido considerado muerte accidental y archivado.

—¿Tienen el nombre del hombre que encontró el cuerpo?

El teléfono enmudeció y, al cabo de un rato, volvió a oírse la voz del agente:

—Zanetti —dijo—. Walter Zanetti.

—¿Quién más vive en el edificio? —preguntó Brunetti.

—Sólo las dos familias, comisario, los Iacovantuono arriba y los Zanetti abajo.

—¿Vive allí alguien llamado Grassi?

—No, señor. Sólo dos familias. ¿Por qué lo pregunta?

—No es nada, nada. Ha habido una confusión en nuestros archivos y no encontrábamos el nombre de Zanetti. Es todo lo que necesitamos. Muchas gracias por su ayuda.

—No hay de qué darlas, comisario. A sus órdenes —dijo el policía y colgó.

Antes de que Brunetti pudiera decir algo, Vianello preguntó:

—¿La mujer no existe?

—O, si existe, no vive en ese edificio.

Vianello se quedó pensativo un momento y preguntó:

—¿Qué hacemos, comisario?

—Hay que informar a Treviso.

—¿Cree que está allí?

—¿La filtración? —preguntó Brunetti, aunque sabía que Vianello no podía referirse a otra cosa.

El sargento asintió.

—Allí o aquí. No importa dónde. Basta con que exista.

—Pero nada indica necesariamente que supieran que ella iba a venir hoy.

—Entonces, ¿por qué llamarnos? —inquirió Brunetti.

—Para intoxicar. Por si acaso.

Brunetti meneó la cabeza.

—No. Excesivamente oportuno. Por Dios, si el hombre estaba entrando en el edificio cuando han llamado. —Brunetti dudó un momento—. ¿Por quién preguntaba esa mujer?

—Dice el telefonista que por la persona que había ido a Treviso a hablar con él. Creo que primero probó de ponerla con usted y, al no encontrarlo en su despacho, la puso con nosotros. Pucetti me la pasó porque yo había ido con usted a Treviso.

—¿Cómo sonaba?

Vianello evocó la conversación.

—Preocupada, como si no quisiera causarle dificultades. Así lo ha dicho una o dos veces, y que bastante había sufrido ya el hombre, pero que creía que tenía que informarnos.

—Una actitud muy cívica.

—Sí.

Brunetti se acercó a la ventana y miró el canal y las lanchas de la policía amarradas en el muelle delante de la *questura*. Recordó la expresión de Iacovantuono cuando le preguntó por el seguro y se sintió enrojecer otra vez. Había reaccionado como un chico con un juguete nuevo, echando a correr impulsivamente, sin pararse a reflexionar ni a comprobar la información. Sabía que ahora, por norma, se sospechaba del cónyuge en cualquier caso de muerte sospechosa, pero él debió confiar en su instinto acerca de Iacovantuono, debió recordar su voz entrecortada en la que palpitaba el miedo por sus hijos. Debió fiarse de esto y no saltar a la primera acusación llegada no se sabía de dónde.

No podía pedir disculpas al *pizzaiolo*, cualquier explicación no haría sino aumentar su confusión.

—¿Alguna posibilidad de localizar la llamada?

—El ruido de fondo parecía de la calle. Yo diría que se hizo desde una cabina —dijo Vianello.

Si eran lo bastante listos como para hacer la llamada —o estaban lo bastante bien informados, apostilló una voz fría en su cabeza—, tomarían la precaución de hacerla desde un teléfono público.

—Pues eso es todo, supongo. —Se dejó caer en su sillón, sintiéndose de pronto muy cansado.

Sin una palabra más, Vianello salió del despacho y Brunetti atacó los papeles que tenía en la mesa.

Empezó a leer un fax de un colega de Amsterdam que se interesaba por la posibilidad de que Brunetti agilizara la respuesta a una petición de la policía holandesa de información acerca de un italiano arrestado por matar a una prostituta. Como la dirección que figuraba en el pasaporte del hombre era de Venecia, las autoridades holandesas se habían dirigido a la policía de esta ciudad para averiguar si el detenido tenía antecedentes. La petición había sido cursada hacía un mes y hasta el momento no se había recibido respuesta.

Brunetti alargaba la mano para llamar al despacho de los agentes de uniforme y preguntar si el hombre tenía antecedentes cuando sonó el teléfono... y empezó el acoso.

En el fondo, él ya sabía que llegaría, incluso había intentado prepararse, ideando una estrategia para tratar con la prensa. Pero, a pesar de todo, en aquel momento, se sintió sorprendido.

El periodista, uno al que él conocía, que trabajaba para *Il Gazzettino*, empezó diciendo que llamaba para confirmar una información según la cual el comisario Brunetti había presentado la dimisión. Cuando Brunetti dijo que esto era para él una completa sorpresa y que nunca había pensado en dimitir, el periodista, Piero Lembo, preguntó cómo pensaba entonces hacer frente al arresto de su esposa y a los conflictos que ello creaba con su propia situación.

Brunetti respondió que, puesto que él no estaba en modo alguno implicado en el caso, no podía haber conflicto.

—Pero usted tendrá amigos en la *questura* —dijo Lembo que, no obstante, dejó traslucir cierto escepticismo al respecto—, y también amigos en la magistratura. ¿No afectaría eso su visión del caso y sus decisiones?

—No me parece probable —mintió Brunetti—. Además, no hay razones para pensar que vaya a haber juicio.

—¿Por qué no? —preguntó Lembo.

—Generalmente, un juicio se celebra para determinar culpabilidad o inocencia. Esto no está en cuestión en este caso. Creo que habrá una instrucción judicial y una multa.

—¿Y después?

—Me parece que no entiendo su pregunta, *signor* Lembo —dijo Brunetti mirando por las ventanas de su despacho a una paloma que acababa de posarse en un tejado al otro lado del canal.

—¿Qué pasará cuando se imponga la multa?

—Yo no puedo responder a esa pregunta.

—¿Por qué no?

—La multa será impuesta a mi esposa, no a mí. —Se preguntaba cuántas veces tendría que dar esta respuesta.

—¿Y qué opina usted de su delito?

—No tengo opinión. —Por lo menos, opinión que fuera a dar a la prensa.

—Me parece muy extraño —dijo Lembo que añadió, como si el tratamiento pudiera soltar la lengua a Brunetti—, comisario.

—Usted verá. —Y, alzando la voz—: Si no tiene más preguntas, *signor* Lembo, le deseo muy buenas tardes —y colgó el teléfono. Esperó unos momentos, para asegurarse de que se había cortado la comunicación, volvió a descolgar y marcó centralita—. Hoy no me pase más llamadas —dijo y colgó.

A continuación llamó al empleado del archivo, le dio el nombre del hombre de Amsterdam y le pidió que mirara si tenía ficha y, en tal caso, que inmediatamente la pasara por fax a la policía holandesa. Esperaba oír protestas por la enormidad del trabajo pendiente, pero no fue así, sino que el empleado le dijo que se haría aquella misma tarde, naturalmente, suponiendo que el hombre estuviera fichado.

Brunetti pasó el resto de la mañana contestando el correo y escribiendo informes de dos casos que estaba llevando, en ninguno de los cuales había conseguido hasta el momento resultados satisfactorios.

Era poco más de la una cuando se levantó de la mesa y se dispuso a salir del despacho. Bajó la escalera y cruzó el vestíbulo. No había guardia en la entrada, pero esto no tenía nada de extraño a la hora del almuerzo, en que las oficinas estaban cerradas y no se permitía la entrada en el edificio. Brunetti oprimió el pulsador de apertura y empujó la pesada vidriera. El frío había penetrado en el vestíbulo, por lo que se subió el cuello y hundió la barbilla buscando la protección de la gruesa tela del abrigo. Con la cabeza inclinada, salió a la calle y se encontró en plena tormenta.

La primera señal fue un súbito fogonazo, seguido de otro y luego otro. Bajó la mirada y vio acercarse pies, cinco o seis pares, que le cortaban el paso obligándole a pararse y levantar la cabeza para ver qué se le venía encima.

Estaba rodeado por un cerco compacto de cinco hombres que sostenían micrófonos. Detrás de ellos, en un círculo más amplio, evolucionaban tres videocámaras con la luz roja encendida, apuntando hacia él.

—Comisario, ¿es verdad que tuvo que arrestar a su esposa?

—¿Habrá juicio? ¿Su esposa ha contratado a un abogado?

—¿Qué hay del divorcio? ¿Es verdad?

Los micrófonos se agitaban ante él, y Brunetti tuvo que hacer un esfuerzo para dominar el impulso de apartarlos de un manotazo. Al advertir su evidente sorpresa, los hombres arreciaron con sus preguntas que se atropellaban impetuosamente unas a otras, de modo que él sólo podía oír palabras sueltas: «su suegro», «Mitri», «libre empresa», «obstrucción de la justicia»...

Brunetti hundió las manos en los bolsillos del abrigo, volvió a bajar la cabeza y empezó a andar. Su pecho chocó con un cuerpo, pero él siguió andando, y por dos veces notó que pisaba a alguien. «No puede marcharse así», «obligación», «derecho a la información»...

Otro cuerpo se le puso delante, pero él siguió andando, mirando al suelo, para evitar los pisotones. Dobló por la primera esquina en dirección a Santa Maria Formosa, caminando sin precipitación, para no dar la impresión de que huía. Una mano lo asió de un hombro y él se la sacudió, dominando el deseo de agarrarla y estampar a su dueño contra la pared.

Lo siguieron durante varios minutos, pero él ni aminoraba el paso ni se daba por enterado de su presencia. Bruscamente, se metió por una estrecha calle, y los periodistas, la mayoría forasteros, debieron de sentirse alarmados ante aquel vericueto angosto y lóbrego, porque ninguno lo siguió. Al otro extremo, él torció hacia la izquierda siguiendo el canal, libre ya del asedio.

Llamó a su casa desde un teléfono de *campo* Santa Marina y se enteró por Paola de que había un equipo de televisión estacionado delante del portal y que tres reporteros habían tratado de impedirle entrar en su casa, en su afán por entrevistarla.

—Entonces almorzaré por ahí.

—Lo siento, Guido —dijo ella—. No pensé... —Ella se interrumpió, y él no tenía nada que decir a su silencio.

No; seguramente, ella no pensó en las consecuencias de sus actos. Qué extraño, en una mujer tan inteligente como Paola.

—¿Qué harás? —preguntó ella.

—Volver al despacho. ¿Y tú?

—No tengo clase hasta pasado mañana.

—No puedes quedarte en casa hasta entonces, Paola.

—Ay, Dios, es como estar en la cárcel, ¿verdad?

—La cárcel es peor.

—¿Vendrás a casa? ¿Después del trabajo?

—Naturalmente.

—¿Vendrás?

Iba a decirle que no tenía otro sitio a donde ir, pero pensó que ella podía interpretarlo mal, y respondió:

—No deseo ir a ningún otro sitio.

—Oh, Guido —suspiró ella, y luego—: *Ciao, amore* —y colgó.

10

Estos sentimientos, sin embargo, nada significaban a la hora de enfrentarse a la muchedumbre que lo aguardaba en la puerta de la *questura* a la vuelta del almuerzo. Mientras Brunetti bajaba por el Ponte dei Grechi en dirección a los representantes de la prensa allí reunidos acudían a su mente diversas metáforas avícolas: cuervos, buitres, arpías se arremolinaban frente a la *questura*; no faltaba más que el cadáver putrefacto a sus pies, para que el cuadro estuviera completo.

Uno de ellos lo vio y, sin advertir a sus colegas —el muy traidor—, se apartó del grupo con disimulo y se acercó a Brunetti blandiendo el micro con el brazo extendido como si fuera una vara para arrear ganado.

—Comisario Brunetti —empezó desde varios metros de distancia—, ¿piensa el *dottor* Mitri demandar a su esposa?

Brunetti se paró y dijo sonriendo:

—Eso tendría que preguntárselo al *dottor* Mitri, imagino. —Mientras hablaba, observó que la jauría, al notar la ausencia del compañero, se volvía con una especie de espasmo colectivo hacia las voces que sonaban a su espalda. Al momento, se dispersaron y corrieron hacia él extendiendo los micrófonos, para captar cualquier palabra que pudiera haber quedado flotando alrededor de Brunetti.

Durante la estampida, uno de los cámaras tropezó con un cable y cayó de cara estrellando el aparato contra el suelo. El objetivo saltó y se fue rodando, como una lata de refresco que hubiera recibido un puntapié, hasta el borde del canal. Todos se habían quedado en suspenso, paralizados por la sorpresa o por otros sentimientos, observando su avance hacia los escalones que bajaban al agua. Se acercó al escalón superior, rodó mansamente por el borde, rebotó en el segundo y el tercero y, con un suave chapoteo, se hundió en las aguas verdes del canal.

Brunetti aprovechó el momento de distracción general para reanudar su marcha hacia la puerta principal de la *questura*, pero los periodistas reaccionaron rápidamente y se adelantaron para cerrarle el paso.

—¿Piensa presentar la dimisión?

—¿Es cierto que su esposa ya había sido detenida anteriormente?

—¿... no llegó a juicio?

Con su sonrisa más sintética, Brunetti avanzaba sin empujar, pero sin dejar que sus cuerpos le impidieran alcanzar el objetivo. Cuando ya llegaba, se abrió la puerta y salieron Vianello y Pucetti, que se situaron uno a cada lado, con los brazos extendidos, para impedir la entrada a los reporteros.

Brunetti entró, seguido de Vianello y Pucetti.

—Vaya salvajes —dijo Vianello con la espalda apoyada en la vidriera. A diferencia de Orfeo, Brunetti no miró atrás y tampoco habló sino que empezó a subir la escalera. Oyó pasos a su espalda y al volverse vio a Vianello que subía los peldaños de dos en dos.

—Quiere verle.

Todavía con el abrigo puesto, Brunetti se dirigió al despacho de Patta. La *signorina* Elettra tenía *Il Gazzettino* del día abierto encima de la mesa.

Brunetti miró el diario y vio, en la página uno de la sección local, una foto suya tomada años atrás, y otra de Paola, la misma de la *carta d'identità*. La *signorina* Elettra levantó la cabeza y dijo:

—Si tan famoso se hace, tendré que pedirle un autógrafo.

—¿Es eso lo que quiere el *vicequestore*? —sonrió el comisario.

—No; me parece que él quiere su cabeza.

—Me lo figuraba —dijo Brunetti llamando a la puerta con los nudillos.

Sonó la voz de Patta en tono apocalíptico. Cuánto más fácil no sería todo si pudieran prescindir de tanto melodrama y acabar de una vez, pensó Brunetti. Al entrar en el despacho, le vino a la memoria un pasaje de *Anna Bolena* de Donizetti: «Si quienes me juzgan son los que ya me han condenado, no tengo esperanza.» Santo Dios, mira quién habla de melodrama.

—¿Deseaba verme, señor?

Patta estaba sentado detrás de su mesa, con gesto impasible. No le faltaba más que el paño negro que los jueces ingleses se ponen encima de la peluca antes de pronunciar una sentencia de muerte.

—Sí, Brunetti. No, no hace falta que se siente. Lo que tengo que decir es muy breve. He hablado con el *questore* y hemos decidido darle la baja administrativa hasta que esto se resuelva.

—¿Qué quiere decir?

—Que no es necesario que venga a la *questura* hasta que el caso esté resuelto.

—¿Resuelto?

—Hasta que se emita un fallo y su esposa pague una multa o indemnice al *dottor* Mitri por los daños que ha causado a su propiedad y a su negocio.

—Eso, suponiendo que sea acusada y condenada —respondió el comisario, sabiendo que ambas cosas eran seguras. Patta no se dignó contestar—. Y podría tardar años —agregó Brunetti, que conocía el funcionamiento de la justicia.

—Lo dudo.

—En mis archivos tengo casos que han estado pendientes de juicio durante años. Insisto, podría tardar años.

—Eso depende únicamente de su esposa, comisario. El *dottor* Mitri fue tan amable, y yo diría tan civilizado, como para ofrecer una solución práctica. Pero, al parecer, su esposa ha optado por rechazarla. Por lo tanto, las consecuencias deben atribuirse sólo a ella.

—Con el debido respeto, señor —dijo Brunetti—, eso no es del todo cierto. El *dottor* Mitri me ofreció la solución a mí, no a mi esposa. Como ya le dije, yo no puedo decidir por ella. Si se la hiciera a ella directamente y ella la rechazara, sería cierto lo que usted dice.

—¿Usted no se lo ha dicho? —preguntó Patta, sin tratar de disimular la sorpresa.

—No.

—¿Por qué no?

—Creo que eso debe hacerlo el *dottor* Mitri.

Una vez más, fue evidente la sorpresa de Patta. Lo meditó un momento y dijo:

—Hablaré con él.

Brunetti movió la cabeza de arriba abajo con un gesto que ninguno de los dos sabía si era de gratitud o de simple aceptación.

—¿Eso es todo?

—Sí, pero usted debe considerarse en situación de baja administrativa, ¿está claro?

—Sí, señor —dijo Brunetti, aunque ignoraba lo que significaba aquello, aparte de que ya no podría trabajar de policía, que ni siquiera tendría empleo. Sin molestarse en decir ni una palabra más a Patta, dio media vuelta y salió del despacho.

La *signorina* Elettra seguía leyendo, ahora, una revista, después de terminar con *Il Gazzettino*. Levantó la cabeza al salir él.

—¿Quién ha informado a la prensa?

Ella movió la cabeza negativamente.

—No lo sé. Probablemente, el teniente. —Lanzó una mirada a la puerta de Patta.

—Baja administrativa.

—No lo había oído nunca —dijo ella—. Se lo habrán inventado para la ocasión. ¿Qué va usted a hacer, comisario?

—Irme a casa a leer —contestó él, y con la respuesta llegó la idea y con la idea el deseo. No tenía más que cruzar por entre los periodistas que estaban delante del edificio, escapar de sus cámaras y de sus preguntas machaconas, y podría quedarse en casa leyendo hasta que Paola tomara una decisión o hasta que se resolviera todo esto. Podría hacer que los libros lo sacaran de la *questura*, de Venecia, de este siglo lamentable, lleno tanto de sensiblería barata como de sed de sangre, para llevarlo a mundos en los que su espíritu se sintiera más confortado.

La *signorina* Elettra, tomando su respuesta por una broma, sonrió y volvió a su revista.

Sin molestarse en subir a su despacho, Brunetti fue directamente a la puerta de la calle, donde descubrió con sorpresa que los periodistas se habían ido. Las únicas señales de su reciente presencia eran unos fragmentos de plástico y un trozo de correa de una cámara.

11

Encontró restos de la muchedumbre delante de su casa, tres hombres, los mismos que habían tratado de interrogarlo en la puerta de la *questura*. Sin responder a las preguntas que le hacían a gritos, levantó la llave hacia la cerradura del enorme *portone* de la entrada. Alguien le agarró del brazo por detrás, tratando de apartar la mano de la puerta.

Brunetti giró hacia la derecha, blandiendo el gran manojo de llaves como un arma. El reportero, al ver, no ya las llaves sino la expresión de su cara, retrocedió extendiendo una mano en actitud apaciguadora.

—Perdone, comisario —dijo con una sonrisa tan falsa como sus palabras. Algún instinto animal en los otros detectó el puro miedo de su voz y les hizo reaccionar. Nadie habló. Brunetti les miró a la cara. No se dispararon flashes ni se enfocaron videocámaras.

Brunetti se volvió otra vez hacia la puerta y metió la llave en la cerradura. La hizo girar y entró en el zaguán, cerró la puerta y se apoyó en ella. Tenía el pecho, más, toda la parte superior del cuerpo, cubierta del sudor viscoso provocado por el arrebato de cólera, y el corazón le latía con fuerza. Se desabrochó el abrigo, para que el aire del portal lo refrescara. Haciendo palanca con los hombros, se apartó de la puerta y empezó a subir la escalera.

Paola debía de haberle oído porque, al llegar él al último tramo de la escalera, vio que le había abierto la puerta. Cuando entró, ella le tomó el abrigo y lo colgó. Él se inclinó, le dio un beso en la mejilla y aspiró su olor con agrado.

—¿Qué ha pasado? —preguntó ella.

—Una cosa llamada «baja administrativa». Inventada para la ocasión, imagino.

—¿Y significa? —dijo Paola caminando a su lado hacia la sala.

Él se dejó caer en el sofá con las piernas extendidas.

—Significa que tengo que quedarme en casa leyendo hasta que tú y Mitri os pongáis de acuerdo.

—¿De acuerdo? —preguntó ella sentándose a su lado en el borde del sofá.

—Por lo visto, Patta cree que deberías pagar el vidrio y pedir disculpas a Mitri. —Evocó la imagen del *dottore* y rectificó—: O sólo pagar el vidrio.

—¿Uno o dos? —preguntó ella.

—¿Importa eso?

Ella bajó la mirada y alisó el borde de la alfombra con el pie.

—No; en realidad, no puedo darle ni una lira.

—¿No puedes o no quieres?

—No puedo.

—Bueno, pues eso va a darme la oportunidad de leer por fin a Gibbon.

—¿Qué quieres decir?

—Que tengo que quedarme en casa hasta que se tome una decisión, personal o penal.

—Si me ponen una multa, la pagaré —dijo ella en un tono de ciudadana virtuosa que hizo sonreír a Brunetti.

Sin borrar la sonrisa, él comentó:

—Creo que fue Voltaire quien dijo: «No apruebo lo que dices, pero defenderé con mi vida tu derecho a decirlo.»

—Voltaire dijo muchas cosas por el estilo. Suena bien. Solía decir cosas que suenan bien.

—Pareces escéptica.

Ella se encogió de hombros.

—Los sentimientos nobles siempre me hacen desconfiar.

—¿Sobre todo, si vienen de los hombres?

Ella se inclinó cubriendo con una mano la de él.

—Eso lo has dicho tú, no yo.

—No por eso deja de ser verdad.

Ella volvió a encogerse de hombros.

—¿De verdad vas a leer a Gibbon?

—Siempre lo he deseado. Pero traducido: su estilo es muy preciosista para mí.

—Pues es lo mejor de todo.

—Bastante retórica de salón hay en los periódicos. Prefiero ahorrármela en los libros de historia.

—Cómo van a disfrutar con esto los periódicos, ¿eh? —dijo ella.

—Hace siglos que nadie intenta arrestar a Andreotti, y de algo tienen que hablar.

—Supongo. —Paola se levantó—. ¿Te traigo algo?

Brunetti, que había almorzado poco y sin apetito, dijo:

—Un bocadillo y una copa de *dolcetto*. —Empezó a desabrocharse los cordones de los zapatos y gritó a Paola que ya iba hacia la puerta—: Y el primer tomo de Gibbon.

Al cabo de diez minutos, ella volvió con las tres cosas, y él regodeándose desvergonzadamente, se echó en el sofá, con la copa en la mesita y el plato en equilibrio sobre el pecho, abrió el libro y se puso a leer. El *panino* contenía tocino y tomate, con finas lonchas de *pecorino* curado. Poco después, entró Paola y le puso una servilleta debajo de la barbilla, justo a tiempo de recoger un pedacito de tomate que se había salido del pan. Él dejó el bocadillo en el plato, alargó la mano hacia la copa y bebió un buen trago de vino. Volviendo al libro, leyó el magistral primer capítulo con su himno de alabanzas, tan políticamente incorrecto, por cierto, a la gloria del Imperio Romano.

Al cabo de un rato, cuando Gibbon explicaba la tolerancia con que el politeísta contempla todas las religiones, entró Paola y volvió a llenarle la copa. Le quitó el plato vacío del pecho, recogió la servilleta y volvió a la cocina. Sin duda algo tendría que decir Gibbon sobre el carácter sumiso de la buena esposa romana: Brunetti estaba deseando leerlo.

Al día siguiente, Brunetti alternó la lectura de Gibbon con la de la prensa nacional y local que le subieron sus hijos. *Il Gazzettino*, cuyo reportero le había tirado del brazo cuando él iba a abrir la puerta, despotricaba sobre el abuso de poder practicado por las autoridades, la negativa de Brunetti a satisfacer el legítimo derecho de la prensa a la información, su arrogancia y su propensión a la violencia. Los motivos de Paola, que alguien se habría molestado en averiguar, se banalizaban, aunque, eso sí, el periódico denunciaba este tipo de delito del «vigilante» y la pintaba como una mujer ansiosa de publicidad, claramente no apta para la función de profesora universitaria. En el artículo no se decía que en ningún momento se le había solicitado una entrevista.

Los diarios importantes eran menos feroces, si bien todos presentaban la noticia como ejemplo de una peligrosa tendencia del ciudadano a arrogarse el poder que legítimamente debe corresponder al Estado, en una descaminada búsqueda de una mal entendida «justicia», palabra que todos sin excepción entrecomillaban desdeñosamente.

Leída la prensa, Brunetti seguía con su libro y no salía de casa. Tampoco Paola salía, sino que se quedaba en el estudio, repasando la tesis de un estudiante que preparaba el doctorado bajo su tutoría. Los chicos, aunque prevenidos por sus padres de lo que ocurría, entraban y salían sin ser molestados, hacían la compra, subían los periódicos y, en general, se comportaban muy bien, ante aquella perturbación de su vida familiar.

Al segundo día, Brunetti se obsequió con una larga siesta después del almuerzo, para la que no se contentó con echarse en el sofá, al albur de un sueño accidental sino que se tomó la molestia de meterse en la cama. A media tarde el teléfono sonó varias veces, pero él dejó que contestara Paola. Si eran Mitri o el abogado que deseaban hablar con ella, ya le contaría, o quizá no.

Al tercer día de lo que Brunetti empezaba a considerar su *purdah** particular, poco después del desayuno, volvió a sonar el teléfono. Al cabo de unos minutos, Paola entró en la sala y dijo que la llamada era para él.

Incorporándose en el sofá, pero sin molestarse en poner los pies en el suelo, Brunetti descolgó el aparato.

—¿Sí?

* En la India, cortina que oculta a las mujeres de la vista de los hombres. (*N. de la t.*)

—Vianello, comisario. ¿No le han llamado?

—¿Quiénes?

—Los hombres que anoche estaban de servicio.

—No. ¿Por qué?

Lo que empezara a decir Vianello se perdió bajo unas fuertes voces de ambiente.

—¿Dónde está, Vianello?

—En el bar, cerca del puente.

—¿Qué ha pasado?

—Anoche mataron a Mitri.

Ahora Brunetti giró el cuerpo y puso los pies en el suelo.

—¿Cómo? ¿Dónde?

—En su casa. Estrangulado, o eso parece. Alguien que le atacó por la espalda. Lo que utilizara el asesino, se lo llevó. Pero... —nuevamente, una algarabía que parecía salir de una radio ahogó su voz.

—¿Qué? —preguntó Brunetti cuando disminuyó el sonido.

—Había una nota al lado del cadáver. Yo no la vi, pero dice Pucetti que hablaba de los pedófilos y de los que los ayudan. Y también de justicia.

—*Gesú Bambino* —susurró Brunetti—. ¿Quiénes fueron a la casa?

—Corvi y Alvise.

—¿Quién llamó?

—La esposa. Lo encontró en el suelo de la cocina al volver de cenar con unos amigos.

—¿Con quién cenaba?

—No lo sé, comisario. Lo único que sé es lo poco que ha podido decirme Pucetti, y todo lo que él sabía es lo que Corvi le ha dicho esta mañana, antes de terminar la guardia.

—¿A quién han dado el caso?

—Creo que el teniente Scarpa fue a la casa cuando Corvi llamó.

Brunetti no dijo nada a esto, aunque se preguntó por qué habrían de asignar este caso al asistente personal de Patta.

—¿Ha llegado el *vicequestore*?

—No había llegado cuando yo he salido, hace unos minutos. Pero Scarpa le llamó a su casa para informarle.

—Voy para allá —dijo Brunetti, tanteando el suelo con los pies en busca de los zapatos.

Vianello calló un rato y luego dijo:

—Sí, creo que será mejor.

—Veinte minutos. —Brunetti colgó.

Se ató los cordones de los zapatos y fue al fondo del apartamento. La puerta del estudio de Paola estaba abierta, en muda invitación a entrar y contarle qué ocurría.

—Era Vianello —dijo él entrando en el estudio.

Ella levantó la cabeza y, al verle la cara, apartó la hoja que estaba leyendo, tapó el bolígrafo y lo dejó en la mesa.

—¿Qué dice?

—Anoche asesinaron a Mitri.

Ella se echó hacia atrás, como si alguien la hubiera amenazado con la mano.

—No.

—Dice Pucetti que han encontrado una nota que hablaba de pedófilos y de justicia.

Ella tenía la cara rígida. Se tapó la boca con el dorso de la mano derecha y susurró:

—*Oh, Madonna Santa.* ¿Cómo?

—Estrangulado.

Ella movió la cabeza a derecha e izquierda con los ojos cerrados.

—Ay Dios mío, Dios mío.

Ahora, comprendió Brunetti, era el momento de preguntar:

—Paola, ¿hablaste con alguien de lo que pensabas hacer? ¿Alguien te instó a hacerlo?

—¿Qué dices?

—¿Actuabas sola?

Él vio cómo cambiaban sus ojos, cómo el iris se contraía de horror.

—¿Me preguntas si algún conocido, algún fanático, sabía que yo iba a romper el vidrio del escaparate? ¿Y luego lo ha matado?

—Paola —dijo él procurando mantener la voz serena—. Trato de hacer una pregunta y excluir una posibilidad antes de que otra persona saque la misma deducción y te haga la misma pregunta.

—No hay nada que deducir —respondió ella inmediatamente, pronunciando la última palabra con cierto énfasis de sarcasmo.

—¿Así que no hay nadie?

—No. No hablé con nadie. Fue una decisión personal. Y no fue fácil.

Él asintió. Si ella había actuado por su cuenta, el asesino debía de ser alguien solivantado por el tratamiento que la prensa había dado al caso. «Dios —pensó—, ya empezamos a estar como en América, donde los asesinos imitadores son el terror de la policía, y basta la simple descripción de un crimen para que aparezcan émulos.»

—Voy al despacho —dijo—. No sé cuándo volveré.

Ella asintió pero se quedó sentada, en silencio.

Brunetti cruzó el pasillo, se puso el abrigo y salió del apartamento. No había nadie esperándolo en la calle, pero sabía que pronto acabaría la tregua.

12

Acabó en la puerta de la *questura*, a la que había puesto sitio una triple fila de reporteros. En primera línea estaban los hombres y mujeres con blocs, después, los que llevaban micrófono y, detrás de ellos, cerca de la puerta, las videocámaras, dos de ellas, montadas en sendos trípodes, con sus correspondientes focos.

Uno de los hombres vio acercarse a Brunetti y volvió hacia él el ojo inerte del objetivo. Brunetti hizo como si no lo viera, ni a él ni a la multitud que lo rodeaba. Lo más curioso era que ninguno le hacía preguntas ni le hablaba; sólo le acercaban los micrófonos y lo miraban en silencio mientras él, al igual que Moisés, cruzaba indemne el mar de su curiosidad que se abría a su paso, y entraba en la *questura*.

Dentro, Alvise y Riverre lo saludaron. El primero no supo disimular la sorpresa al verlo.

—*Buon dì, commissario* —dijo Riverre, y entonces su compañero lo imitó.

Brunetti movió la cabeza de arriba abajo, pensando que hacer a Alvise alguna pregunta sería perder el tiempo y empezó a subir la escalera en dirección al despacho de Patta. La *signorina* Elettra estaba hablando por teléfono. Lo saludó con un movimiento de la cabeza, sin sorprenderse de verlo allí y levantó una mano indicándole que esperase.

—Lo necesito para esta tarde —decía, escuchó la respuesta, se despidió y colgó—. Bienvenido, comisario.

—¿Usted cree?

Ella lo miró interrogativamente.

—Que sea bienvenido.

—Lo es para mí, desde luego. Para el *vicequestore* no lo sé, pero ha preguntado por usted.

—¿Y qué le ha contestado?

—Que lo esperaba de un momento a otro.

—¿Y?

—Me ha parecido que se alegraba.

—Bien. —Brunetti también se alegraba—. ¿Y el teniente Scarpa?

—Está con el *vicequestore* desde que ha vuelto de la escena del crimen.

—¿A qué hora?

—La llamada de la *signora* Mitri se registró a las diez y veintisiete. Corvi llamó a las once y tres. —Miró un papel que tenía encima de la mesa—. El teniente Scarpa llamó a las once y cuarto y fue inmediatamente a casa de los Mitri. No volvió aquí hasta la una.

—¿Y lleva ahí dentro...? —preguntó Brunetti señalando el despacho de Patta con la barbilla.

—Desde las ocho y treinta de la mañana —respondió la *signorina* Elettra.

—Pues cuanto antes mejor —dijo Brunetti dirigiéndose a sí mismo tanto como a ella, y fue hacia la puerta. Llamó con los nudillos e inmediatamente sonó la voz de Patta.

Brunetti abrió la puerta y entró. Como de costumbre, Patta posaba detrás de su escritorio. La luz que entraba a raudales por la ventana situada a su espalda incidía en la pulimentada madera y el reflejo daba en los ojos de quien estuviera sentado enfrente.

Junto a su jefe estaba el teniente Scarpa, tan enhiesta la postura y bien planchado el uniforme que el parecido con Maximilian Schell en uno de sus papeles de nazi bueno era francamente inquietante.

Patta saludó a Brunetti con un movimiento de la cabeza y señaló la silla que tenía delante. Brunetti la retiró un poco hacia un lado, para protegerse del reflejo de la luz en la superficie de la mesa amparándose en la sombra que proyectaba Scarpa. El teniente hizo oscilar el cuerpo de un pie al otro dando un pequeño paso hacia la derecha. Brunetti se desplazó entonces hacia su izquierda al tiempo que giraba el cuerpo ligeramente hacia el mismo lado.

—Buenos días, *vicequestore* —dijo Brunetti y movió la cabeza de arriba abajo en dirección a Scarpa.

—¿Así que ya se ha enterado? —dijo Patta.

—Sólo sé que lo han matado, nada más.

Patta levantó la cara hacia Scarpa.

—Infórmele, teniente.

Antes de hablar, Scarpa miró a Brunetti y luego a su jefe. Cuando empezó, inclinó un poco la cabeza en dirección a Patta.

—Con el debido respeto, *vicequestore*, tenía entendido que el comisario estaba en situación de baja administrativa. —Patta no dijo nada, y el teniente prosiguió—: No pensé que se le readmitiera en el servicio para esta investigación. Y, si me lo permite, yo diría que a la prensa puede parecerle extraño que se le asigne a él.

A Brunetti le pareció interesante que, por lo menos en la mente de Scarpa, todo se englobara en una misma investigación. Se preguntó si este planteamiento era señal de que el teniente no descartaba que Paola pudiera estar involucrada en el asesinato.

—Yo decido qué se asigna y a quién se asigna, teniente —dijo Patta con voz llana—. Exponga al comisario lo ocurrido. Ahora es asunto suyo.

—Sí, señor —respondió Scarpa en tono neutro. Irguió el cuerpo un poco más todavía y empezó su exposición—: Corvi me llamó un poco después de las once de la noche e inmediatamente me dirigí a casa de los Mitri. El cadáver en el suelo de la cocina. Por el aspecto del cuello, parecía haber sido estrangulado, aunque no vi el arma. —El teniente hizo una pausa y miró a Brunetti, pero éste no dijo nada, por lo que prosiguió—: Examiné el cadáver y llamé al *dottor* Rizzardi, que llegó al cabo de una media hora y confirmó mi opinión de la causa de la muerte.

—¿Manifestó el doctor alguna idea o sugerencia acerca de lo que pudiera haber sido utilizado para el crimen? —interrumpió Brunetti.

—No. —Brunetti observó que Scarpa omitía el tratamiento al hablar con él, pero lo dejó pasar. Suponía cómo habría hablado el teniente al *dottor* Rizzardi, hombre que, era bien sabido, simpatizaba con el comisario. No era de extrañar que el médico se hubiera mostrado reacio a especular sobre lo que se había utilizado para estrangular a Mitri.

—¿Y la autopsia? —preguntó Brunetti.

—Hoy, si es posible.

Brunetti llamaría a Rizzardi al salir de esta reunión. Sería posible.

—¿Puedo continuar, señor? —preguntó Scarpa a Patta.

Patta miró a Brunetti abriendo mucho los ojos, como para indagar si tenía más preguntas obstructoras, pero, como Brunetti no acusara la mirada, se volvió hacia Scarpa diciendo:

—Por supuesto.

—La víctima estaba sola en el apartamento. Su esposa había ido a cenar con unos amigos.

—¿Por qué no fue Mitri? —preguntó Brunetti.

Scarpa miró a Patta, solicitando su beneplácito para contestar la pregunta del comisario y, cuando Patta movió la cabeza afirmativamente, explicó:

—La esposa dijo que eran unos antiguos amigos de ella, de cuando era soltera, y que Mitri rara vez la acompañaba cuando salía a cenar con ellos.

—¿Hijos? —preguntó Brunetti.

—Una hija, pero vive en Roma.

—¿Criados?

—Todo está en el informe —dijo Scarpa con petulancia, mirando a Patta y no a Brunetti.

—¿Criados? —repitió Brunetti.

Scarpa hizo una pausa y luego contestó:

—No. Por lo menos, fijos. Hay una mujer que va dos veces por semana a limpiar.

—¿Dónde está la esposa? —preguntó Brunetti a Scarpa poniéndose en pie.

—Estaba en la casa cuando yo me fui.

—Gracias, teniente —dijo Brunetti—. Me gustaría ver una copia de su informe.

Scarpa asintió en silencio.

—Tengo que hablar con la esposa —dijo Brunetti a Patta y, sin dar al *vicequestore* tiempo para hacer la recomendación, agregó—: Tendré cuidado.

—¿Y qué me dice de la suya? —preguntó Patta.

Esto podría significar muchas cosas, pero Brunetti optó por dar a la pregunta la interpretación más obvia.

—Estuvo toda la noche en casa conmigo y con nuestros hijos. Ninguno de nosotros salió después de las siete y media, la hora en que mi hijo llegó de casa de un amigo con el que había estado estudiando. —Brunetti miró a Patta, por si tenía más preguntas y, en vista de que no era así, salió del despacho sin decir ni preguntar más.

La *signorina* Elettra levantó la mirada de unos papeles que tenía encima de la mesa y, sin disimular la curiosidad, preguntó:

—¿Y bien?

—El caso es mío.

—Pero eso es tremendo —dijo ella sin poder contenerse, y agregó rápidamente—. Quiero decir que cómo va a gozar la prensa.

Brunetti se encogió de hombros. Poco podía hacer él para enfriar los entusiasmos de la prensa. Desentendiéndose del comentario, preguntó:

—¿Tiene esos datos que le ordené que no pidiera?

Él la observaba mientras ella examinaba las posibles consecuencias de responder a esta pregunta con una afirmación: insubordinación, desobediencia de una orden expresa de un superior, causa de despido, la destrucción de su carrera.

—Naturalmente, comisario.

—¿Puede darme copia?

—Tardaré unos minutos. Los tengo escondidos ahí dentro —explicó agitando la mano en dirección al monitor.

—¿Dónde?

—En un archivo que nadie encontraría.

—¿Nadie?

—Oh —dijo ella con altivez—, a no ser que fuera alguien tan bueno como yo.

—¿Puede existir esa persona?

—Aquí, no.

—Bien. Súbamelos cuando los tenga, por favor.

—Sí, señor.

Él agitó una mano en dirección a la joven y subió a su despacho.

Inmediatamente, llamó a Rizzardi al hospital.

—¿Ya ha tenido tiempo? —preguntó Brunetti, después de identificarse.

—Todavía no. Empezaré dentro de una hora. Antes tengo un suicidio. Una chica de dieciséis años. El novio la dejó y ella se tomó todas las tabletas de somnífero de su madre.

Brunetti recordó que Rizzardi se había casado ya mayor y tenía hijos adolescentes. Dos niñas, según creía.

—Pobre muchacha —dijo Brunetti.

—Sí. —Rizzardi hizo una pausa antes de decir—: Me parece que no hay duda: el asesino debió de utilizar un cable, probablemente, forrado de plástico.

—¿Cable eléctrico?

—Casi seguro. Lo sabré cuando pueda examinarlo mejor. Podría ser ese hilo doble que se utiliza para conectar altavoces estéreo. Hay una huella más débil paralela a la más profunda, aunque también podría ser que el asesino aflojara el cable un momento para agarrarlo mejor. El microscopio nos lo dirá.

—¿Hombre o mujer?

—Cualquiera, diría yo. Si atacas por la espalda con un alambre, la víctima no tiene escapatoria. La fuerza es lo de menos. Pero generalmente los que estrangulan son hombres. Las mujeres piensan que no tienen suficiente fuerza.

—Pues menos mal —dijo Brunetti.

—Y parece que debajo de las uñas de la mano izquierda tiene algo.

—¿Algo?

—Si hay suerte, piel. O fibras de la ropa del asesino. Luego lo sabremos.

—¿Bastaría eso para identificar a alguien?

—Si encuentra usted al alguien, sí.

Brunetti consideró un momento esta respuesta y preguntó:

—¿Hora?

—No lo sabré hasta que eche un vistazo al interior. Pero su esposa lo vio al marcharse, a las siete y media, y lo encontró al volver, poco después de las diez. Así que no cabe duda, y no creo que yo averigüe algo que nos permita afinar más. —Rizzardi se interrumpió, tapó el micro con la mano y habló con alguien que estaba con él—. Ahora tengo que dejarle. Ya la han puesto en la mesa. —Antes de que Brunetti pudiera darle las gracias, Rizzardi dijo—: Se lo enviaré mañana —y colgó.

Aunque estaba impaciente por hablar con la *signora* Mitri, Brunetti se obligó a permanecer sentado a su mesa hasta que la *signorina* Elettra le llevara la información que había recogido sobre Mitri y Zambino, que llegó al cabo de cinco minutos.

La joven entró en el despacho después de llamar a la puerta y, sin decir nada, puso dos carpetas encima de la mesa.

—¿Cuánta de esta información es de dominio público? —preguntó Brunetti mirando las carpetas.

—La mayor parte procede de los periódicos —respondió ella—, pero también de bancos y de documentos de constitución de las distintas sociedades.

—¿Cómo sabe usted todas estas cosas? —preguntó Brunetti sin poder contenerse.

Ella, advirtiendo en la voz sólo curiosidad y no elogio, no sonrió.

—Tengo amigos que trabajan en oficinas municipales y en bancos, a los que puedo preguntar de vez en cuando.

—¿Y qué hace usted por ellos en reciprocidad? —preguntó Brunetti, dando finalmente voz a la idea que le había intrigado durante años.

—Mucha de la información que tenemos aquí, pronto pasa a ser de dominio público, comisario.

—Eso no responde a mi pregunta, *signorina*.

—Yo nunca he dado información policial a nadie que no tuviera derecho a conocerla.

—¿Derecho legal o moral?

Ella estudió largamente el rostro del comisario antes de contestar:

—Legal.

Brunetti sabía que el único precio de cierta información era más información, e insistió:

—¿Cómo consigue entonces todo esto?

Ella reflexionó.

—También aconsejo a mis amigos sobre cómo perfeccionar los sistemas para la obtención de datos.

—¿Y eso, traducido al lenguaje corriente, qué significa?

—Les enseño cómo fisgar y dónde buscar. —Antes

de que Brunetti pudiera preguntar, ella prosiguió—: Pero nunca, comisario, *nunca*, he dado información reservada a nadie, ni a amigos ni a personas con las que, sin ser amigos, intercambie información. Puede creerme.

Él asintió, para indicar que la creía, resistiendo la tentación de preguntar si alguna vez había explicado a alguien cómo captar información de la policía y volvió a golpear las carpetas con el dedo:

—¿Habrá más?

—Quizá una ampliación de la lista de los clientes de Zambino, pero no creo que de Mitri encuentre algo más.

Pues tenía que haber algo más, se dijo Brunetti: tenía que haber la razón por la que alguien le había rodeado el cuello con un cable y apretado hasta estrangularlo.

—Echaré un vistazo —dijo

—Creo que está claro, pero si tiene alguna duda, estoy a su disposición

—¿Alguien más sabe que me ha dado esto?

—Por supuesto que no, señor —dijo ella saliendo del despacho.

Brunetti empezó por la carpeta más delgada: Zambino. El abogado, natural de Módena, había cursado la carrera en Cà Foscari y empezado a ejercer en Venecia hacía unos veinte años. Se había especializado en la asesoría de empresas y se había forjado buena reputación en la ciudad. La *signorina* Elettra incluía la lista de algunos de sus clientes más relevantes, entre los que Brunetti reconoció a más de uno. No parecía existir un común denominador y, desde luego, Zambino no trabajaba únicamente para ricos: había en la lista tantos camareros y viajantes como médicos y banqueros. Aunque había aceptado varios casos penales, su principal fuente de ingresos era el derecho aplicado a la empresa, tal como ya le había indicado Vianello. Estaba casado desde hacía veinticinco años con una maestra y tenía cuatro hijos, ninguno de los cuales había tenido problemas con la policía. Por otra parte, según advirtió Brunetti, el abogado no era rico o, en todo caso, no tenía su patrimonio en Italia.

La fatídica agencia de viajes de *campo* Manin pertenecía a Mitri desde hacía seis años, si bien, irónicamente, él nada tenía que ver directamente con su gestión sino que la llevaba un director que había tomado en arriendo la licencia de explotación. Al parecer, era este director quien había decidido organizar los viajes que habían provocado la acción de Paola y, mientras no se demostrara lo contrario, el asesinato de Mitri.

Brunetti tomó nota del nombre del director y siguió leyendo.

La esposa de Mitri también era veneciana y dos años más joven que él. Aunque sólo había tenido una hija, nunca había trabajado, ni Brunetti asociaba su nombre al de ninguna de las instituciones benéficas de la ciudad. Mitri tenía un hermano, una hermana y un primo. El hermano, también químico, vivía cerca de Padua; la hermana, en Verona; y el primo, en la Argentina.

Seguían los números de tres cuentas en distintos bancos de la ciudad, una lista de bonos del Estado y acciones por un total de más de mil millones de liras. Y esto era todo. Mitri nunca había sido acusado de delito alguno y nunca, en más de medio siglo, había sido objeto de la atención de la policía.

Pero sí había sido objeto de la atención de una persona que pensaba lo mismo que Paola —por más que Brunetti trataba de cerrar los ojos a esta idea no lo conseguía— y, al igual que ella, había decidido utilizar medios violentos para expresar su condena de los viajes organizados por la agencia. Brunetti sabía que la historia estaba plagada de muertes fortuitas que habían sido trascendentales. Federico, el hijo bueno del káiser Guillermo, había sobrevivido a su padre sólo unos meses, antes de dejar paso a su propio hijo, Guillermo II, y a la primera guerra verdaderamente global. Y la muerte de Germánico había hecho peligrar la sucesión y, en definitiva, la había hecho recaer en Nerón. Pero éstos eran casos en los que había intervenido la fatalidad, o la historia; allí no hubo un personaje que, con un cable en la mano, causara la muerte de la víctima; allí no hubo selección deliberada.

Brunetti llamó a Vianello, que contestó a la segunda señal.

—¿Ya han analizado la nota los del laboratorio? —preguntó sin preámbulos.

—Seguramente. ¿Quiere que baje a preguntar?

—Sí. Y, si es posible, súbamela.

Mientras esperaba a Vianello, Brunetti volvió a leer la breve lista de los clientes de Zambino procesados por causas criminales, tratando de recordar todo lo posible acerca de los nombres que reconocía. Había un caso de homicidio y, aunque el hombre fue declarado culpable, la sentencia fue de sólo siete años, porque Zambino presentó a varias mujeres, vecinas del mismo edificio, que declararon que, durante años, la víctima se había mostrado ofensiva y grosera con ellas en el ascensor y en la escalera. Zambino convenció a los jueces de que su cliente trataba de defender el honor de su esposa cuando, estando en un bar, se enzarzaron en una disputa. Dos sospechosos de robo fueron absueltos por falta de pruebas: Zambino adujo que habían sido arrestados únicamente porque eran albaneses.

Interrumpió su lectura un golpe en la puerta, seguido de la entrada de Vianello. El sargento traía en la mano una gran bolsa de plástico transparente que levantó al entrar.

—Ahora mismo han terminado. No hay nada de nada. *Lavata con Perlana* —concluyó Vianello, utilizando la frase publicitaria de la televisión más famosa de la década. Nada superaba la limpieza de una prenda lavada con Perlana. Excepto, pensó Brunetti, una nota que se deja en la escena de un asesinato para que la encuentre la policía.

Vianello cruzó el despacho y dejó la bolsa en la mesa. Apoyándose en las manos, se inclinó sobre ella, examinándola otra vez al mismo tiempo que Brunetti.

Las letras parecían recortadas de *La Nuova*, el periódico más sensacionalista y chabacano de la ciudad. Brunetti no podía estar seguro: los técnicos se lo confirmarían. Estaban pegadas sobre media hoja de papel rayado. «Sucios pederastas viciosos del porno infantil. Así acabaréis todos.»

Brunetti levantó la bolsa por un ángulo y le dio la vuelta. Sólo vio las mismas rayas y unas manchitas grisáceas donde la cola había atravesado el papel. Miró de nuevo el anverso de la nota y volvió a leerla.

—Parece que a alguien se le han cruzado los cables, ¿no?

—Eso, por lo menos.

Aunque Paola había dicho a la policía que la arrestó por qué había roto la luna del escaparate, no había hablado con los periodistas más que brevemente y bajo presión, por lo que las explicaciones que daban los diarios acerca de sus motivos tenían que proceder de otra fuente; el teniente Scarpa parecía la más probable. Las informaciones que había leído Brunetti insinuaban vagamente que la fuerza que la impulsaba era el «feminismo», aunque sin definir el término. Se hacía mención de los viajes que organizaba la agencia, pero la acusación de que fueran *sex-tours* había sido negada categóricamente por el director, quien declaró con insistencia que la mayoría de los hombres que contrataban viajes a Bangkok en su agencia iban con la esposa. *Il Gazzettino*, recordaba Brunetti, había publicado una larga entrevista, en la que el director de la agencia manifestaba su horror y repugnancia hacia el «sexoturismo», puntualizando con insistencia que ésta era una práctica ilegal en Italia, por lo que era inconcebible que una agencia lícitamente gestionada interviniera en su organización.

Así pues, la opinión tanto de los medios como de las fuentes del sector se manifestaba contraria a Paola, una «feminista» histérica, y favorable al director de la agencia, un profesional respetuoso con la ley, y al asesinado *dottor* Mitri. Quienquiera que los asociara a los «viciosos del porno infantil» andaba muy descaminado.

—Me parece que ha llegado el momento de hablar con ciertas personas —dijo Brunetti poniéndose en pie—. Empezando por el director de la agencia. Tengo ganas de oír lo que tiene que decir de todas esas esposas que desean ir a Bangkok. —Miró el reloj y vio que eran casi las dos—. ¿Está todavía la *signorina* Elettra?

—Sí, señor —respondió Vianello—. Por lo menos, estaba cuando he subido.

—Bien. Tengo que hablar con ella. Luego podríamos salir a comer algo.

Vianello asintió, desconcertado, y siguió a su superior al despacho de la *signorina* Elettra. Desde la puerta, vio cómo Brunetti se inclinaba para hablar con ella y oyó reír a la joven, que asintió y se volvió de cara al ordenador. Luego, Brunetti se reunió con él y bajaron al bar de Ponte dei Grechi, donde pidieron vino y *tramezzini*, que consumieron hablando de temas diversos. Brunetti no parecía tener prisa por marcharse, por lo que pidieron más bocadillos y otro vaso de vino.

Al cabo de media hora, entró la *signorina* Elettra, suscitando una sonrisa del camarero y una invitación a café de dos clientes que estaban en la barra. Aunque el bar quedaba a menos de una manzana del despacho, ella se había puesto un abrigo de seda negra guateada que le llegaba hasta los tobillos. Movió la cabeza rehusando cortésmente la invitación de los dos hombres y se acercó a los policías. Sacó del bolsillo unos papeles que levantó en alto.

—Juego de niños —dijo meneando la cabeza con falsa exasperación—. Es hasta demasiado fácil.

—Naturalmente —sonrió Brunetti, y pagó lo que tendría que hacer las veces de almuerzo.

13

Brunetti y Vianello llegaron a la agencia de viajes a las 3.30, cuando abría para la tarde y preguntaron por el *signor* Dorandi. Brunetti se volvió a mirar al *campo* y observó que la luna del escaparate estaba tan limpia que era invisible. La mujer rubia que estaba detrás del mostrador les preguntó los nombres, pulsó una tecla del teléfono y, al cabo de un momento, se abrió la puerta situada a la izquierda de su escritorio y apareció el *signor* Dorandi.

No era tan alto como Brunetti y, aunque no parecía haber cumplido los cuarenta, ya brillaban canas en la florida barba que ostentaba. Al ver el uniforme de Vianello, se adelantó extendiendo la mano y tensando los labios en una sonrisa.

—Ah, la policía, celebro que hayan venido.

Brunetti le dio las buenas tardes pero no sus nombres, dejando que el uniforme de Vianello sirviera de credencial. Preguntó al *signor* Dorandi si podrían hablar en el despacho. Dando media vuelta, el barbudo sostuvo la puerta abierta para que pasaran y, antes de seguirlos, les preguntó si deseaban café. Ambos rehusaron.

Las paredes del despacho estaban cubiertas de los obligados pósters de playas, templos y palacios, prueba evidente de que una mala economía y la continua charla sobre crisis financieras no bastaban para retener en casa a los italianos. Dorandi ocupó su sillón detrás de la mesa, apartó papeles a un lado y miró a Brunetti, que dobló el abrigo sobre el respaldo de una de las sillas situadas frente al director y se sentó. En la otra se instaló Vianello.

Dorandi vestía traje completo, pero parecía haber algo raro en su indumentaria. Brunetti, distraídamente, trataba de descubrir si ello se debía a que le estaba ancha o estrecha, pero no era cuestión de sobra o falta de tela. La americana, cruzada, era de un género grueso de color azul que parecía lana pero lo mismo podía ser cartón piedra, porque le quedaba perfectamente lisa, sin una arruga desde los hombros hasta que desaparecía detrás de la mesa. La cara de Dorandi daba a Brunetti la misma vaga impresión de tener algo sintético. Entonces se fijó en el bigote. Dorandi se había afeitado la mitad superior, dejando sobre el labio una fina línea de pelo, perfectamente recta, que discurría a cierta distancia de la nariz y se confundía con la barba a uno y otro extremo. El recortado se había hecho cuidadosamente, era evidente que no se trataba de un fallo de la mano; pero, al haberse destruido las proporciones del bigote, el conjunto perdía el aspecto natural para adquirir la cualidad de pegote.

—¿Qué puedo hacer por ustedes, señores? —preguntó Dorandi juntando las manos ante sí.

—Me gustaría que me hablara del *dottor* Mitri y de la agencia, si no hay inconveniente —dijo Brunetti.

—Ah, sí, con mucho gusto. —Dorandi hizo una pausa, mientras pensaba por dónde empezar—. Hacía años que lo conocía, desde que vine a trabajar aquí.

—¿Cuándo fue exactamente? —preguntó Brunetti.

Vianello sacó un bloc del bolsillo, lo abrió y empezó a tomar notas apoyándolo en una rodilla.

Dorandi ladeó el mentón y miró fijamente un póster de la pared del fondo, buscando la respuesta en Río. Luego se volvió hacia Brunetti y dijo:

—En enero hará seis años.

—¿Y qué cargo ocupaba usted entonces?

—El mismo que ahora, director.

—Pero, ¿no es también el dueño?

Dorandi sonrió al responder:

—Lo soy prácticamente en todo, salvo en el nombre. La agencia es mía, pero el *dottor* Mitri detenta la licencia.

—¿Qué significa eso con exactitud?

Nuevamente, Dorandi consultó el plano de la ciudad, que estaba en la pared del fondo. Cuando hubo encontrado la respuesta, se volvió de nuevo hacia Brunetti:

—Significa que yo decido a quién se contrata y de quién se prescinde, qué publicidad se hace, qué ofertas especiales se proponen y también me embolso la mayor parte de los beneficios.

—¿Qué parte?

—El setenta y cinco por ciento.

—¿Y el *dottor* Mitri, el veinticinco restante?

—Además del alquiler.

—¿Que es...?

—¿El alquiler? —preguntó Dorandi.

—Sí.

—Tres millones de liras al mes.

—¿Y los beneficios?

—¿Por qué necesita saberlo? —preguntó Dorandi con la misma voz átona.

—En este momento, no tengo idea de lo que necesito saber y lo que no. Simplemente, trato de recoger la máxima información posible acerca del *dottor* Mitri y sus asuntos.

—¿Con qué objeto?

—Con el objeto de comprender por qué lo mataron.

La respuesta de Dorandi fue instantánea:

—Creí que eso lo dejaba bien claro la nota que encontraron ustedes.

Brunetti levantó una mano como admitiendo la idea:

—De todos modos, creo conveniente que averigüemos de él todo cuando podamos.

—Pero había una nota, ¿no? —inquirió Dorandi.

—¿Cómo lo sabe, *signor* Dorandi?

—Estaba en los periódicos, en dos de ellos.

Brunetti asintió.

—Sí, había una nota.

—¿Y ponía lo que decían los periódicos?

Brunetti, que había leído los periódicos, asintió.

—¡Qué absurdo! —dijo Dorandi como si la nota la hubiera escrito Brunetti—. Aquí no hay pornografía infantil. Nosotros no servimos a pederastas. Todo eso es ridículo.

—¿Tiene alguna idea de por qué iba alguien a escribir eso?

—Probablemente, por culpa de aquella loca —dijo Dorandi, sin disimular la rabia y el asco.

—¿Qué loca? —preguntó Brunetti.

Dorandi no contestó enseguida sino que estudió atentamente la cara de Brunetti, buscando la trampa que encerraba la pregunta. Luego dijo:

—La que tiró la piedra. Ella lo ha provocado todo.

De no haber empezado con sus acusaciones demenciales... mentiras y nada más que mentiras... no hubiera pasado nada.

—¿Eran mentiras, *signor* Dorandi?

—¿Cómo se permite dudarlo? —Dorandi se inclinó hacia Brunetti levantando la voz—. Naturalmente que son mentiras. Nosotros no tenemos nada que ver con pornografía infantil ni con pederastas.

—Eso lo decía la nota, *signor* Dorandi.

—¿Cuál es la diferencia?

—Son dos acusaciones diferentes. Lo que trato de entender es por qué la persona que escribió la nota pudo creer que la agencia estaba implicada en pederastia y pornografía infantil.

—Ya se lo he dicho —insistió Dorandi con creciente exasperación—. Es por culpa de aquella mujer. Fue a todos los periódicos calumniándome a mí, calumniando a la agencia, diciendo que organizábamos *sex-tours*...

—¿Pero habló de pederastia y de pornografía infantil? —interrumpió Brunetti.

—¿Dónde está la diferencia, para una loca? A esa gente le da lo mismo cualquier cosa que tenga que ver con el sexo.

—Así pues, los viajes que organiza la agencia, ¿tienen algo que ver con el sexo?

—Yo no he dicho tal cosa —gritó Dorandi. Entonces, al oír el tono de su voz, cerró los ojos un momento, hizo una pausa, volvió a juntar las manos cuidadosamente y repitió con voz perfectamente normal—: Yo no he dicho tal cosa.

—Lo habré entendido mal. —Brunetti se encogió de hombros y preguntó—: Pero, ¿por qué aquella loca, como usted la llama, iba a decir esas cosas?

—Una mala interpretación. —La sonrisa de Dorandi había reaparecido—. Ya sabe usted cómo es la gente. Sólo ve lo que quiere ver. Interpreta las cosas a su manera.

—¿Concretamente? —preguntó Brunetti con expresión afable.

—Concretamente, me refiero a lo que ha hecho esta mujer. Ella ve nuestros carteles de viajes a países exóticos: Tailandia, Cuba, Sri Lanka..., luego lee un artículo histérico en una revista feminista que afirma que en esos lugares hay prostitución infantil y que las agencias organizan viajes de turismo sexual, hace una deducción disparatada y una noche viene y me rompe el escaparate.

—¿Y no parece una reacción exagerada? Es decir, sin tener pruebas... —La voz de Brunetti era toda razón y ecuanimidad.

Dorandi respondió con algo más que un toque de sarcasmo.

—Por eso se les llama locos, porque cometen locuras. Naturalmente que es una reacción exagerada. Y sin justificación alguna.

Brunetti dejó que entre los dos se hiciera una larga pausa y dijo:

—En *Il Gazzettino* se decía que usted había manifestado que a Bangkok viajan tantas mujeres como hombres. Es decir, que la mayoría de los hombres que compran billetes para Bangkok llevan consigo a su pareja.

Dorandi se miró las manos pero no contestó. Brunetti sacó del bolsillo de la chaqueta los papeles que le había dado la *signorina* Elettra.

—¿Podría ser un poco más exacto, *signor* Dorandi?

—¿Sobre qué?

—El número de hombres que llevaron consigo a

una mujer en el viaje a Bangkok. Por ejemplo, durante el último año.

—No sé de qué me habla.

Brunetti no desperdició en él una sonrisa.

—*Signor* Dorandi, le recuerdo que esto es una investigación de asesinato, lo que significa que tenemos derecho a pedir y, si es necesario, exigir cierta información a las personas involucradas.

—¿Qué quiere decir, «involucradas»?

—Eso usted debería saberlo —respondió Brunetti suavemente—. Dirige una agencia de viajes que vende billetes y organiza «*tours*» a países que usted califica de «exóticos». Se ha formulado la acusación de que se trata de turismo sexual, práctica que no necesito recordarle que es ilegal en este país. Un hombre, propietario de esta agencia, ha sido asesinado y junto a su cadáver se ha encontrado una nota que indica que el móvil del crimen pueden ser esos viajes. Usted mismo parece creer que existe una relación. Luego, la agencia está involucrada, como lo está usted, en su calidad de director. —Brunetti hizo una pausa antes de preguntar—: ¿Me he explicado con claridad?

—Sí. —La voz de Dorandi era hosca.

—Entonces, ¿tiene inconveniente en decirme en qué medida era exacta o, dicho más claramente, si era cierta, su afirmación de que la mayoría de los hombres que iban a Bangkok llevaban consigo mujeres?

—Naturalmente que es cierta —insistió Dorandi, decantando el peso del cuerpo hacia el lado izquierdo del sillón, con una mano todavía ante sí en la mesa.

—No lo es, a juzgar por sus ventas de billetes, *signor* Dorandi.

—¿Mis qué?

—Como usted ya sabe, las ventas de billetes de avión están registradas en un sistema informático centralizado. —Brunetti miró el registro—. La mayoría de los billetes para Bangkok que ha vendido su agencia, durante los seis últimos meses por lo menos, fueron adquiridos por hombres que viajaban solos.

Casi sin darse tiempo a pensar, Dorandi barbotó:

—Las esposas se reunían con ellos allí. Ellos viajaban por negocios y las mujeres iban después.

—¿Y ellas también compraban los billetes a través de su agencia?

—¿Cómo quiere que lo sepa?

Brunetti puso los papeles en la mesa delante de Dorandi, por si deseaba examinarlos y aspiró profundamente.

—¿Volvemos a empezar, *signor* Dorandi? Repetiré la pregunta y me gustaría que esta vez reflexionara antes de responder. —Esperó un rato y preguntó—: ¿Viajaban con mujeres los hombres que compraron los billetes a través de su agencia, sí o no?

Dorandi tardó en contestar y finalmente dijo:

—No —y nada más.

—¿Y esos viajes que ustedes organizan, con «hoteles tolerantes» y «emplazamiento conveniente» —la voz de Brunetti era perfectamente neutra, desprovista de emoción—, son de turismo sexual?

—Yo no sé qué hace la gente cuando llega allí —insistió Dorandi—. No es asunto mío. —Hundía la cabeza en el ancho cuello de la chaqueta, como una tortuga ante un ataque.

—¿Sabe algo acerca de la clase de hoteles a los que van ese tipo de turistas? —Antes de que Dorandi pudiera responder, Brunetti puso los codos en la mesa, apoyó el mentón en la palma de la mano y miró la lista.

—La dirección es tolerante —dijo Dorandi al fin.

—¿Significa eso que permiten trabajar allí a prostitutas y quizá hasta las proporcionan?

Dorandi se encogió de hombros.

—Quizá.

—¿Niñas? ¿No mujeres, niñas?

Dorandi lo miró con ojos llameantes.

—Yo no sé nada de los hoteles, salvo los precios. Lo que mis clientes hagan allí no es asunto mío.

—¿Niñas? —repitió Brunetti.

Dorandi agitó una mano con impaciencia.

—Ya le he dicho que no es asunto mío.

—Pero ahora es asunto nuestro, *signor* Dorandi, por lo que prefiero que me dé una respuesta.

Dorandi volvió a mirar hacia la pared, pero no encontró la solución.

—Sí.

—¿Es la razón por la que los elige usted?

—Los elijo porque me ofrecen los mejores precios. Si los hombres que se hospedan allí deciden llevar prostitutas a su habitación, allá ellos. —Trataba de dominar la cólera, sin conseguirlo—. Yo vendo viajes, no predico moralidad. He repasado con mi abogado cada palabra de esos anuncios, y no hay en ellos nada que sea ni remotamente ilegal. Yo no he quebrantado ninguna ley.

—De eso estoy seguro —dijo Brunetti sin poder evitarlo. De pronto, deseó marcharse de allí. Se puso en pie—. Siento mucho haberle robado tanto tiempo, *signor* Dorandi. Ahora me despido, pero quizá tengamos que volver a hablar.

Dorandi no se molestó en contestar. Ni en levantarse cuando Brunetti y Vianello salieron del despacho.

14

Cuando cruzaban *campo* Manin, Vianello y Brunetti sabían, sin necesidad de decirse ni una palabra, que ahora no regresarían a la *questura* sino que irían a hablar con la viuda. Para dirigirse al apartamento de los Mitri, situado en *campo* del Ghetto Nuovo, retrocedieron hasta Rialto y tomaron el número 1 en dirección a la estación.

Se quedaron fuera, ya que preferían el frío de la cubierta al aire húmedo estancado en la cabina. Brunetti esperó hasta que hubieron pasado bajo Rialto para preguntar a Vianello:

—¿Qué le parece?

—Ése vendería a su madre por cien liras —contestó el sargento sin disimular el desprecio. Después de una larga pausa, inquirió—: ¿Cree usted que es la televisión, comisario?

Brunetti, perplejo, preguntó:

—¿Es qué, la televisión?

—Lo que nos hace distanciarnos tanto del mal que hacemos. —Al ver que Brunetti le escuchaba con atención, el sargento prosiguió—: O sea, cuando vemos televisión, allí, en la pantalla, todo parece verdad, pero no es verdad, ¿eh?, quiero decir que vemos cómo pegan y matan a la gente, y luego nos vemos a nosotros —aquí sonrió levemente y explicó—: o sea, a la policía, vemos cómo nosotros descubrimos toda clase de atrocidades. Pero los polis no son de verdad, ni las atrocidades tampoco. Así que, quizá, después de tanto verlas, cuando nos pasan a nosotros o le pasan a la gente, y ahora me refiero a las atrocidades de verdad, tampoco parecen verdad.

Brunetti, aunque un poco confuso por la retórica de Vianello, creía entender lo que quería decir su sargento, y estaba de acuerdo, por lo que respondió:

—¿A qué distancia de nosotros están esas niñas de las que él nada sabe, a quince mil kilómetros, a veinte mil? Probablemente, desde aquí resulta muy fácil no ver lo que se hace con ellas como algo real o, en cualquier caso, sentirse indiferente.

Vianello movió la cabeza de arriba abajo.

—¿Cree que las cosas van a peor?

Brunetti se encogió de hombros.

—Hay días en los que creo que todo va a peor, y hay días en los que lo sé positivamente. Pero luego luce el sol y cambio de idea.

Vianello volvió a mover la cabeza y esta vez unió al movimiento un gruñido ronco:

—Hmm.

—¿Y qué piensa usted?

—Yo creo que todo va a peor —respondió el sargento sin vacilar—. Pero, lo mismo que usted, tengo días en los que todo es estupendo: los chicos se me echan encima cuando llego a casa o Nadia está contenta y me contagia. Pero, en general, me parece que el mundo, como sitio para estar, empeora.

Con intención de disipar el insólito pesimismo de su sargento, Brunetti dijo:

—Pues no hay muchas opciones donde elegir.

Vianello tuvo la delicadeza de reírse.

—No; no las hay. Para bien o para mal, esto es todo lo que tenemos. —Calló un momento mientras veía acercarse el *palazzo* que albergaba el Casino—. Quizá para nosotros sea diferente porque tenemos hijos.

—¿Por qué? —preguntó Brunetti.

—Porque podemos prever cómo será el mundo en el que ellos tendrán que vivir, y recordar el mundo en el que crecimos nosotros.

Brunetti, un paciente lector de historia, recordó cómo los antiguos romanos de las distintas edades denostaban su presente, insistiendo siempre en que las épocas de su juventud y de la generación de sus padres eran, en todos los aspectos, mucho mejores que la que ellos estaban viviendo. Recordó sus diatribas sobre la falta de sensibilidad, la molicie, la ignorancia de la juventud, su falta de respeto hacia sus mayores, y sintió que el recuerdo lo reconfortaba. Si cada generación piensa lo mismo, quizá todas se equivoquen y las cosas no vayan a peor. Pero no sabía cómo explicárselo a Vianello, y lo violentaba citar a Plinio, no fuera que el sargento no conociera al escritor o se sintiera cohibido al verse obligado a manifestar su ignorancia.

Se limitó, pues, a darle una cordial palmada en la espalda cuando el barco llegó a la parada de San Marcuola, donde saltaron a tierra y entraron en la estrecha calle en fila india, para dejar paso a la gente que caminaba presurosa hacia el embarcadero.

—No es cosa que nosotros podamos arreglar, ¿verdad, comisario? —comentó Vianello cuando llegaron a la calle más ancha que discurre por detrás de la iglesia y pudieron andar uno al lado del otro.

—Dudo que eso pueda arreglarlo alguien —dijo Brunetti, consciente de la vaguedad de la respuesta y descontento con ella antes ya de acabar de darla.

—¿Me permite una pregunta, comisario? —El sargento se paró y enseguida echó a andar otra vez. Los dos sabían la dirección, por lo que tenían una idea bastante aproximada de la situación de la casa—. Es acerca de su esposa.

Por el tono, Brunetti adivinó la pregunta:

—¿Sí?

Mirando al frente, a pesar de que ya nadie venía en dirección contraria por la estrecha calle, Vianello dijo:

—¿Le dijo ella por qué lo hizo?

Brunetti llevaba el mismo paso que el sargento. Sin aminorar la marcha, le miró de soslayo y respondió:

—Está en el informe del arresto.

—Ah —dijo Vianello—. No lo sabía.

—¿No lo ha leído?

Vianello volvió a pararse para mirar a Brunetti.

—Tratándose de su esposa, comisario, no me pareció bien leerlo. —Todos conocían la lealtad de Vianello hacia Brunetti, por lo que Landi, hombre de Scarpa, no le habría hablado del caso, y él era el que había arrestado y tomado declaración a Paola.

Los dos hombres reanudaron la marcha antes de que Brunetti respondiera.

—Me dijo que eso de organizar *sex-tours* es una infamia y que alguien tenía que impedírselo. —Hizo una pausa, para ver si Vianello tenía algo que preguntar, y como el sargento callara, prosiguió—: Me dijo que, como la justicia no hacía nada al respecto, lo haría ella. —De nuevo esperó la reacción de Vianello.

—¿La primera vez también fue su esposa?

Brunetti contestó sin vacilar:

—Sí.

Andaban con paso regular y sincronizado. Finalmente, el sargento dijo:

—Bravo.

Brunetti miró a Vianello, pero no vio más que su recio perfil y su larga nariz. Y, antes de que pudiera preguntar algo a su sargento, éste se paró y dijo:

—Si es el seis cero siete, tiene que estar a la vuelta de esa esquina. —Al doblar la esquina, se encontraron delante de la casa.

El timbre de los Mitri era, de los tres, el de más arriba, y Brunetti lo pulsó, esperó y volvió a pulsarlo.

Del altavoz brotó una voz sepulcral, por efecto de la pena o de una acústica deficiente, que preguntó quién llamaba.

—El comisario Brunetti. Deseo hablar con la *signora* Mitri.

La voz tardó en contestar.

—Un momento —dijo y el altavoz enmudeció.

Transcurrió mucho más de un minuto antes de que sonara el chasquido de la cerradura. Brunetti empujó la puerta y entró en un espacioso atrio alumbrado por una claraboya, en el que había dos grandes palmeras, una a cada lado de una fuente redonda.

Los dos hombres entraron en el corredor que conducía a la parte posterior del edificio y la escalera. Al igual que en casa de Brunetti, la pintura de las paredes se desprendía por efecto de la sal que absorbían de las aguas que tenían debajo. A uno y otro lado de la escalera había costras del tamaño de monedas de cien liras, barridas por la escoba o por algún zapato, que habían dejado al descubierto el muro de ladrillo. En el primer descansillo, observaron la línea horizontal que marcaba el nivel que había alcanzado la humedad; a partir de allí, la escalera estaba limpia de copos de pintura y las paredes, lisas y blancas.

Brunetti pensó en el presupuesto que una empresa constructora había presentado a los siete propietarios de los apartamentos de su edificio para eliminar la humedad y, al recordar la exorbitante suma, ahuyentó inmediatamente el pensamiento, malhumorado.

La puerta del último piso estaba abierta y, escondiendo tras ella medio cuerpo, había una niña de la edad de Chiara.

Brunetti se detuvo y, sin extender la mano, dijo:

—Soy el comisario Brunetti y me acompaña el sargento Vianello. Deseamos hablar con la *signora* Mitri.

La niña no se movió.

—La abuela no se encuentra bien —dijo con una voz desigual y nerviosa.

—Lo siento —respondió Brunetti—. Y también siento mucho lo que le ha pasado a tu abuelo. Por eso he venido, porque queremos hacer algo al respecto.

—La abuela dice que nadie puede hacer nada.

—Quizá podamos encontrar al culpable.

La niña sopesó la respuesta. Era tan alta como Chiara y el pelo castaño, peinado con raya en medio, le llegaba por los hombros. Nunca sería una belleza, pensó Brunetti, a pesar de que tenía las facciones regulares y delicadas, los ojos separados y la boca bien dibujada, pero su inexpresividad, la total falta de animación al hablar y al escuchar le restaba atractivo. Su semblante, más que plácido, inerte, daba una impresión de indiferencia, como si lo que se decía no la afectara, más aún, como si en realidad ella no participara en la conversación.

—¿Podemos pasar? —preguntó él dando un paso adelante, tanto para facilitarle la decisión como para inducirla a tomarla.

Ella no contestó pero acabó de abrir la puerta. Los dos hombres pidieron permiso cortésmente y la siguieron al interior del apartamento.

Un largo corredor central conducía desde la puerta hasta una batería de cuatro ventanas góticas. El sentido de la orientación indicó a Brunetti que la luz venía de Rio di San Girolamo, suposición que confirmaba la distancia a la que se veían los edificios de enfrente: sólo el río podía tener aquella anchura.

La niña los llevó a la primera habitación de mano derecha, un salón con una chimenea entre dos ventanas de más de dos metros de alto, y les señaló el sofá situado frente al hogar, pero ellos no se sentaron.

—¿Harás el favor de avisar a tu abuela? —preguntó Brunetti.

Ella asintió, pero dijo:

—No creo que quiera hablar con nadie.

—Dile que es muy importante —insistió Brunetti. Pensando que sería conveniente demostrar que pensaba quedarse, se quitó el abrigo, lo dejó sobre el respaldo de una silla y se sentó en un extremo del sofá. Con una seña, invitó a Vianello a hacer otro tanto, y el sargento, a su vez, se quitó el abrigo, lo dejó encima del de Brunetti y se sentó al otro extremo del sofá. Luego sacó el bloc del bolsillo y prendió el bolígrafo en la tapa. Los dos hombres aguardaron en silencio.

Cuando la niña se fue, ellos miraron en derredor. Vieron un gran espejo con marco dorado, junto a una mesa en la que había un enorme ramo de gladiolos rojos que, al reflejarse en él, se multiplicaban y parecían llenar la habitación; delante de la chimenea, una alfombra de seda, una Nain, según le pareció a Brunetti, tan cerca del sofá que quien se sentara en él a la fuerza tenía que pisarla y, arrimada a la pared situada frente a las flores, una cómoda de roble con una gran fuente de latón que la edad había vuelto gris. La riqueza, aunque discreta, era evidente.

Antes de que pudieran hacer algún comentario, se abrió la puerta y entró una mujer de unos cincuenta y tantos años. Era gruesa y llevaba un vestido de lana gris hasta media pierna. Tenía los tobillos anchos y los pies pequeños, calzados en unos zapatos que parecían demasiado estrechos. El peinado y el maquillaje eran impecables y denotaban una considerable inversión de tiempo y esfuerzo. Los ojos eran más claros que los de la nieta y las facciones, más toscas; en realidad, el parecido era inexistente, salvo en aquella extraña impavidez.

Los policías se levantaron inmediatamente y Brunetti fue hacia ella.

—¿La *signora* Mitri? —preguntó.

Ella asintió sin decir nada.

—Soy el comisario Brunetti y éste es el sargento Vianello. Nos gustaría hablar unos momentos con usted acerca de su marido y de ese terrible suceso. —Al oír estas palabras, ella cerró los ojos pero siguió callada.

La cara de la mujer adolecía de la misma falta de animación que se advertía en la de la nieta, y Brunetti se preguntó si la hija, que vivía en Roma, tendría también un aspecto tan abúlico.

—¿Qué desean saber? —preguntó la *signora* Mitri, de pie delante de Brunetti. Su voz tenía ese tono agudo tan frecuente entre las menopáusicas. Aunque, como había averiguado Brunetti, la mujer era veneciana, hablaba en italiano, lo mismo que él.

Antes de contestar, Brunetti se apartó del sofá y agitó la mano hacia el lugar que había ocupado. Ella se sentó mecánicamente, y entonces ellos la imitaron, Vianello volviendo a su asiento anterior y Brunetti, instalándose en un sillón tapizado de terciopelo, de cara a la ventana.

—*Signora*, ¿su marido nunca le habló de enemigos o de personas que pudieran desear perjudicarle?

Antes de que Bunetti terminara, ella ya movía la cabeza negativamente, pero no habló, dejando que el gesto sirviera de respuesta.

—¿No mencionó desavenencias con otras personas en el campo profesional? ¿Quizá algún convenio o contrato que no marchara según lo previsto?

—No; nada —dijo ella finalmente.

—Y, en el terreno personal, ¿algún problema con vecinos o algún amigo?

Ella movió la cabeza negativamente, sin pronunciar palabra.

—*Signora*, le ruego que disculpe mi ignorancia, pero no sabemos casi nada de su marido. —Ella no respondió a esto—. ¿Puede decirme dónde trabajaba? —Ella pareció sorprenderse, como si Brunetti hubiera sugerido que Mitri fichaba a las ocho en la puerta de una fábrica, por lo que explicó—: Quiero decir en cuál de sus empresas tenía el despacho o dónde pasaba más tiempo.

—En una empresa química en Marghera. Allí tiene un despacho.

Brunetti asintió, pero no pidió la dirección. Sabía que la encontrarían fácilmente.

—¿Tiene idea de en qué medida estaba implicado en las distintas fábricas y empresas que poseía?

—¿Implicado?

—Directamente. Quiero decir en la gestión diaria.

—Eso tendrá que preguntarlo a su secretaria.

—¿En Marghera?

La mujer asintió.

Mientras hablaban, pese a la brevedad de las respuestas que ella daba, Brunetti trataba de detectar alguna señal de dolor, de pena. Su impasividad hacía difícil adivinarlo, pero le parecía percibir un vestigio de tristeza, más en la manera en que continuamente bajaba la mirada hacia las manos entrelazadas que en lo que decía o en el tono de su voz.

—¿Cuánto hace que se casaron, *signora*?

—Treinta y cinco años —respondió ella sin vacilar.

—¿Y es su nieta la niña que nos ha abierto la puerta?

—Sí —respondió ella, y una tenue sonrisa rompió su inmutabilidad—. Giovanna. Mi hija vive en Roma, pero Giovanna ha dicho que quería estar conmigo. Ahora.

Brunetti asintió, comprensivo, aunque la preocupación de la niña por la abuela hacía parecer aún más extraña su apatía.

—Debe de ser un gran consuelo tenerla a su lado —dijo.

—Sí, lo es —convino la *signora* Mitri, y ahora su expresión se suavizó con una verdadera sonrisa—. Sería terrible estar sola.

Brunetti inclinó la cabeza y esperó unos segundos antes de mirar otra vez a la mujer.

—Sólo un par de preguntas más, *signora*, y podrá volver junto a su nieta. —No esperó respuesta sino que atacó sin más preámbulos—: ¿Es usted la heredera de su esposo?

La sorpresa de la mujer se evidenció en sus ojos: era la primera vez que algo parecía afectarla.

—Sí, supongo —dijo sin vacilar.

—¿Su esposo tenía más familia?

—Un hermano y una hermana, y un primo que emigró a la Argentina hace años.

—¿Nadie más?

—Familia directa, nadie más.

—¿El *signor* Zambino es amigo de su esposo?

—¿Quién?

—Giuliano Zambino, el abogado.

—Que yo sepa, no.

—Tengo entendido que era su abogado.

—Lo siento, pero es muy poco lo que sé de los negocios de mi marido —dijo ella, y Brunetti no pudo menos que preguntarse cuántas veces habría oído estas mismas palabras desde que era policía. Y muy pocas de las mujeres que las pronunciaban decían la verdad, por lo que él nunca creía la respuesta. A veces, él mismo se sentía intranquilo al pensar lo mucho que Paola sabía acerca de sus asuntos profesionales, tales como la identidad de sospechosos de violación, el resultado de truculentas autopsias y los apellidos de los sospechosos a los que la prensa aludía como «Giovanni S., 39, conductor de autobús, de Mestre» o «Federico G., 59, albañil, de San Dona di Piave». Eran pocos los secretos que resistían la prueba de la almohada conyugal, eso lo sabía Brunetti, por lo que oyó la declaración de ignorancia de la *signora* Mitri con escepticismo. No obstante, la dejó pasar.

Ya tenían los nombres de las personas con las que ella había cenado la noche del asesinato de su marido, por lo que no era necesario mencionarlas ahora, y pasó a otra cuestión:

—¿Había cambiado la conducta de su esposo durante las últimas semanas, o días?

Ella movió la cabeza con gesto de negación categórica.

—No; estaba como siempre.

A Brunetti le hubiera gustado preguntar cómo estaba siempre, pero se abstuvo, y se levantó.

—Muchas gracias, *signora* por su tiempo y su ayuda. Lo siento, pero tendré que volver a molestarla cuando dispongamos de más información. —Observó que no la complacía mucho la perspectiva, pero no pensó que fuera a negarse a facilitarle más datos. Las últimas palabras de Brunetti salieron espontáneamente—: Deseo que encuentre fuerzas para superar este trance tan doloroso.

Ella sonrió ante la audible sinceridad de estas palabras, y de nuevo él vio dulzura en la sonrisa.

Vianello se levantó, tomó su abrigo y dio a Brunetti el suyo. Los dos hombres se los pusieron y Brunetti abrió la marcha por el pasillo. La *signora* Mitri los siguió hasta la puerta del apartamento.

Allí, Brunetti y Vianello se despidieron y bajaron al atrio donde se erguían, ufanas, las palmeras.

15

En la calle, los dos hombres regresaron al embarcadero en silencio. Cuando llegaron, venía el número 82 procedente de la estación y lo tomaron sabiendo que, después de dar un amplio rodeo por el Gran Canal, los dejaría en San Zaccaria, a pocos pasos de la *questura*.

Mediaba la tarde y hacía más frío, por lo que entraron en la vacía cabina y se acomodaron en la parte anterior. En los primeros asientos, dos ancianas, juntando las cabezas, hablaban en veneciano, a voces, del frío repentino.

—¿Zambino? —preguntó Vianello.

Brunetti asintió.

—Me gustaría saber por qué Mitri se hizo acompañar por un abogado cuando fue a ver a Patta.

—Y un abogado que a veces se encarga de la defensa de casos criminales —agregó Vianello innecesariamente—. Al fin y al cabo, él no había hecho nada.

—Quizá quería que le asesorase acerca de la demanda civil que podía presentar contra mi esposa, si yo conseguía impedir que la policía formulara cargos contra ella la segunda vez.

—No había posibilidad de hacer eso, ¿verdad? —preguntó Vianello con una voz que denotaba su pesar.

—No después de que intervinieran Landi y Scarpa.

Vianello rezongó entre dientes algo que Brunetti ni entendió ni quiso averiguar.

—No sé qué pasará ahora.

—¿Acerca de qué?

—El caso. Muerto Mitri, no es probable que su heredero presente cargos contra Paola. Aunque el director de la agencia podría presentarlos.

—¿Y qué hay de...? —Vianello se interrumpió sin saber cómo referirse a la policía. Finalmente, se decidió—: ¿... nuestros colegas?

—Eso depende del magistrado que examine el caso.

—¿Quién es? ¿Lo sabe?

—Pagano, creo.

Vianello se quedó pensativo, repasando años de trabajo para este magistrado, un hombre mayor, en sus últimos años de ejercicio.

—No creo que solicite el proceso, ¿verdad?

—No; no es probable. Nunca se ha llevado bien con el *vicequestore*, por lo que no se dejará intimidar ni persuadir.

—Entonces, ¿qué habrá? ¿Una multa? —Al ver que Brunetti se encogía de hombros, Vianello abandonó la cuestión y preguntó—: ¿Y ahora qué hacemos?

—Me gustaría ver si ha llegado algo y luego ir a hablar con Zambino.

Vianello miró el reloj.

—¿Habrá tiempo?

Como solía sucederle, Brunetti no sabía qué hora era, y le sorprendió ver que eran más de las seis.

—No; es verdad. En realidad, no hace falta que volvamos a la *questura*.

Vianello sonrió al oírlo, porque el barco aún estaba parado en el embarcadero de Rialto. El sargento se levantó y fue hacia la puerta. Cuando llegaba, notó que las máquinas cambiaban de cadencia y vio que el marinero soltaba la amarra del montante y la recogía.

—¡Espera! —gritó.

El marinero no respondió, ni siquiera se volvió a mirar, y el motor aceleró.

—¡Espera! —gritó Vianello en voz aún más alta, pero sin resultado.

El sargento se abrió paso entre la gente de la cubierta y puso la mano en el brazo del marinero.

—Soy yo, Marco —dijo con voz normal. El otro lo miró, vio el uniforme, reconoció la cara y agitó una mano volviéndose hacia el capitán que observaba el incidente a través del cristal de su cabina.

El marinero volvió a agitar la mano y el capitán dio marcha atrás bruscamente. Varios pasajeros se tambalearon. Una mujer perdió el equilibrio y cayó pesadamente sobre Brunetti, que extendió un brazo para sostenerla. Lo que menos deseaba era ser acusado de brutalidad policial u otra cosa por el estilo si la mujer caía al suelo, pero la agarró antes de pensar en esta eventualidad y, al soltarla, se alegró de verla sonreír con gratitud.

Lentamente, el barco retrocedió el medio metro que se había apartado del embarcadero. El marinero abrió la puerta corredera, y Vianello y Brunetti saltaron a tierra. Vianello agitó una mano en señal de agradecimiento, las máquinas volvieron a acelerar y el barco avanzó.

—Pero, ¿usted por qué ha desembarcado? —preguntó Brunetti. Ésta era su parada, y Vianello debía haber seguido hasta Castello.

—Tomaré el próximo. ¿Cuándo quiere hablar con Zambino?

—Mañana por la mañana —respondió Brunetti—. Pero tarde. Antes quiero ver si la *signorina* Elettra encuentra algo más.

Vianello asintió.

—Esa mujer es un portento —dijo—. Si lo conociera bien, yo diría que el teniente Scarpa le tiene miedo.

—Yo lo conozco bien —respondió Brunetti—. Y se lo tiene. Ella a él no le teme lo más mínimo, lo que la convierte en una de las pocas personas de la *questura* que no le tienen miedo. —Brunetti podía hablar así porque él y Vianello también se contaban entre las excepciones—. Y el miedo lo hace muy peligroso. He tratado de ponerla en guardia, pero ella no le concede importancia.

—Pues hace mal —dijo Vianello.

Otro barco apareció por debajo del puente y viró hacia el embarcadero. Cuando hubieron desembarcado los pasajeros, Vianello saltó a cubierta.

—*A domani, capo* —dijo. Brunetti agitó una mano y se volvió antes de que los otros pasajeros empezaran a embarcar.

Se paró en uno de los teléfonos públicos del embarcadero y marcó de memoria el número del despacho de Rizzardi en el hospital. El médico ya no estaba, pero había dejado a su ayudante un mensaje para el comisario Brunetti. Las suposiciones del doctor se habían confirmado. Un solo cable, forrado de plástico, de unos seis milímetros de grueso. Nada más. Brunetti dio las gracias al ayudante y se encaminó hacia casa.

El día se había llevado consigo todo el calor. Brunetti echaba de menos la bufanda, y se subió el cuello del abrigo y hundió la barbilla. Andando deprisa, cruzó el puente y torció a la izquierda por el borde del agua, atraído por las luces que salían de los restaurantes de la *riva*. Bajó al paso inferior y salió a *campo* San Silvestro y dobló a la izquierda, para subir hacia su casa. En Biancat lo tentaron unos lirios del escaparate, pero recordó su enfado con Paola y pasó de largo. Tras recorrer un trecho, ya sólo recordó a Paola, y volvió sobre sus pasos, entró en la floristería y compró una docena de lirios violeta.

Ella estaba en la cocina y, al oír la puerta, asomó la cabeza para ver si era él o uno de los chicos. Vio el paquete y se acercó por el pasillo con un paño húmedo entre las manos.

—¿Qué traes ahí, Guido? —preguntó, intrigada.

—Ábrelo y lo sabrás —dijo él dándole las flores.

Ella se puso el paño en el hombro y tomó el ramo. Él dio media vuelta para colgar el abrigo en el armario. A su espalda oía crepitar el papel hasta que, bruscamente, se hizo el silencio, un silencio total, y se volvió, temiendo haber hecho algo que no debía.

—¿Qué tienes? —preguntó al ver su gesto de congoja.

Ella rodeó las flores con los dos brazos apretándolas contra el pecho y dijo algo que quedó ahogado por un fuerte crujido del papel.

—¿Qué? —preguntó él inclinándose un poco, porque ella había bajado la cabeza y hundía la cara entre las flores.

—No puedo soportar la idea de que algo que yo hice causara la muerte de ese hombre. —Su voz se rompió en un sollozo, pero ella prosiguió—: Perdona, Guido, perdona todos los disgustos que te he causado. Yo te hago eso y tú me traes flores. —Sollozaba apretando la cara contra los suaves pétalos de los lirios, con los hombros sacudidos por la fuerza de su sentimiento.

Él le quitó las flores de las manos y buscó dónde dejarlas y, al no encontrar un sitio, las puso en el suelo y la abrazó. Ella sollozaba contra su pecho con un abandono que nunca había mostrado su hija, ni aun de pequeña. Él la sostenía con gesto protector, como si temiera que, por la fuerza de los sollozos, pudiera romperse. Dobló el cuello y le dio un beso en el pelo, aspiró su olor y vio los pequeños bucles de la nuca, donde la melena se dividía en dos bandas. La abrazaba meciéndola suavemente y repitiendo su nombre. Nunca la había amado tanto como en este momento. Tuvo una fugaz sensación de desquite, pero al instante notó que se le encendía la cara, de un bochorno como nunca había sentido. Se obligó a ahogar toda sensación de triunfo y se encontró en un espacio limpio en el que no había nada más que el dolor de que su esposa, la otra mitad de su ser, sufriera aquella angustia. Volvió a besarle el pelo y, al advertir que los sollozos remitían, la apartó ligeramente, aunque sin soltarle los hombros.

—¿Estás mejor, Paola?

Ella asintió, sin poder hablar, con la cabeza baja, hurtando la cara.

Él sacó un pañuelo del bolsillo del pantalón. No estaba recién planchado, pero eso no parecía importar en este momento. Le enjugó la cara, una mejilla, la otra y debajo de la nariz, y se lo puso en la mano. Ella acabó de secarse las lágrimas y se sonó ruidosamente. Luego se cubrió los ojos escondiéndose de él.

—Paola —dijo Brunetti con una voz que era casi normal, pero no del todo—. Lo que hiciste es algo perfectamente honorable. No es que me guste, pero actuabas de buena fe.

Durante un momento, pensó que esto desencadenaría otra crisis de llanto, pero no fue así. Ella apartó el pañuelo y lo miró con ojos enrojecidos.

—Si yo hubiera imaginado... —empezó.

Pero él la atajó con un ademán.

—Ahora no, Paola. Quizá luego, cuando los dos podamos hablar de eso. Ahora vamos a la cocina, a ver si encontramos algo de beber.

—Y de comer —agregó ella al momento, y sonrió, agradecida por la moratoria.

16

A la mañana siguiente, Brunetti llegó a la *questura* a su hora habitual, después de pararse por el camino a comprar tres diarios. *Il Gazzettino* seguía dedicando páginas enteras al asesinato de Mitri, lamentando una pérdida para la ciudad, que no llegaba a especificar, pero los diarios nacionales parecían haber olvidado el caso y sólo uno lo mencionaba, en un suelto de dos párrafos.

Encima de la mesa estaba el informe definitivo de Rizzardi. La doble marca del cuello de Mitri indicaba una «vacilación» del asesino, que probablemente había aflojado el cable momentáneamente para asirlo mejor y apretar con más fuerza, con lo que había dejado un segundo surco en la carne de Mitri. Lo que Mitri tenía bajo las uñas de la mano izquierda era piel humana, en efecto, junto con fibras de lana marrón oscuro, probablemente, de una chaqueta o de un abrigo, arrancadas sin duda en un intento desesperado y vano de la víctima, de zafarse de su atacante. «Encuéntreme a un sospechoso y le haré una comparación», había escrito Rizzardi en el margen con lápiz.

A las nueve, Brunetti decidió que no era muy temprano para llamar a su suegro, el conde Orazio Falier. Marcó el número del despacho del conde, dio su nombre e inmediatamente le pusieron con él.

—*Buon dì, Guido. Che pasticcio, eh?*

Efectivamente, un buen lío, y de los grandes.

—Por eso te llamo. —Brunetti hizo una pausa, pero el conde no dijo nada, y prosiguió—: ¿Sabes algo, o sabe algo tu abogado? —Se interrumpió un momento y continuó—: Suponiendo que tu abogado intervenga.

—No; todavía no —contestó el conde—. Estoy esperando a ver qué hace el juez. Y tampoco sé lo que pensará hacer Paola. ¿Tienes alguna idea?

—Anoche lo hablamos —empezó Brunetti.

—Bien —oyó decir al conde en voz baja.

—Dice que pagará la multa y la reparación del escaparate.

—¿Y qué me dices de otras posibles indemnizaciones?

—No le pregunté. Me pareció suficiente que se aviniera a pagar la multa y los daños, por lo menos, en principio. Si luego resulta que hay que pagar algo más, quizá también acceda.

—Sí. Bien. Muy bien. Puede dar resultado.

Irritó a Brunetti esta suposición del conde de que él y Brunetti estuvieran confabulados en un plan para dorar la píldora o manipular a Paola. Por buenas que fueran sus intenciones y por mucho que uno y otro creyeran que lo hacían por su bien, a Brunetti no le gustaba que el conde diera por sentado que él estaba dispuesto a actuar con doblez.

Brunetti no quería seguir hablando del asunto.

—No te llamaba por eso. Me interesa cuanta información puedas darme sobre Mitri y el *avvocato* Zambino.

—¿Giuliano?

—Sí.

—Zambino es un hombre íntegro.

—Defendió a Manolo —repuso Brunetti, nombrando a un asesino de la Mafia al que Zambino había defendido con éxito hacía tres años.

—Manolo fue raptado en Francia y traído ilegalmente para ser juzgado.

Había varias interpretaciones: Manolo vivía en un pueblo francés próximo a la frontera y todas las noches iba a Mónaco a jugar en el Casino. En la mesa de bacará conoció a una mujer que le propuso ir a su casa a tomar una copa. La casa estaba en Italia y, nada más cruzar la frontera, Manolo fue arrestado por la propia mujer, que era coronel de los *carabinieri*. Zambino alegó que su cliente había sido víctima de una celada y un rapto de la policía.

Brunetti no insistió.

—¿Ha trabajado para ti? —preguntó al conde.

—Una o dos veces. Por eso lo sé. Y también por referencias de amigos. Es bueno. Trabaja como un enano para defender a su cliente. Pero es íntegro. —El conde se interrumpió largo rato, como si no acabara de decidirse a confiar esta información a Brunetti—: El año pasado corría el rumor de que no había evadido impuestos. Me dijeron que había declarado ingresos por valor de quinientos millones de liras o algo por el estilo.

—¿Y crees que eso es lo que ganó?

—Sí, lo creo —respondió el conde con la voz que reservaba para describir milagros.

—¿Qué dicen a esto los otros abogados?

—Figúrate, Guido: si alguien como Zambino declara esos ingresos y los demás dicen que han ganado doscientos millones o menos, puede resultar sospechoso y levantar la liebre.

—Debe de ser muy duro para ellos.

—Sí. Es... —empezó el conde, pero entonces percibió la ironía de aquellas palabras y se interrumpió—. En cuanto a Mitri —dijo sin transición—, vale la pena que lo investigues. Ahí sí podrías encontrar algo.

—¿Sobre las agencias de viajes?

—No sé. En realidad, no sé nada de él, salvo lo que he oído aquí y allá después de su muerte. Ya sabes, los comentarios que suele haber cuando alguien es víctima de un crimen.

Brunetti sabía. Había oído esta clase de rumores sobre personas muertas en el fuego cruzado durante atracos a bancos y sobre las víctimas de secuestros con asesinato. Siempre había alguien que suscitaba la pregunta de por qué estaban allí precisamente en aquel momento, por qué habían muerto ellos y no otros y qué tendrían que ver con los criminales. Aquí, en Italia, nada podía ser, sencillamente, lo que parecía. Siempre, por fortuitas que fueran las circunstancias e inocente la víctima, siempre había alguien que esgrimía el espectro de la *dietrologia* e insistía en que detrás de aquello tenía que haber algo, que todo el mundo tenía su precio, o su papel, y que nada era lo que parecía.

—¿Qué has oído por ahí?

—Nada en concreto. Todo el mundo ha tenido buen cuidado en mostrarse consternado por lo sucedido. Pero algunos hablan en un tono que indica otra cosa.

—¿Quiénes?

—Guido —dijo el conde con una voz que se había

enfriado varios grados—, aunque lo supiera, tampoco te lo diría. Pero la verdad es que no lo recuerdo. En realidad, no era algo que dijera una persona determinada sino más bien una insinuación implícita de que lo ocurrido no ha sido una completa sorpresa. No puedo decirte más.

—Está la nota —dijo Brunetti. Desde luego, esto era suficiente para hacer pensar a la gente que Mitri, de algún modo, estaba implicado en la violencia que había acabado con su vida.

—Sí, desde luego. —El conde hizo una pausa y agregó—: Eso podría explicarlo. ¿Tú qué opinas?

—¿Por qué me lo preguntas?

—Porque no quiero que mi hija tenga que pensar durante el resto de su vida que ella hizo algo que provocó el asesinato de un hombre.

Un deseo que Brunetti compartía con fervor.

—¿Ella qué dice de eso? —preguntó el conde.

—Anoche dijo que lo sentía, que se arrepentía de haber empezado esto.

—¿Y tú crees que lo empezó ella?

—No lo sé —reconoció Brunetti—. Hoy en día anda suelto mucho chiflado.

—Ya hay que estar loco para matar a alguien porque tiene una agencia de viajes de turismo.

—Turismo sexual —puntualizó Brunetti.

—Turismo sexual o turismo a las pirámides —fue la respuesta del conde—. La gente no va por ahí matando por eso, sea lo que fuere.

Brunetti tuvo que morderse la lengua para no replicar que, normalmente, la gente tampoco va por ahí rompiendo escaparates a pedradas y sólo dijo:

—La gente hace muchas cosas por motivos disparatados, por lo que no creo que debamos excluir la posibilidad.

—¿Pero tú lo crees? —insistió el conde y, de la tensión de su voz, Brunetti dedujo lo mucho que le costaba hacer a su yerno esta pregunta.

—Como te he dicho, no quiero creerlo —respondió Brunetti—. No estoy seguro de que sea lo mismo, pero significa que no estoy dispuesto a creerlo a no ser que encontremos una buena razón para ello.

—¿Y cuál sería esa razón?

—Un sospechoso. —Él mismo estaba casado con la única sospechosa, y sabía que, a la hora en que se cometió el asesinato, ella estaba sentada a su lado, de modo que sólo quedaba la posibilidad de que el asesino fuera un desequilibrado que arremetía contra el turismo sexual por este medio o alguien que actuaba con otro motivo, amparándose en este pretexto. Brunetti estaba ansioso de encontrar a uno u otro, pero encontrar a alguien—. Si te enteras de algo más concreto, ¿me lo dirás? —preguntó. Antes de que el conde pudiera poner condiciones, agregó—: No hace falta que especifiques quién lo ha dicho, sólo lo que ha dicho.

—De acuerdo —convino el conde—. ¿Y tú me dirás cómo está Paola?

—¿Por qué no la llamas? Llévala a almorzar. Haz algo que la anime.

—Buena idea, Guido. Así lo haré. —Pasó el tiempo, y Brunetti ya pensaba que el conde había colgado sin más, cuando volvió a oír la voz de su suegro—: Ojalá encuentres al que lo ha hecho. Haré cuanto pueda para ayudarte.

—Gracias —dijo Brunetti.

Ahora el conde sí colgó el teléfono.

Brunetti abrió el cajón y sacó la fotocopia de la nota hallada junto a Mitri. ¿Por qué, la acusación de pedofilia? ¿Y a quién se acusaba, a Mitri individualmente o al Mitri dueño de una agencia de viajes que procuraba los medios? Si el asesino estaba tan loco como para escribir aquello y luego asesinar al hombre al que estaban dirigidas las amenazas, ¿podía ser alguien a quien una persona como Mitri dejara entrar en su apartamento por la noche? A pesar de saber que semejante prejuicio era arcaico, Brunetti opinaba que, en general, las personas gravemente perturbadas daban claras señales de estarlo. Para convencerse, no había más que pensar en los individuos que veía deambular en torno al *palazzo* Boldù a primera hora de la mañana.

Pero esta persona había conseguido entrar en el apartamento de Mitri. Luego, él —o ella, concedía Brunetti, aunque no consideraba que ésta fuera una posibilidad real, otro de sus prejuicios— se las había ingeniado para tranquilizar a Mitri lo suficiente como para que éste se volviera de espaldas, permitiéndole rodearle el cuello con el cable fatal, o el cordón, o lo que fuera. Y había llegado y se había marchado sin ser visto: ningún vecino —y todos habían sido interrogados— había visto nada extraño aquella noche; la mayoría estaban en casa y no se enteraron de que había ocurrido algo hasta que la *signora* Mitri salió a la escalera gritando.

No; a Brunetti esto no le parecía el acto de un loco, ni de un individuo que pudiera dejar una nota tan incoherente. Además, le parecía una incongruencia flagrante que una persona decidida a luchar contra la injusticia —como Paola, ejemplo que le vino a la cabeza espontáneamente— cometiera un asesinato para combatirla.

Este razonamiento le hizo descartar a locos, fanáticos y exaltados, por lo que al fin no le quedó sino la pregunta clave en toda investigación de un asesinato: *cui bono?* Ello hacía aún más remota la posibilidad de que la muerte de Mitri estuviera relacionada con las actividades de la agencia de viajes. Su muerte no cambiaría nada. El revuelo publicitario se calmaría pronto. Incluso era posible que el *signor* Dorandi se beneficiara de él, aunque sólo fuera porque el asesinato había dado a conocer el nombre de la agencia; y desde luego él había sabido aprovechar la tribuna que le brindaba la prensa para manifestar su espanto y horror ante la sola idea del turismo sexual.

Otro móvil entonces. Brunetti bajó la cabeza y contempló la copia del mensaje redactado con letras recortadas. Otro móvil.

—Sexo o dinero —dijo en voz alta, y oyó la exclamación de sorpresa de la *signorina* Elettra, que había entrado sin que él lo advirtiera y estaba delante de su escritorio, con una carpeta en la mano derecha.

Él la miró con una sonrisa.

—¿Decía, comisario?

—Por eso lo mataron, *signorina*. Por sexo o por dinero.

Ella entendió al momento.

—Las dos cosas son siempre de buen gusto —dijo ella dejando la carpeta en la mesa—. Esto trata de la segunda.

—¿Y a quién se refiere?

—A los dos. —Hizo un gesto de desagrado—. No

encuentro sentido a las cifras, quiero decir a las del *dottor* Mitri.

—¿En qué aspecto? —preguntó Brunetti, pensando que, si la *signorina* Elettra no entendía los números, menos los entendería él.

—Era riquísimo.

Brunetti, que había estado en su casa, asintió.

—Pero ni las fábricas ni las otras empresas que poseía dan tanto dinero.

Era un fenómeno bastante corriente, pensó Brunetti. A juzgar por la declaración de ingresos, en Italia nadie ganaba lo suficiente para vivir; era una nación de pobres, que podían subsistir gracias a que daban la vuelta al cuello de la camisa, apuraban el calzado hasta que se caía a pedazos y comían berzas. No obstante, los restaurantes estaban llenos de gente bien trajeada, todo el mundo conducía coche nuevo y los aeropuertos despachaban sin cesar aviones cargados de felices turistas. *Go figure*, como solía decir un americano amigo suyo: Ve a saber.

—Nunca hubiera imaginado que eso pudiera sorprenderla —dijo Brunetti.

—No estoy sorprendida. Quien más quien menos, todos defraudamos en los impuestos. Pero he repasado las cifras de las empresas y parecen correctas. Es decir, ninguna le da mucho más de unos veinte millones de liras al año.

—Lo que hace un total de...

—Unos doscientos millones al año.

—¿De beneficio?

—Es lo declarado —respondió ella—. Deducidos los impuestos, queda en la mitad.

Era bastante más de lo que ganaba Brunetti al año,

lo que no significaba una vida de pobreza, ni mucho menos.

—¿Por qué está tan segura? —preguntó.

—Porque también he repasado los cargos a la tarjeta de crédito. —Señaló la carpeta con un movimiento del mentón—. Y no son los gastos de un hombre que ganara tan poco.

Brunetti, sin saber cómo tomar aquel desdeñoso «tan poco», preguntó:

—¿Cuánto gastaba? —La invitó a sentarse con un ademán.

Recogiéndose la larga falda, ella se sentó en el borde de la silla, sin rozar siquiera el respaldo con la espina dorsal y agitó la mano ante sí.

—No recuerdo la cantidad exacta. Creo que más de cincuenta millones. De modo que, si le suma los gastos de la casa y de manutención estrictamente, no se entiende cómo podía tener casi mil millones de liras en cuentas de ahorro y valores.

—Quizá le tocó la lotería —apuntó Brunetti con una sonrisa.

—La lotería no le toca a nadie —contestó la *signorina* Elettra sin sonreír.

—¿Por qué tendría tanto dinero en el banco? —preguntó Brunetti.

—Nadie cuenta con morirse, supongo. Pero no lo tenía inactivo. Una parte de ese dinero desapareció durante el último año.

—¿Y adónde habrá ido?

Ella se encogió de hombros.

—Imagino que a donde suele ir el dinero que desaparece: a Suiza, a Luxemburgo, a las islas anglonormandas.

—¿Cuánto?

—Unos quinientos millones.

Brunetti miró la carpeta pero no la abrió. Luego miró a la joven.

—¿Podría averiguarlo?

—En realidad, aún no he empezado a buscar, comisario. Es decir, he empezado, pero sólo por encima. Aún no he reventado cajones ni revuelto en documentos privados.

—¿Cree que tendrá tiempo de hacer eso?

Brunetti no recordaba cuándo había sido la última vez que había ofrecido un caramelo a un niño, pero recordaba vagamente una sonrisa muy parecida a la que ahora le dedicó la *signorina* Elettra.

—Nada me produciría mayor satisfacción —dijo, sorprendiéndolo sólo por su retórica, no por su respuesta. Ella se puso en pie, con prisa por marcharse.

—¿Y Zambino?

—Nada de nada. Nunca había visto unas cuentas tan claras y tan... —Se interrumpió, buscando la palabra adecuada—... honradas —dijo, sin poder ocultar la extrañeza que le producía el sonido de la última palabra—. Nunca.

—¿Sabe algo de él?

—¿Personalmente? —Brunetti asintió, pero ella, en lugar de responder, preguntó—: ¿Por qué desea saberlo?

—No tengo una razón especial —respondió él y entonces preguntó, intrigado por su aparente resistencia—. ¿La tiene usted?

—Es paciente de Barbara.

Él reflexionó. Conocía a la *signorina* Elettra lo bastante como para saber que nunca revelaría algo que ella considerara que pertenecía al ámbito familiar, como era cualquier información protegida por el secreto profesional de su hermana, y optó por cambiar de terreno.

—¿Y profesionalmente?

—Tengo amigos que han utilizado sus servicios.

—¿De abogado?

—Sí.

—¿Por qué? Qué clase de casos, quiero decir.

—¿Recuerda cuando atacaron a Lily? —preguntó ella.

Brunetti recordaba el caso, un caso que le había dejado mudo de rabia. Hacía tres años, la arquitecta Lily Vitale había sido atacada cuando regresaba a su casa al salir de la ópera, en lo que pudo empezar como un simple intento de atraco y acabó en una violenta agresión, con varios golpes a la cara y fractura del tabique nasal. No hubo robo, el bolso fue hallado intacto a su lado por las personas que salieron a la calle al oír sus gritos.

Su atacante fue detenido aquella misma noche e identificado como el mismo que había intentado violar por lo menos a otras tres mujeres de la ciudad. Pero nunca había robado nada y, en realidad, era incapaz de violar, por lo que fue sentenciado a tres meses de arresto domiciliario, aunque no sin que su madre y su novia declararan en el juicio ensalzando sus virtudes, su lealtad y su integridad.

—Lily presentó demanda civil por daños. Zambino era su abogado.

Brunetti no sabía esto.

—¿Y qué pasó?

—Que perdió.

—¿Por qué?

—Porque no hubo intento de robo. Lo único que él hizo fue romperle la nariz, y el juez no creyó que esto fuera tan grave como robar un bolso. De modo que ni

siquiera concedió daños. Dijo que el arresto domiciliario era castigo suficiente.

—¿Y Lily?

La *signorina* Elettra se encogió de hombros.

—Ya no sale sola de casa, apenas hace vida social.

Actualmente, el joven estaba en la cárcel por haber
apuñalado a su novia, pero Brunetti no creía que esto
sirviera de consuelo a Lily, ni que cambiara las cosas.

—¿Cómo reaccionó el abogado a la pérdida del caso?

—No lo sé. Lily no dijo nada. —Sin más explicaciones, se levantó—. Iré a ver lo que encuentro —dijo, recordando a Brunetti que lo que ahora importaba era
Mitri y no una mujer acobardada.

—Sí, muchas gracias. Y yo creo que iré a hablar con
el *avvocato* Zambino.

—Como usted crea conveniente, comisario. —Fue
hacia la puerta—. Pero piense que, si hay en el mundo
una persona intachable, es él. —Como se daba el caso
de que la tal persona era abogado, Brunetti dio a esta
opinión el mismo valor que daba a los balbuceos de los
locos que deambulaban por delante del *palazzo* Boldù.

17

Brunetti decidió no hacerse acompañar por Vianello al bufete del abogado, para que su visita pareciera más casual, aunque no creía que un hombre tan familiarizado con la justicia y su funcionamiento como Zambino se impresionara al ver un uniforme. Pensando en una cita que solía utilizar Paola, la frase que describe a uno de los peregrinos de Chaucer, el Hombre de la Ley: «Parecía más atareado de lo que estaba», creyó prudente llamar al *avvocato* anunciando su visita, a fin de ahorrarse la espera mientras el otro despachaba sus quehaceres. El pasante o quien fuera el que contestó al teléfono, dijo que el abogado estaría a disposición del comisario dentro de media hora.

El bufete estaba en *campo* San Polo, circunstancia que permitiría a Brunetti terminar el trabajo de la mañana cerca de su casa y disponer de mucho tiempo para el almuerzo. Llamó a Paola para decírselo. Ninguno de los dos habló de algo que no fuera horario y menú.

Cuando colgó el teléfono, Brunetti bajó al despacho de los agentes, donde encontró a Vianello sentado ante su mesa leyendo el diario de la mañana. Al oír a Brunetti, el sargento levantó la mirada y cerró el periódico.

—¿Algo de particular? —preguntó Brunetti—. No he tenido tiempo de leerlos.

—No; ya amaina. Seguramente, porque no hay mucho que decir. Por lo menos, hasta que arrestemos a alguien.

Vianello fue a levantarse, pero Brunetti lo detuvo con un ademán.

—No, no se levante, sargento. Voy a ver a Zambino, pero iré solo. —Antes de que el otro pudiera responder a esto, Brunetti agregó—: La *signorina* Elettra dice que va a repasar más atentamente las finanzas de Mitri y he pensado que a usted le gustaría ver cómo lo hace.

Últimamente, Vianello se interesaba por la manera en que, con ayuda del ordenador, la *signorina* Elettra descubría cosas y hacía amigos, a algunos de los cuales no había visto nunca. Ya parecía no haber barreras geográficas ni idiomáticas que impidieran el libre intercambio de información, buena parte de ella, muy interesante para la policía. Los intentos de Brunetti de emular a la joven habían resultado fallidos, por lo que veía con agrado el entusiasmo de Vianello. Quería que alguien más pudiera hacer lo mismo que la *signorina* Elettra o, por lo menos, comprendiera cómo lo hacía, por si un día tenían que trabajar sin ella. Al pensar en esta eventualidad, Brunetti recitó mentalmente un ensalmo para conjurar el peligro.

Vianello acabó de doblar el periódico y lo dejó caer en la mesa.

—Encantado. Con ella he aprendido mucho, siempre se le ocurre algo cuando falla el sistema normal. Mis chicos están asombrados —prosiguió—. Antes se reían de lo poco que yo entendía de lo que traían de la escuela o de lo que hablaban, y ahora son ellos los que vienen a preguntarme si tienen problemas o no pueden *acceder* a alguien. —El sargento ya utilizaba inconscientemente, con la mayor soltura, los términos de la nueva técnica.

Brunetti, extrañamente desconcertado por esta breve conversación, se despidió y salió de la *questura*. En la calle había un solitario cámara, que en aquel momento estaba de espaldas a la puerta, haciendo pantalla contra el viento con el cuerpo para encender un cigarrillo, por lo que Brunetti pudo alejarse sin ser visto. Al llegar al Gran Canal, el viento le hizo desistir de tomar el *traghetto* y cruzó por Rialto. Caminaba ajeno al esplendor que lo rodeaba, pensando en las preguntas que deseaba hacer al *avvocato* Zambino. Sólo una vez salió de su abstracción, al ver lo que le parecieron setas *porcini* en uno de los puestos de verduras y pensó que ojalá Paola las viera también y las pusiera con polenta para el almuerzo.

Andando deprisa, pasó por Rughetta, por delante de su propia calle, cruzó el paso inferior y salió al *campo*. Hacía tiempo que las hojas habían caído de los árboles, y la amplia explanada parecía extrañamente despoblada y desprotegida.

El bufete del abogado estaba en el primer piso del *palazzo* Soranzo, y Brunetti se sorprendió al ver que era el propio Zambino el que le abría la puerta.

—Ah, comisario Brunetti, es un placer —dijo el abogado extendiendo la mano y estrechando firmemente la de Brunetti—. No diré encantado de conocerle, puesto que ya nos conocíamos, pero sí que es un placer verlo por aquí. —En su primer encuentro, Brunetti se había fijado más en Mitri que en el abogado, una figura más borrosa. Era un hombre bajo y robusto, con un cuerpo que parecía más amigo de la buena mesa que del ejercicio. A Brunetti le dio la impresión de que llevaba el mismo traje que cuando lo vio en el despacho de Patta, aunque no estaba seguro. El pelo le clareaba en una cabeza que era de una redondez extraña, lo mismo que la cara y las mejillas. Tenía ojos de mujer: azul cobalto, rasgados, rodeados de espesas pestañas, unos ojos muy bellos.

—Muchas gracias —dijo Brunetti desviando la mirada para abarcar la sala de espera. Descubrió con no poca sorpresa que ésta era modesta, como de consultorio de un médico joven. Las sillas eran metálicas, con asiento y respaldo de una formica mal disfrazada de madera. En la única mesita de centro había revistas atrasadas.

El abogado lo condujo por una puerta que estaba abierta hasta lo que debía de ser el despacho. Las paredes estaban cubiertas de libros que Brunetti reconoció inmediatamente como textos de jurisprudencia y códigos del derecho civil y penal del Estado italiano. Ocupaban las paredes desde el suelo hasta el techo y había cuatro o cinco de ellos abiertos sobre la mesa de Zambino.

Mientras Brunetti se sentaba en una de las tres sillas situadas frente al sillón del abogado, Zambino daba la vuelta a la mesa y cerraba los libros, insertando cuidadosamente pequeñas tiras de papel entre las páginas, antes de apilarlos a un lado.

—Para ahorrarnos tiempo, iré directamente al asunto: supongo que ha venido para hablar del *dottor* Mitri —empezó Zambino. Brunetti asintió—. Bien. Entonces, si me dice qué es lo que desea saber, yo trataré de ayudarle en lo que pueda.

—Muy amable, *avvocato* —dijo Brunetti con formal cortesía.

—No es amabilidad, comisario. Es mi deber de ciudadano, y mi deseo en calidad de abogado, ayudarle en la medida de lo posible para descubrir al asesino del *dottor* Mitri.

—¿No le llama Paolo, *avvocato*?

—¿A quién, a Mitri? —preguntó Zambino que, al ver la señal afirmativa de Brunetti, dijo—: No; el *dottor* Mitri era un cliente, no un amigo.

—¿Alguna razón por la que no fuera su amigo?

Hacía mucho tiempo que Zambino era abogado como para que mostrara sorpresa ante cualquier pregunta, por lo que respondió tranquilamente:

—Ninguna razón, salvo la de que nunca habíamos tenido tratos hasta que me llamó para pedirme consejo acerca del incidente de la agencia de viajes.

—¿Cree que hubieran podido llegar a ser amigos? —preguntó Brunetti.

—Sobre eso no puedo especular, comisario. Hablé con él por teléfono, él se reunió conmigo en este despacho y juntos fuimos a ver al *vicequestore*. A esto se reduce mi relación con él, por lo que no puedo decirle si hubiéramos podido llegar a ser amigos o no.

—Comprendo —asintió Brunetti—. ¿Puede decirme qué había decidido hacer él respecto a lo que usted llama el incidente de la agencia de viajes?

—¿Se refiere a presentar cargos?

—Sí.

—Después de hablar con usted y con el *vicequestore*, le aconsejé que formulara una reclamación por daños y perjuicios, por la luna rota y las pérdidas de negocio que él calculara que la agencia había tenido que soportar; a él le correspondía un porcentaje de la indemnización, mientras que el escaparate era de su responsabilidad exclusiva, puesto que él era el propietario del local ocupado por la agencia.

—¿Le resultó difícil convencerle, *avvocato*?

—En absoluto —respondió Zambino, casi como si hubiera estado esperando la pregunta—. En realidad, yo diría que él ya había tomado esta decisión antes de hablar conmigo y sólo quería que un abogado le confirmara su planteamiento.

—¿Tiene idea de por qué lo eligió a usted?

Un hombre menos seguro de su posición seguramente hubiera hecho una pausa y mostrado sorpresa ante la audacia de quien se permitía preguntar por qué lo había elegido alguien, pero Zambino se limitó a responder:

—Ni la más remota. Desde luego, no tenía necesidad de acudir a alguien como yo.

—¿Quiere decir alguien que se dedica a la asesoría jurídica de empresas o alguien que tiene tan buena reputación como usted?

Aquí Zambino sonrió y con su sonrisa despertó la simpatía de Brunetti.

—Es favor que usted me hace, comisario. No me deja más opción que la de cantar mis propias alabanzas. —Al ver que Brunetti sonreía a su vez, prosiguió—: Como le digo, no tengo ni idea. Quizá algún conocido me recomendó a él. O quizá eligió mi nombre al azar en la guía telefónica. —Antes de que Brunetti pudiera decirlo, Zambino agregó—: Aunque no creo que el *dottor* Mitri fuera la clase de hombre que tomaba las decisiones de ese modo.

—¿Lo trató usted lo suficiente como para formarse

una opinión acerca de la clase de hombre que era, *avvocato*?

Zambino meditó la pregunta. Finalmente, respondió:

—Me dio la impresión de ser un hombre de empresa muy sagaz que daba mucha importancia al éxito.

—¿Le pareció sorprendente que abandonara tan fácilmente la idea de demandar a mi esposa? —Como Zambino no respondiera inmediatamente, Brunetti prosiguió—: Porque no había posibilidad de que el juez fallara contra él. Ella reconocía su responsabilidad. —Los dos hombres observaron que Brunetti no utilizaba la palabra «culpa»—. Así lo dijo al agente que la arrestó, por lo que él hubiera podido exigir cualquier cantidad: por calumnia, daño moral o lo que quisiera, y probablemente hubiera ganado el caso.

—Y, a pesar de todo, desistió —dijo Zambino.

—¿Por qué cree usted que lo haría?

—Quizá no tenía deseo de revancha.

—¿Es lo que usted pensó?

Zambino reflexionó.

—No; en realidad, creo que la revancha le hubiera encantado. Estaba indignado por lo ocurrido. —Antes de que Brunetti pudiera responder, continuó—: Y estaba indignado no sólo con su esposa sino con el director de la agencia de viajes, al que había dado instrucciones expresas de evitar a toda costa esa clase de turismo.

—¿El turismo sexual?

—Sí. Me enseñó la copia de una carta y de un contrato que había enviado al *signor* Dorandi hacía tres años, comunicándole que debía abstenerse de esa clase de actividades, o le rescindiría el contrato y le retiraría la licencia. No sé en qué medida podía ser legalmente vinculante el contrato si Dorandi hubiera decidido presentar batalla, porque no lo redacté yo, pero creo que indica que Mitri se tomaba esto muy en serio.

—¿Cree que era por razones de índole moral?

La respuesta de Zambino tardó en llegar, como si sopesara hasta dónde llegaban sus obligaciones legales para con un cliente que ya había muerto.

—No; creo que era porque había comprendido que sería mala política. En una ciudad como Venecia, esa clase de publicidad puede ser devastadora para una agencia de viajes. No; no creo que obrara por razones de moralidad; era, simplemente, una decisión comercial.

—¿Lo considera usted una cuestión de moralidad, *avvocato*?

—Sí —respondió el abogado escuetamente, sin necesidad de pensar.

Desviándose del tema, Brunetti preguntó:

—¿Tiene idea de cuáles eran sus intenciones respecto a Dorandi?

—Sé que le escribió una carta en la que se refería al contrato y le pedía explicaciones acerca de la clase de viajes contra los que había protestado su esposa.

—¿Y envió esa carta?

—Un ejemplar por fax y otro por correo certificado.

Brunetti se quedó pensativo. Si los ideales de Paola podían considerarse una razón válida para el asesinato, no lo era menos la pérdida del arriendo de un negocio muy lucrativo.

—Sigo intrigado por la razón de que lo contratara a usted, *avvocato*.

—Las personas hacen cosas extrañas, comisario —sonrió Zambino—. Especialmente, cuando se ven obligadas a tratar con la justicia.

—Los hombres de negocios raramente incurren en

gastos fuertes sin necesidad, si me disculpa la vulgaridad. —Y, anticipándose a la protesta de Zambino, agregó—: Porque éste no parecía un caso en el que fuera a hacer falta un abogado. No tenía más que dar a conocer sus condiciones al *vicequestore* por teléfono o por carta. Nadie iba a rechazar esas condiciones. A pesar de todo, contrató a un abogado.

—Con un desembolso considerable, por cierto.

—Exactamente. ¿Usted lo entiende?

Zambino echó el cuerpo hacia atrás y juntó las manos en la nuca, exhibiendo una considerable extensión de abdomen.

—Yo diría que es lo que vulgarmente se llama matar moscas a cañonazos. —Sin dejar de mirar al techo, prosiguió—: Supongo que quiso asegurarse de que se cumplirían sus exigencias, que su esposa aceptaría sus condiciones y que el caso acabaría ahí.

—¿Acabaría?

—Sí. —El abogado hizo oscilar el cuerpo hacia adelante, apoyó los brazos en la mesa y dijo—: Yo tenía la impresión de que deseaba que este episodio le afectara lo menos posible y no generase publicidad. Quizá más esto último que lo primero. Yo le pregunté hasta dónde estaría dispuesto a llegar si su esposa, que parecía actuar por principios, se negaba a pagar los daños; si presentaría una demanda judicial. Dijo que no. Fue terminante. Le dije que tenía el caso ganado, pero no quiso ni siquiera planteárselo.

—¿Entonces, si mi esposa se hubiera negado a pagar, él no hubiera tomado medidas legales?

—Exactamente.

—¿Y usted me dice esto sabiendo que ella aún podría cambiar de opinión y negarse a pagar?

Por primera vez desde el comienzo de la entrevista, Zambino pareció sorprendido.

—Desde luego.

—¿Aun sabiendo que yo podría decirle lo que Mitri había pensado y con ello influir en su decisión?

Zambino volvió a sonreír.

—Comisario, imagino que antes de venir se habrá usted informado acerca de mi persona y de mi reputación en esta ciudad. —Antes de que Brunetti pudiera confirmar o negar tal suposición, el abogado continuó—: Yo he hecho otro tanto. Y mis referencias me indican que no existe el menor peligro de que usted revele a su esposa lo que yo le diga ni de que utilice esta información para influir en su decisión.

La turbación impidió a Brunetti reconocer la verdad de estas palabras. Se limitó a mover la cabeza afirmativamente antes de preguntar:

—¿Preguntó usted a Mitri por qué era tan importante para él evitar la mala publicidad?

Zambino movió la cabeza negativamente.

—Me interesaba, sí, pero no me incumbía averiguarlo. No podía serme útil en mi función de abogado, y para eso me había contratado.

—¿Ni especuló sobre ello? —preguntó Brunetti.

Otra vez aquella sonrisa.

—Naturalmente que especulé, comisario. Parecía incongruente con la personalidad de aquel hombre: rico, influyente, si usted quiere, poderoso. Esta clase de personas pueden conseguir que se silencie cualquier cosa, por fea que pueda ser. Y esta actividad no era responsabilidad suya.

Brunetti movió la cabeza negativamente y esperó a que el abogado prosiguiera.

—Así que eso significaba o bien que tenía una conciencia ética para la que la implicación de la agencia en esta actividad era inadmisible, posibilidad que yo ya había descartado, o que existía alguna razón, personal o profesional, por la que debía evitar una mala publicidad, y la curiosidad que pudiera despertar.

Ésta era la deducción que había hecho Brunetti, y se alegró de que se la confirmara alguien que había conocido a Mitri.

—¿Y no se preguntó usted cuál podía ser esa razón?

Ahora Zambino se rió francamente. Había entrado en el juego y estaba disfrutando con él.

—Si viviéramos en otro siglo, diría que Mitri temía por su buen nombre. Pero como ahora ésta es una mercancía que cualquiera puede comprar en el mercado libre, diría que era porque ese examen podía sacar a la luz algo que él no deseaba que saliera.

Una vez más, su pensamiento era reflejo del de Brunetti.

—¿Alguna idea?

Zambino titubeó largamente antes de contestar:

—Me temo que ésa sea una cuestión muy complicada para mí, comisario. Aunque él esté muerto, mi responsabilidad profesional subsiste, por lo que no debo alertar a la policía sobre lo que yo pueda saber o, simplemente, sospechar.

Brunetti inmediatamente sintió curiosidad por lo que Zambino pudiera saber o sospechar, y se preguntó cómo averiguarlo. Pero, antes de que pudiera empezar siquiera a formular una pregunta, el otro prosiguió:

—Para ahorrarle tiempo, le diré, extraoficialmente, que no tengo ni la más remota idea de lo que preocupa a Mitri. Él no me habló de sus otros asuntos, sólo de este caso. Así pues, no tengo información pero, aunque la tuviera, tampoco se la daría.

Brunetti dibujó su sonrisa más franca mientras se preguntaba cuánta verdad habría en lo que acababa de oír.

—Ha sido usted muy generoso con su tiempo, *avvocato*, pero no deseo abusar más de él —dijo poniéndose en pie y yendo hacia la puerta.

Zambino lo siguió.

—Espero que pueda resolver esto, comisario —dijo al salir del despacho. Extendió la mano y Brunetti se la estrechó cordialmente mientras pensaba si el abogado sería un hombre honrado o un hábil embustero.

—También yo lo espero, *avvocato* —dijo dando media vuelta y encaminándose hacia su casa y su mujer.

18

Durante todo el día había estado latente en la cabeza de Brunetti la idea de que aquella noche él y Paola cenaban fuera. Desde lo que él se resistía a llamar el arresto de Paola, evitaban hacer y aceptar invitaciones, pero este compromiso había sido contraído hacía meses, era la fiesta de las bodas de plata de Giovanni Morosini, el mejor amigo y más fiel aliado de Paola en la universidad, y no había posibilidad de zafarse con elegancia. En dos ocasiones Giovanni había salvado la carrera de Paola, la primera, destruyendo una carta que ella había escrito al Magnifico Rettore, en la que le llamaba incompetente y ansioso de poder, la segunda, convenciéndola para que no entregara una carta de dimisión al mismo rector.

Giovanni enseñaba Literatura Italiana en la universidad, y su esposa, Historia del Arte en la Accademia di Belle Arti, y con los años los cuatro se habían hecho muy buenos amigos. Como los otros tres pasaban la mayor parte de su vida profesional dentro de los libros, a veces, Brunetti encontraba su compañía un poco desconcertante, convencido como estaba de que para ellos era más real el arte que la vida cotidiana. Pero el afecto de los Morosini hacia Paola estaba fuera de toda duda, y Brunetti se avino a aceptar la invitación, especialmente, cuando Clara llamó para decir que no irían a un restaurante sino que cenarían en casa. Brunetti no deseaba frecuentar los lugares públicos, por lo menos, mientras no se resolviera la situación de Paola ante la ley.

Paola, que no veía razón para dejar de dar sus clases en la universidad, había llegado a casa a las cinco, con tiempo para empezar a preparar la cena para los chicos, tomar un baño y arreglarse antes de que llegara Brunetti.

—¿Ya estás vestida? —preguntó él al entrar en el apartamento y verla con un vestido corto que parecía confeccionado en etérea hoja de oro—. Eso es nuevo —agregó colgando el abrigo.

—¿Y...?

—Me gusta —concluyó él—. Sobre todo, el delantal.

Sorprendida, ella bajó la mirada, pero antes de que pudiera darse por ofendida por haber caído en el engaño, él ya se alejaba por el pasillo camino del dormitorio. Ella volvió a la cocina donde, ahora sí, se ató un delantal a la cintura mientras él se ponía el traje azul marino.

Brunetti entró en la cocina alisándose el cuello de la camisa bajo la americana.

—¿A qué hora tenemos que estar allí?

—A las ocho.

Él se subió el puño para mirar el reloj.

—¿Nos vamos dentro de diez minutos?

Paola contestó con un gruñido, mientras inspeccionaba el contenido de una cacerola. Brunetti lamentó que no quedara tiempo para tomar una copa de vino.

—¿Alguna idea de quién más estará allí?

—No.

—Hm —hizo él. Abrió el frigorífico y sacó una botella de Pinot Grigio, se sirvió media copa y tomó un sorbo.

Paola tapó la cacerola y apagó el gas.

—Ya está —dijo—. No se morirán de hambre. —Y a él—: Es preocupante, ¿verdad?

—¿Te refieres a no saber quiénes son los otros invitados?

En lugar de contestar a su pregunta, ella dijo:

—¿Te acuerdas de los americanos?

Brunetti suspiró y dejó la copa en el fregadero. Sus miradas se encontraron y los dos se echaron a reír. Los americanos eran una pareja de profesores de Harvard, asiriólogos, de visita en la Universidad de Venecia, a los que los Morosini habían invitado a cenar hacía dos años. Durante toda la cena, los americanos no habían hablado con nadie más que el uno con el otro mientras procedían a emborracharse a conciencia, por lo que hubo que enviarlos a casa en un taxi, cuya factura apareció a la mañana siguiente en el buzón de los Morosini.

—¿Has preguntado? —quiso saber Brunetti.

—¿Quién habría?

—Sí.

—No pude —respondió Paola y, al observar que él no estaba convencido, agregó—: Eso no se hace, Guido. O, por lo menos, yo no hago eso. ¿Y si me contestan que va a haber alguien perfectamente horrible? ¿Les digo que estaré enferma?

Él se encogió de hombros, pensando en las veladas que había pasado prisionero de las tendencias católicas y las pintorescas amistades de los Morosini.

Paola sacó el abrigo y se lo puso sin esperar a que él la ayudara. Salieron a la calle y bajaron hacia San Polo. Atravesaron el *campo*, cruzaron un puente, torcieron a la derecha por una calle estrecha, al otro extremo volvieron a torcer a la derecha y pulsaron el timbre de los Morosini. La puerta se abrió casi al instante y subieron al *piano nobile*, donde Giovanni Morosini esperaba en una puerta por la que salía a la escalera un rumor de voces.

Morosini era un hombre corpulento que aún llevaba la barba que se había dejado cuando participaba en las protestas estudiantiles del sesenta y ocho. Con los años, la barba había encanecido y él decía a veces, con humor, que lo mismo les había ocurrido a sus principios e ideales. Era un poco más alto y bastante más ancho que Brunetti y daba la impresión de que casi llenaba el vano de la puerta. Saludó a Paola con dos besos y a Brunetti con un cordial apretón de manos.

—Bienvenidos, bienvenidos. Pasad y bebed —dijo tomándoles los abrigos y colgándolos en un armario al lado de la puerta—. Clara está en la cocina, pero yo os presentaré a unos amigos.

Brunetti no se acostumbraba al contraste que había entre la corpulencia del hombre y la suavidad de su voz, que apenas pasaba de un susurro, como si estuviera siempre temiendo la proximidad de oídos indiscretos.

El hombre se apartó para dejarlos pasar y los precedió por un pasillo que desembocaba en el gran *salotto*, al que se abrían todas las demás habitaciones de la casa. En un ángulo había cuatro personas, y lo primero que notó Brunetti era que mientras dos de ellas evidenciaban su condición de pareja las otras dos no podían ser más dispares.

Al oírles entrar, todos se volvieron y Brunetti vio cómo los ojos de la mujer dispar se iluminaban al ver a Paola. No fue una visión agradable.

Rodeando un sofá bajo, Morosini los llevó hasta donde estaban los otros.

—Paola y Guido Brunetti —empezó—. Os presento al *dottor* Klaus Rotgeiger, un amigo que vive al otro lado del *campo* y Bettina, su esposa. —La pareja concordante dejó las copas en la mesa que tenía a la espalda y se volvió para darles la mano con apretones tan efusivos y prietos como había sido el de Morosini, mientras pronunciaban las fórmulas de cumplido con leve acento germánico. Brunetti observó dos complexiones huesudas similares y dos pares de ojos claros.

—Y —continuó Morosini— la *dottoressa* Filomena Santa Lucia y Luigi Bernardi, su esposo. —La pareja discordante puso las copas al lado de las otras y extendió las manos. Las mismas frases amables fueron de un lado al otro. Brunetti percibió en estas manos cierta resistencia a mantener contacto con desconocidos más tiempo del estrictamente necesario. También observó que, si bien tanto la *dottoressa* como su marido dirigían la palabra indistintamente a Paola o a él, la miraban a ella mucho más. La mujer tenía los ojos negros y un aire de creerse bastante más bonita de lo que era. El hombre hablaba con la R suave de Milán.

A su espalda sonó la voz de Clara:

—*A tavola, a tavola, ragazzi.* —Y Giovanni los llevó a la habitación contigua donde había una larga mesa ovalada paralela a una serie de altas ventanas por las que se veían las casas del otro lado del *campo*.

Clara salió entonces de la cocina, con la cabeza envuelta en una nube de vapor que ascendía de la sopera que llevaba como una ofrenda votiva. Brunetti aspiró un olor a brécol y anchoa y sintió toda el hambre que tenía.

Durante el plato de pasta, la conversación fue general, esa especie de tanteo del terreno que se practica cuando ocho personas que no están seguras de las inclinaciones respectivas tratan de marcar los temas de interés. Brunetti, como tantas veces durante los últimos años, echó de menos la alusión a la política. Ya no sabía si este silencio se debía a falta de interés de la gente o a que el tema era muy volátil como para mencionarlo ante desconocidos. Cualquiera que fuese la razón, ahora la política había ido a hacer compañía a la religión en una especie de gulag discursivo al que nadie se atrevía ni molestaba en acercarse.

El *dottor* Rotgeiger explicaba, en un italiano francamente bueno, según observó Brunetti, las dificultades que tenía en el Ufficio Stranieri para prorrogar por un año más el permiso de permanencia en Venecia. Mientras aguardaba, lo abordaban unos individuos que se autodefinían como «agentes» que recorrían la cola ofreciéndose a agilizar el papeleo.

Brunetti aceptó repetir de pasta, y no hizo ningún comentario.

Cuando llegó el pescado —un *branzino* enorme que debía de haber medido medio metro— llevaba la voz cantante del diálogo la *dottoressa* Santa Lucia, antropóloga cultural, que acababa de regresar de un viaje por Indonesia, donde había pasado un año estudiando las estructuras de poder en la familia. Aunque dirigía sus observaciones a la mesa en general, Brunetti observaba que sus ojos buscaban con frecuencia a Paola.

—Tenemos que comprenderlo —decía sin sonreír del todo pero con la expresión de autocomplacencia del que se siente capaz de percibir las sutilezas de una cultura ajena—, la estructura familiar se orienta a la preservación de la familia. Es decir, hay que preservar intacta la familia a toda costa, aunque ello suponga sacrificar a sus miembros menos importantes.

—¿Y quién define cuáles son? —preguntó Paola sacándose una espinita de la boca y colocándola en el borde del plato con una precaución excesiva.

—Una pregunta muy interesante —dijo la *dottoressa* Santa Lucia en el tono que debía de haber utilizado para explicar esto mismo a sus alumnos cientos de veces—. Pero yo pienso que éste es uno de los pocos casos en los que los criterios de su compleja y sofisticada cultura coinciden con nuestros propios más simplistas conceptos. —Hizo una pausa, esperando que alguien pidiera una aclaración.

Bettina Rotgeiger la complació:

—¿En qué coinciden?

—En decidir cuáles son los miembros menos importantes de la sociedad. —Dicho esto, la *dottoressa* hizo una pausa y, al ver que contaba con la atención de toda la mesa, bebió un sorbito de vino mientras ellos esperaban la revelación de la incógnita.

—A ver si lo adivino —sonrió Paola apoyando la barbilla en la palma de la mano y olvidando el pescado que tenía en el plato—. ¿Las niñas?

Tras una breve pausa, la *dottoressa* Santa Lucia dijo:

—Exactamente —sin aparentar desconcierto porque le hubieran pisado el efecto sorpresa—. ¿Y esto la asombra?

—Ni lo más mínimo —respondió Paola, que volvió a sonreír y concentró la atención en el *branzino*.

—Sí —prosiguió la antropóloga—, según sus normas sociales, las niñas son prescindibles, dado que nacen en mayor número del que las familias pueden alimentar y que los varones son preferibles. —Miró a los comensales para ver el efecto y agregó con una rapidez ostensiblemente debida al temor a haber ofendido su sensibilidad rígidamente occidental—: Esto, naturalmente, desde su punto de vista. Al fin y al cabo, ¿quién si no podrá ocuparse de los padres ancianos?

Brunetti tomó la botella de Chardonnay e, inclinándose sobre la mesa, llenó la copa de Paola y luego la propia. Se miraron y ella, con una leve sonrisa, asintió casi imperceptiblemente.

—Creo que es necesario que nosotros contemplemos el tema desde su punto de vista, que tratemos de plantearlo como lo plantean ellos, por lo menos, en la medida en que nuestros propios prejuicios culturales nos lo permitan —proclamó la *dottoressa* Santa Lucia embarcándose en una disertación sobre la necesidad de ampliar nuestras miras para abarcar otras culturas, concediéndoles el respeto al que se han hecho acreedoras por haber sido desarrolladas en el transcurso de los milenios a fin de responder a las necesidades específicas de sociedades diversas.

Al cabo de un rato, que Brunetti midió por lo que él había tardado en beber su copa de vino y comer la guarnición de patatas hervidas, la antropóloga dio por terminada su explicación, tomó la copa y sonrió, como esperando que la clase se acercara a la tarima para felicitarla por su clarificadora lección. Se hizo un largo silencio que Paola rompió para decir:

—Clara, deja que te ayude a llevar los platos a la cocina.

Brunetti no fue el único que dio un suspiro de alivio.

Después, mientras volvían a casa, Brunetti preguntó:

—¿Por qué la has perdonado?

Paola, a su lado, se encogió de hombros.

—Vamos, di, ¿por qué?

—Es muy fácil —dijo Paola despectivamente—. Estaba clarísimo desde el primer momento que quería tirarme de la lengua, inducirme a que explicara por qué lo hice. ¿Por qué si no había de soltar esa estupidez de que las niñas son prescindibles?

Brunetti caminaba con el codo de ella inserto en el ángulo de su brazo. Movió la cabeza afirmativamente.

—Quizá ella lo cree así. —Y, unos pasos más allá—: Siempre me han reventado esas mujeres.

—¿Qué mujeres?

—Las que no quieren a las mujeres. —Caminaron un trecho—. ¿Imaginas lo que debe de ser una de sus clases? —Antes de que Paola pudiera responder, prosiguió—: ¡Está tan segura de todo lo que dice, tan segura de haber descubierto la única verdad! —Hizo una breve pausa—. Y pobre del que tenga que examinarse con ella. Si no está de acuerdo con sus teorías, suspenso seguro.

—No creo que haya muchos aspirantes a licenciarse en Antropología Cultural —observó Paola.

Él se echó a reír, totalmente de acuerdo. Cuando entraban en su calle, aminoró la marcha, se detuvo y la volvió hacia sí.

—Gracias, Paola.

—¿Por qué? —preguntó ella fingiendo inocencia.

—Por haber evitado el combate.

—Hubiera acabado preguntándome por qué me hice arrestar, y no quiero hablar de eso con una persona como ella.

—Vaca estúpida —murmuró Brunetti.

—Es una calificación machista.

—¿Verdad que sí?

19

Aquella incursión en la vida social les quitó el deseo de reincidir, y reanudaron la política de rehusar toda clase de invitaciones. Si bien tanto a Paola como a Brunetti les irritaba la limitación de movimientos que suponía quedarse en casa noche tras noche y Raffi hacía comentarios irónicos acerca de su constante presencia en el hogar, Chiara estaba encantada de tenerlos allí, y organizaba partidas de cartas, les hacía ver interminables programas de televisión sobre animales y hasta inició un torneo de monopoly que amenazaba con prolongarse hasta el año siguiente.

Paola se iba todos los días a la universidad y Brunetti, a la *questura*. Por primera vez en su vida profesional se alegraban del profuso papeleo que generaba el bizantino Estado que les daba empleo a ambos.

Dada la implicación de Paola en el caso, Brunetti decidió no asistir a los funerales de Mitri, contra lo que era su norma en estos casos. Dos días después, releyó los informes del laboratorio sobre el escenario del crimen, así como las cuatro páginas del informe de la autopsia, suscrito por Rizzardi. La lectura le ocupó buena parte de la mañana y cuando terminó se preguntaba por qué tanto en su vida profesional como en la personal se repetían con insistencia los mismos temas. Durante su exilio temporal de la *questura* había terminado la lectura de Gibbon, ahora había empezado con Herodoto y, para después, ya tenía preparada la *Ilíada*. Cuánta muerte, cuántas vidas truncadas por la violencia.

Con el informe de la autopsia en la mano, Brunetti bajó al despacho de la *signorina* Elettra, cuyo aspecto era el antídoto para todas sus cavilaciones de la mañana. Hoy llevaba una chaqueta del rojo más encendido que nunca viera él y una blusa de crespón de seda blanco con los dos últimos botones desabrochados. Sorprendentemente, la encontró inactiva, sentada a su escritorio, con la barbilla apoyada en la palma de la mano, mirando por la ventana el trozo de la fachada de San Leonardo que se veía a lo lejos.

—¿Se encuentra bien, *signorina*? —preguntó él al verla tan pensativa.

Ella se irguió y sonrió.

—Desde luego, comisario. Estaba pensando en un cuadro.

—¿Un cuadro?

—Ajá —dijo ella volviendo a apoyar la barbilla en la palma de la mano y a mirar a lo lejos.

Brunetti siguió la dirección de su mirada, como si el cuadro pudiera estar allí, pero no vio más que la ventana y, al otro lado, la iglesia.

—¿Qué cuadro?

—Uno que está en el Correr, el de las cortesanas y los perritos.

Él conocía el cuadro, aunque nunca podía recordar quién lo había pintado. Las mujeres parecían tan ausentes y aburridas como ahora ella, mirando hacia un lado, insensibles a la idea de que estaban siendo inmortalizadas.

—¿Qué le pasa al cuadro?

—Nunca he sabido si eran cortesanas o damas nobles, ociosas y hastiadas de todo que no saben sino sentarse a mirar el vacío.

—¿Qué le hace pensar eso?

—Oh, no sé —dijo ella encogiéndose de hombros.

—¿La aburre esto? —preguntó él abarcando el despacho y todo lo que significaba con un ademán, y deseando que la respuesta fuera no.

Ella volvió la cabeza y lo miró fijamente.

—¿Bromea, comisario?

—De ninguna manera. ¿Por qué lo pregunta?

Ella estudió largamente su expresión antes de contestar.

—No me aburre en absoluto. Al contrario. —No sorprendió a Brunetti que lo alegrara oír esto. Al cabo de un momento, ella agregó—: Aunque nunca estoy del todo segura de cuál es mi posición.

Brunetti la miró desconcertado. Su título oficial era el de secretaria del *vicequestore*. También era ayudante a tiempo parcial de Brunetti y de otro comisario, pero ninguno de los dos le había dictado nunca una carta ni un memorándum.

—¿Se refiere a su posición real frente a su posición oficial? —apuntó.

—Sí, desde luego.

Brunetti había dejado caer a lo largo del cuerpo la mano que sostenía el informe. Ahora la levantó hacia ella diciendo:

—Yo pienso que usted es nuestros ojos, nuestra nariz y el vivo espíritu de nuestra curiosidad, *signorina*.

La cabeza de ella se alzó apartándose de la mano y le obsequió con una de sus radiantes sonrisas.

—Qué bonito quedaría eso en una descripción de las atribuciones del cargo, comisario.

—Creo que vale más que dejemos la descripción de sus atribuciones tal como está —dijo Brunetti agitando la carpeta en dirección al despacho de Patta.

—Ah —dijo ella únicamente, pero su sonrisa se ensanchó un poco más.

—Y que no nos preocupemos de poner nombre a la ayuda que nos presta.

La *signorina* Elettra se inclinó para tomar la carpeta que Brunetti le tendía.

—Me interesa averiguar si este método de estrangular se había usado antes, por quién y contra quién.

—¿El garrote?

—Sí.

Ella sacudió la cabeza con impaciencia.

—Tenía que haberlo pensado, si no hubiera estado tan ocupada compadeciéndome de mí misma —dijo. Y rápidamente—: ¿Toda Europa o sólo Italia y desde cuándo?

—Empiece por Italia y, si no encuentra nada, amplíe el campo, empezando por el Sur. —A Brunetti ésta le parecía una manera de matar más bien mediterránea—. Los últimos cinco años. O diez, si no hay nada.

Ella dio media vuelta y encendió el ordenador, y Brunetti advirtió con sorpresa hasta qué punto él consideraba ya esta máquina una extensión de la mente de la joven. Sonrió y salió del despacho dejándola entregada a la tarea y preguntándose si no sería otra prueba de machismo pensar esto y si considerarla de algún modo parte de un ordenador no sería degradarla. Mientras subía la escalera, iba riendo interiormente de lo que podía hacer a un hombre el vivir con una fanática, y se sorprendió de que, en realidad, no le disgustara.

Encontró a Vianello esperándolo en la puerta de su despacho.

—Pase, sargento, ¿qué hay?

El sargento siguió a Brunetti al despacho.

—Iacovantuono, comisario. —Como Brunetti no respondiera, agregó—: Los de Treviso han preguntado por ahí.

—¿Preguntado por ahí sobre qué?

—Sobre sus amigos.

—¿Y sobre su esposa? —preguntó Brunetti. La visita de Vianello no podía tener otra razón.

El sargento asintió.

—¿Y?

—Parece ser que la mujer que hizo aquella llamada decía la verdad, comisario. Pero aún no han podido localizarla. El matrimonio se peleaba. —Brunetti escuchaba en silencio. Vianello prosiguió—: Una mujer que vive en la casa de al lado dice que él le pegaba y que una vez ella estuvo en el hospital.

—¿Lo han comprobado?

—Sí. Se cayó en el baño o, por lo menos, eso fue lo que ella dijo. —Los dos habían oído decir eso a muchas mujeres.

—¿Han comprobado la hora? —preguntó, sabiendo que no necesitaba puntualizar.

—El vecino la encontró en la escalera a las doce menos veinte. Iacovantuono llegó a su trabajo un poco después de las once. —Antes de que Brunetti pudiera preguntar, Vianello agregó—: No; nadie sabe cuánto rato llevaba allí la mujer.

—¿Quién ha estado preguntando?

—Negri, el que habló con nosotros la primera vez que fuimos. Cuando le mencioné la llamada que habíamos recibido, me dijo que ya había preguntado a los vecinos. Para ellos también forma parte de la rutina. Yo le dije que pensábamos que la llamada era falsa.

—¿Y?

Vianello se encogió de hombros.

—Nadie lo vio salir hacia el trabajo. Nadie sabe a qué hora llegó exactamente. Nadie sabe cuánto llevaba la mujer en el suelo.

Aunque eran tantas las cosas que habían sucedido desde la última vez que Brunetti había visto al *pizzaiolo*, aún recordaba claramente su cara, la tristeza de sus ojos.

—Nosotros nada podemos hacer —dijo finalmente a Vianello.

—Lo sé. Pero he pensado que querría usted estar al corriente.

Brunetti movió la cabeza de arriba abajo en señal de agradecimiento, y Vianello volvió al despacho de los agentes.

Media hora después, la *signorina* Elettra llamó a la puerta y entró con varias hojas de papel en la mano derecha.

—¿Eso es lo que imagino? —preguntó él.

Ella asintió.

—Durante los seis últimos años ha habido tres asesinatos similares a éste. Dos fueron actos de la Mafia, o aparentaban serlo. —Ella se acercó a la mesa y puso delante de él dos hojas, una al lado de la otra, señalando los nombres—: Uno en Palermo y uno en Reggio Calabria.

Brunetti leyó los nombres y las fechas. Un hombre había aparecido muerto en una playa y el otro en su coche. Los dos, estrangulados con algo que parecía ser un fino cable forrado de plástico: no se habían encontrado hilos ni fibras en el cuello de las víctimas.

Ella puso entonces otra hoja al lado de las dos anteriores. Davide Narduzzi había sido asesinado en Padua hacía un año y se había acusado a un vendedor ambulante marroquí, que por cierto había desaparecido antes de que pudieran arrestarlo. Brunetti leyó los detalles: al parecer, Narduzzi había sido atacado por la espalda y estrangulado antes de que pudiera reaccionar. La misma descripción valía para los otros dos asesinatos. Y para el de Mitri.

—¿Y el marroquí?

—Ni rastro de él.

—¿De qué me suena este nombre? —preguntó Brunetti.

—¿Narduzzi?

—Sí.

La *signorina* Elettra puso en la mesa la última hoja de papel.

—Drogas, robo a mano armada, agresión, asociación con la Mafia y sospecha de extorsión —leyó Brunetti de la lista de acusaciones formuladas contra Narduzzi durante su corta vida—. Imagine la clase de amigos que tendría éste. No es de extrañar que el marroquí desapareciera.

El comisario había leído rápidamente toda la página.

—Si existió alguna vez.

—¿Cómo?

—Fíjese en esto —dijo él señalando uno de los

nombres de la lista. Dos años antes, Narduzzi tuvo una pelea con Ruggiero Palmieri, supuesto miembro de uno de los clanes criminales más violentos del norte de Italia. Palmieri acabó en el hospital, pero no presentó cargos. —Brunetti conocía a esta clase de hombres lo suficiente como para saber que estas cuestiones se ventilaban en privado.

—¿Palmieri? —preguntó la *signorina* Elettra—. No conozco el nombre.

—Mejor. Nunca ha trabajado aquí, si puede llamarse trabajar a lo que él hace. A Dios gracias.

—¿Usted lo conoce?

—Lo vi una vez hace años. Un mal bicho.

—¿Él haría una cosa así? —preguntó ella, golpeando con el dedo los otros dos papeles.

—Es lo que hace, eliminar a la gente —respondió Brunetti.

—Entonces, ¿por qué se metería con él ese otro, Narduzzi?

Brunetti movió la cabeza.

—Ni idea. —Leyó los tres breves informes y se levantó.

—Vamos a ver qué puede usted encontrar de Palmieri —dijo, y bajó con ella a su despacho.

No era mucho, desgraciadamente. Palmieri estaba escondido desde hacía un año, después de ser identificado como uno de los tres hombres que habían asaltado un furgón blindado. Dos guardias habían sido heridos, pero los ladrones no habían conseguido llevarse los más de ocho mil millones de liras que transportaba el furgón.

Leyendo entre líneas, Brunetti dedujo que no se habrían desplegado grandes recursos materiales ni humanos para buscar a Palmieri: no había muerto nadie ni se había robado nada en el incidente. Pero ahora se había cometido un asesinato.

Brunetti dio las gracias a la *signorina* Elettra y bajó al despacho de Vianello. El sargento estaba inclinado sobre un montón de papeles con la frente apoyada en las palmas de las manos. En el despacho no había nadie más, por lo que Brunetti se quedó un rato observándolo antes de acercarse a su mesa. Vianello, al oírle, levantó la cabeza.

—Me parece que ha llegado el momento de cobrar algunos favores —dijo Brunetti sin preámbulos.

—¿A quién?

—A gente de Padua.

—¿Gente buena o gente mala?

—De las dos clases. ¿A cuántos conocemos?

Si Vianello se sintió halagado por aquel plural que lo equiparaba a su jefe, no lo demostró. Pensó un momento y dijo:

—A un par. De unos y de otros. ¿Qué hay que pedirles?

—Información sobre Ruggiero Palmieri. —Vio que Vianello reconocía el nombre y empezaba a buscar mentalmente a quienes, buenos o malos, pudieran decirle algo sobre él.

—¿Qué desea saber? —preguntó el sargento.

—Me gustaría saber dónde estaba cuando murieron estos hombres —dijo Brunetti poniendo en la mesa los papeles que le había dado la *signorina* Elettra—. Y dónde estaba la noche en que Mitri fue asesinado.

Vianelli levantó la barbilla en un gesto inquisitivo y Brunetti explicó:

—Al parecer, es un asesino a sueldo. Hace años tuvo problemas con un tal Narduzzi.

Vianello movió la cabeza de arriba abajo, indicando que conocía el nombre.

—¿Recuerda lo que le ocurrió? —preguntó Brunetti.

—Que murió. Pero no recuerdo cómo.

—Estrangulado, quizá con un cable eléctrico.

—¿Y esos dos? —preguntó Vianello, indicando la documentación con un movimiento de la cabeza.

—Lo mismo.

Vianello puso los papeles encima de los que ya tenía en la mesa y los leyó atentamente.

—De estos dos no sabía nada. A Narduzzi lo asesinaron hará un año, ¿no?

—Sí, en Padua. —Probablemente, la policía de aquella ciudad se alegró de la desaparición de Narduzzi. Desde luego, la investigación del caso no llegó hasta Venecia—. ¿Se le ocurre alguien que pueda saber algo?

—Ese hombre que trabajaba con usted, comisario, el de Padua.

—Della Corte —indicó Brunetti—. Ya había pensado en él. Probablemente, conocerá a varios elementos a los que preguntar. Pero se me ha ocurrido que quizá también usted conociera a alguien.

—A dos —dijo Vianello sin más explicaciones.

—Bien. Pregúnteles.

—¿Qué puedo ofrecerles a cambio, comisario?

Brunetti tuvo que pensar un rato tanto en los favores que podía pedir a otros policías como en los que podía ofrecer él y al fin dijo:

—Diga que les deberé un favor y, si tuvieran algún percance en Padua, también Della Corte se lo debería.

—No es mucho —dijo Vianello con sincero escepticismo.

—Es lo más que van a conseguir.

20

La hora siguiente estuvo ocupada con llamadas telefónicas a y de Padua, mediante las que Brunetti se comunicó con policías y *carabinieri*, entregado a la delicada tarea de cobrar algunos de los favores que había acumulado en su haber durante sus años de servicio. La mayoría de las llamadas partieron de su despacho con destino a otros despachos. Della Corte accedió a hacer indagaciones en Padua y se dijo dispuesto a secundar a Brunetti en sus ofertas de favores a cambio de ayuda. Terminada esta tanda de llamadas, el comisario salió de la *questura* y se trasladó a una hilera de teléfonos públicos de Riva degli Schiavoni, desde donde gastó unas cuantas tarjetas telefónicas de quince mil liras llamando a los *telefonini* de varios pequeños y no tan pequeños delincuentes con los que había estado en contacto en el pasado.

Él sabía, lo mismo que todos los italianos, que muchas de aquellas llamadas podían ser interceptadas y grabadas —y quizá estuvieran siéndolo en aquel momento— por distintas agencias del Estado, por lo que nunca daba su nombre y hablaba siempre de forma vaga, diciendo tan sólo que cierta persona de Venecia estaba interesada en saber el paradero de Ruggiero Palmieri, aunque, desde luego, no deseaba establecer contacto ni que el *signor* Palmieri se enterase de que alguien se interesaba por él. Su sexta llamada, a un traficante a cuyo hijo Brunetti no había arrestado después de ser atacado por el muchacho al día siguiente de la última condena de su padre, hacía varios años, le dijo que vería lo que podía hacer.

—¿Y Luigino? —preguntó Brunetti, para demostrar que no guardaba rencor.

—Lo he enviado a Estados Unidos. A estudiar empresariales —dijo el padre antes de colgar. Probablemente, esto significaba que la próxima vez Brunetti tendría que arrestar al hijo. O que, quizá, armado de un título en administración de empresas otorgado por una prestigiosa universidad americana, escalaría un alto puesto en la organización, pasando a un plano en el que difícilmente estaría expuesto a ser arrestado por un modesto comisario de policía de Venecia.

Con la última tarjeta, Brunetti llamó a la viuda de Mitri, cuyo número llevaba escrito en un papel y, lo mismo que en su anterior llamada, hecha al día siguiente de la muerte de Mitri, escuchó una grabación que decía que la familia, afligida por la tragedia, no aceptaba mensajes. Se pasó el teléfono al otro oído y hurgó en el bolsillo hasta encontrar un papel en el que había anotado el número del hermano de Mitri, pero tampoco allí obtuvo más respuesta que una grabación. Entonces decidió pasarse por el apartamento de Mitri, para ver si encontraba a algún otro miembro de la familia.

Tomó el 82 hasta San Marcuola y no tardó en encontrar el edificio. Tocó el timbre y casi enseguida oyó una voz masculina que preguntaba quién llamaba. Brunetti respondió que la policía y dio su graduación, pero no el apellido y, al cabo de un momento, la voz le dijo que subiera. La sal seguía entregada a su labor corrosiva, y en la escalera había montoncitos de escamas de pintura y de yeso, como antes.

Arriba, en la puerta del apartamento, había un hombre con traje oscuro. Era alto y muy delgado, con cara enjuta y pelo oscuro y corto que empezaba a encanecer en las sienes. Al ver a Brunetti, dio un paso atrás para dejarle entrar y extendió la mano.

—Soy Sandro Bonaventura —dijo—, el cuñado de Paolo. —Al igual que su hermana, hablaba italiano, no veneciano, aunque era perceptible el acento de la región.

Brunetti le estrechó la mano y, sin dar su nombre todavía, entró en el apartamento. Bonaventura lo llevó hasta una habitación grande situada al extremo de un pasillo corto. El comisario observó que el suelo estaba cubierto de las que debían de ser las tablas de roble originales, no parquet, y que las cortinas de las dobles ventanas parecían de auténtica tela Fortuny.

Bonaventura señaló un sillón y, cuando Brunetti se hubo sentado, tomó asiento frente a él.

—Mi hermana no está —empezó—. Ella y su nieta han ido a pasar unos días con mi esposa.

—Deseaba hablar con ella —dijo Brunetti—. ¿Sabe cuándo volverá?

Bonaventura movió la cabeza negativamente.

—Ella y mi esposa están muy unidas, son casi como hermanas, y le pedimos que viniera a nuestra casa cuando... cuando ocurrió esto. —Se contemplaba las manos moviendo la cabeza lentamente a derecha e izquierda y luego alzó la cara y sostuvo la mirada de Brunetti—. No puedo creer que haya ocurrido esto, y menos a Paolo. No había razón, ninguna razón.

—No suele haberla, cuando una persona entra a robar y se asusta...

—¿Cree que era un ladrón? ¿Y la nota? —preguntó Bonaventura.

Brunetti hizo una pausa antes de contestar.

—Quizá el ladrón lo eligió a causa de la publicidad suscitada por la agencia de viajes. Quizá traía la nota con intención de dejarla después de cometer el robo.

—Pero, ¿por qué tomarse la molestia?

Brunetti no tenía ni la menor idea, y la posibilidad le parecía ridícula.

—Para hacernos creer que no había sido un ladrón profesional —se inventó.

—Eso es imposible —dijo Bonaventura—. Paolo fue asesinado por un fanático que pensó que era responsable de algo que él ni sospechaba que estuviera ocurriendo. Han destrozado la vida de mi hermana. Es absurdo. No me vengan hablando de ladrones que traen notas en el bolsillo ni pierdan el tiempo buscándolos. Tendrían que estar persiguiendo al loco que ha hecho esto.

—¿Su cuñado tenía enemigos? —preguntó Brunetti.

—Desde luego que no.

—Qué extraño.

—¿Qué quiere decir? —exigió Bonaventura inclinando el cuerpo hacia adelante e invadiendo el espacio de Brunetti.

—Por favor, no se ofenda, *signor* Bonaventura. —Brunetti puso entre los dos una mano apaciguadora—. Quiero decir que el *dottor* Mitri era un empresario, y próspero. Más de una vez, habrá tenido que tomar decisiones que hayan molestado o, incluso, indignado a otras personas.

—La gente no mata por haber salido perjudicada en un negocio —insistió Bonaventura.

Brunetti, que había visto muchos casos que demostraban todo lo contrario, calló durante un rato. Y luego:

—¿No recuerda a nadie con quien tuviera dificultades?

—No —respondió Bonaventura instantáneamente y, después de reflexionar, confirmó—: A nadie.

—Ya. ¿Está familiarizado con las empresas de su cuñado? ¿Trabajaba usted con él?

—No. Yo dirijo nuestra fábrica de Castelfranco Veneto, Interfar. Es mía, aunque está a nombre de mi hermana. —Al ver que Brunetti no parecía satisfecho, agregó—: Por motivos fiscales.

Brunetti asintió con un gesto que él estimó sacerdotal. Más de una vez, había pensado que en Italia a una persona se le perdonaba cualquier atrocidad si alegaba que lo había hecho por motivos fiscales. Ya podías liquidar a la familia, pegar un tiro al perro o incendiar la casa del vecino: si decías que lo habías hecho por motivos fiscales, no habría juez ni jurado que te condenara.

—¿El *dottor* Mitri tenía intereses en la fábrica?

—Ninguno, en absoluto.

—¿De qué es la fábrica, si me permite la pregunta?

A Bonaventura no pareció sorprenderle la pregunta.

—No faltaba más. Es un laboratorio de farmacia. Fabricamos aspirina, insulina y productos homeopáticos.

—¿Y usted es farmacéutico, para supervisar los procesos?

Bonaventura titubeó antes de responder.

—No; en absoluto. Yo soy un simple empresario. Me dedico a sumar columnas de cifras, escucho a los científicos que preparan las fórmulas y trato de diseñar estrategias para la buena comercialización.

—¿No se requieren conocimientos de farmacia? —preguntó Brunetti, recordando que Mitri era químico.

—No; mi gestión es puramente administrativa. Lo mismo da que el producto sea calzado, barcos o pegamento.

—Comprendo —dijo Brunetti—. Su cuñado era químico, ¿verdad?

—Sí, en efecto. Había estudiado la carrera y ejerció varios años, al principio de su vida profesional.

—¿Ya no ejercía?

—No; hace años que lo dejó.

—Entonces, ¿qué hacía en sus fábricas? —Brunetti se preguntaba si también Mitri habría priorizado las estrategias de dirección.

Bonaventura se puso en pie.

—Perdone mi brusquedad, comisario, pero tengo muchas cosas que hacer y ésas son preguntas que no puedo contestar. Creo que debería hacérselas a los directores de las fábricas de Paolo. Yo nada sé de sus empresas ni de cómo las administraba. Lo siento.

Brunetti se levantó. Le parecía lógico el argumento. El hecho de que Mitri hubiera estudiado química no influía en su capacidad para dirigir fábricas de otros productos. En el diverso mundo empresarial, ya no era necesario que, para dirigir una sociedad, tuvieras grandes conocimientos de lo que producía. Y, para demostrarlo, ahí estaba Patta, concluyó.

—Muchas gracias por su tiempo —dijo volviendo a extender la mano a Bonaventura, que se la estrechó y lo acompañó a la puerta, donde se despidieron, y Brunetti se dirigió a la *questura* por las estrechas calles de Cannaregio, el que, para él, era el barrio más bello de la ciudad. Lo que significaba, supuso, el más bello del mundo.

Cuando llegó, la mayoría del personal se había ido a almorzar, por lo que tuvo que contentarse con dejar una nota en la mesa de la *signorina* Elettra en la que le pedía que viera qué podía encontrar sobre Alessandro Bonaventura, el cuñado de Mitri. Cuando se irguió y se tomó la libertad de abrir el cajón de arriba para guardar el lápiz que había utilizado, pensó en cómo le gustaría dejarle un e-mail. No tenía ni idea de cómo se hacía, pero sería muy agradable, aunque no fuera más que para demostrarle que no era el cavernícola de la informática por el que ella le tenía. Al fin y al cabo, si Vianello había aprendido, no había razón por la que él no pudiera llegar a manejar un ordenador. Era licenciado en derecho, y para algo tenía que contar esto.

Miró el ordenador: estaba mudo, las «tostadoras» quietas y la pantalla oscura. ¿Sería muy difícil? Pero entonces se le ocurrió la idea salvadora: quizá, al igual que Mitri, él fuera más apto para mover los hilos entre bastidores que para hacer funcionar las máquinas. Con la conciencia reconfortada por este bálsamo, bajó al bar del puente a tomar un *tramezzino* y una copa de vino y esperar a que los otros volvieran de almorzar.

Eran ya cerca de las cuatro cuando volvieron, pero Brunetti, que hacía tiempo que había dejado de hacerse ilusiones acerca de la laboriosidad de las personas con las que trabajaba, esperó leyendo el periódico sentado tranquilamente en su despacho más de una hora. Hasta tuvo tiempo de consultar su horóscopo, preguntándose con curiosidad quién sería la rubia desconocida que entraría en su vida y felicitándose del anuncio de que «en breve recibiría buenas noticias». Ya sería hora.

Poco después de las cuatro, sonó el intercomunicador, y Brunetti descolgó, seguro de que sería Patta, aunque le sorprendía que la actividad empezara tan pronto y le intrigaba qué pudiera querer el *vicequestore*.

—¿Podría bajar a mi despacho, comisario? —preguntó su superior, y Brunetti, cortésmente, le contestó que ahora mismo bajaba.

La chaqueta de la *signorina* Elettra estaba colgada del respaldo de la silla y en la pantalla del ordenador había una lista de nombres y números pulcramente dispuestos en columnas, pero ella no estaba. Brunetti llamó a la puerta de Patta y, al oír la voz de su jefe, entró en el despacho.

Y allí vio a la *signorina* Elettra, sentada delante de la mesa de Patta, con las rodillas recatadamente juntas, el bloc en el regazo y la mano que sostenía el lápiz levantada, mientras flotaba en el aire la última palabra de Patta, que no había anotado, puesto que era el *Avanti* con el que el *vicequestore* había invitado a entrar a Brunetti.

Patta apenas se dio por enterado de la llegada del comisario, al que dedicó un levísimo movimiento de cabeza antes de seguir dictando.

—«Y sírvase comunicarles que no deseo...» No, mejor «que no toleraré...». Resulta más enérgico, ¿no le parece, *signorina*?

—Desde luego, *vicequestore* —dijo ella mirando sus signos.

—«No toleraré» —prosiguió Patta— «el continuo

uso de las embarcaciones y vehículos de la policía en viajes no autorizados. Si un miembro del personal...» —Aquí se interrumpió para decir en tono más natural—: ¿Hará el favor de comprobar cuáles son las categorías que tienen derecho a utilizar las lanchas y los coches y especificarlas, *signorina*?

—Desde luego, *vicequestore*.

—«... precisa transporte oficial, el interesado deberá...» ¿Qué ocurre, *signorina*? —Patta interrumpió el dictado al ver que ella lo miraba, confusa.

—Quizá fuera preferible decir «la persona interesada», señor —sugirió—. Para no dar impresión de prejuicio sexista, como si sólo los hombres pudieran tener autoridad para utilizar lanchas. —Aquí bajó la cabeza y volvió la página del bloc.

—Claro, claro, si usted lo cree así —convino Patta, y prosiguió—: «... la persona interesada deberá rellenar los formularios pertinentes y solicitar el visto bueno de la autoridad correspondiente.» —Toda su actitud cambió y su gesto se hizo menos imperioso, como si hubiera ordenado a su mandíbula que dejara de emular a la de Mussolini—. ¿Tendrá la bondad de comprobar quiénes tienen que autorizarlo y agregar los nombres?

—Sí, señor —dijo ella, escribiendo varios signos más. Levantó la mirada y sonrió—. ¿Eso es todo?

—Sí, sí —dijo Patta, y Brunetti vio que se inclinaba hacia adelante mientras ella se levantaba, como para ayudarla a ponerse en pie.

En la puerta, ella se volvió y sonrió a los dos hombres.

—Lo tendrá mañana a primera hora.

—¿Antes no? —preguntó Patta.

—No, señor, lo siento. Tengo que calcular el pre-

supuesto de gastos de la oficina para el mes que viene.
—Había en su sonrisa tanto pesar como severidad.

—Está bien.

Sin otra palabra, ella salió del despacho cerrando la puerta.

—¿Cómo está el caso Mitri, Brunetti? —preguntó Patta sin preámbulos.

—Hoy he hablado con el cuñado —empezó Brunetti, curioso por ver si Patta ya se había enterado. Su gesto vacuo indicaba que no era así, y el comisario prosiguió—: También he descubierto que durante los últimos años ha habido otros tres asesinatos en los que se utilizó lo que podría ser un cable forrado de plástico, quizá un cable eléctrico. Y, al parecer, todas las víctimas fueron atacadas por la espalda, lo mismo que Mitri.

—¿Qué clase de asesinatos? —preguntó Patta—. ¿Como éste?

—No, señor. Al parecer se trataba de ejecuciones, probablemente, de la Mafia.

—Entonces no pueden tener nada que ver con esto —dijo Patta descartando de entrada la posibilidad—. Esto es obra de un loco, un fanático empujado al asesinato por... —Aquí Patta o bien perdió el hilo del argumento o bien recordó con quién estaba hablando, porque calló bruscamente.

—Me gustaría investigar la posibilidad de que exista una relación entre los asesinatos —dijo Brunetti, como si Patta no hubiera hablado.

—¿Dónde se cometieron?

—Uno en Palermo, uno en Reggio Calabria y el último en Padua.

—Ah. —Patta suspiró audiblemente. Al cabo de un momento explicó—: Si existiera una relación, probablemente, el caso no sería nuestro, ¿no le parece? ¿No debería ser la policía de esas ciudades la que investigara también nuestro caso, como parte de una serie?

—Es posible. —Brunetti no se molestó en señalar que, según este razonamiento, también podía ser la policía de Venecia la que investigara los otros crímenes de la serie.

—Bien, pues informe a todos ellos de lo ocurrido y téngame al corriente de las respuestas.

Brunetti tuvo que reconocer el ingenio de la solución. La investigación del crimen era subcontratada, endosada a la policía de aquellas otras ciudades. Patta había hecho lo oficialmente correcto, lo burocráticamente ortodoxo: pasarlo a la mesa de al lado, con lo que había cumplido con su deber o, lo que era más importante, parecería haberlo cumplido, en el caso de que un día se cuestionara su decisión. Brunetti se puso en pie.

—Sí, señor. Inmediatamente me pondré en contacto con ellos.

Patta inclinó la cabeza en cortés gesto de despedida. Era insólito que Brunetti, un hombre tan terco y difícil, se aviniera a razones tan pronto.

21

Al salir del despacho de Patta, Brunetti encontró a la *signorina* Elettra poniéndose la chaqueta. Encima de la mesa tenía el bolso y una bolsa de compras y, a su lado, el abrigo.

—¿Y el presupuesto? —preguntó Brunetti.

—Bah —dijo ella, lo que sonó como un resoplido de regocijo—. Es igual todos los meses. Tardo cinco minutos en imprimirlo. No hay más que cambiar el nombre del mes.

—¿Y nadie pone reparos? —preguntó Brunetti, pensando en lo que debían de gastar sólo en flores frescas.

—El *vicequestore* los puso una vez, hace tiempo —dijo ella alargando la mano hacia el abrigo.

Brunetti lo tomó y se lo sostuvo mientras ella se lo ponía. Ninguno de los dos consideró oportuno señalar que la oficina en la que ella trabajaba estaría abierta tres horas más.

—¿Qué dijo?

—Quería saber por qué todos los meses gastábamos más en flores que en material de oficina.

—¿Y usted qué le contestó?

—Pedí disculpas y le dije que debía de haber confundido las partidas y que no volvería a ocurrir. —Tomó el bolso y se lo colgó del hombro por la larga correa.

—¿Y? —no pudo menos que preguntar Brunetti.

—No ha vuelto a ocurrir. Es lo primero que hago al pasar el informe del mes, cambiar las sumas correspondientes a flores y material de oficina. —Así está mucho más tranquilo—. Agarró la bolsa, Bottega Veneta, observó él y fue hacia la puerta.

—*Signorina* —empezó Brunetti, un poco violento por tener que reclamar—, ¿y esos nombres?

—Por la mañana, comisario. Me estoy ocupando de ello. —Al decirlo, señalaba el ordenador con la barbilla mientras sujetaba la bolsa con una mano y con la otra apartaba un mechón de pelo.

—Si está apagado —dijo Brunetti.

Ella cerró los ojos una mínima fracción de segundo, pero él lo advirtió.

—Créame, comisario. Por la mañana. —Él no se conformó de inmediato, y ella agregó—: Recuerde: yo soy sus ojos y su nariz, todo lo que pueda haber estará aquí mañana a primera hora.

Aunque la puerta del despacho estaba abierta, Brunetti se situó a su lado, como para proteger su salida.

—*Arrivederci, signorina. E grazie.*

Ella sonrió y se fue.

Brunetti se quedó de pie al lado de la puerta, preguntándose qué podría hacer con el resto de la tarde. Como no tenía la audacia de la *signorina* Elettra, volvió a subir a su despacho. Encima de la mesa encontró una nota que decía que el conde Orazio Falier deseaba hablar con él.

—Soy Guido —dijo cuando el conde contestó al teléfono dando su nombre.

—Me alegro de que llames. ¿Podemos hablar?

—¿De Paola? —preguntó Brunetti.

—No; de ese otro asunto que me pediste que investigara. He hablado con una persona con la que hago bastantes operaciones bancarias. Dice que en una de las cuentas de Mitri en el extranjero entraban y salían hasta hace un año fuertes cantidades de efectivo. —Antes de que Brunetti preguntara, el conde dijo—: Habló de un total de cinco millones de francos:

—¿Francos? —inquirió Brunetti—. ¿Suizos?

—No iban a ser franceses —dijo el conde en un tono que relegaba el franco francés al nivel del lat lituano.

Brunetti se guardó de preguntar a su suegro dónde y cómo había conseguido esta información, pero era lo bastante inteligente como para confiar plenamente en ella.

—¿Es la única cuenta?

—La única de la que tengo referencias —respondió el conde—. Pero he preguntado a varias personas más y quizá tenga algo que decirte dentro de un par de días.

—¿Te dijo de dónde procedía el dinero?

—Dijo que los ingresos procedían de varios países. Aguarda un momento, los tenía anotados por aquí. —Su suegro dejó el teléfono en la mesa y Brunetti atrajo hacia sí un trozo de papel. Oyó pasos que se iban y volvían—. Aquí está —volvió a sonar la voz del conde—: Nigeria, Egipto, Kenia, Bangladesh, Sri Lanka y Costa de Marfil. —Hizo una larga pausa y dijo—: He tratado de asociarlo con distintas cosas: droga, armas, mujeres. Pero siempre hay algo que no encaja.

—En primer lugar, son países muy pobres —reflexionó Brunetti.

—Exactamente. Pero de ahí venía el dinero. Había otras sumas, mucho más pequeñas, de países europeos y algunas de Brasil, pero la mayor parte procedía de esos países en la divisa local, luego una parte se enviaba allí, pero en dólares, siempre en dólares.

—¿A esos mismos países?

—Sí.

—¿Qué cantidades se devolvían?

—No lo sé. —Sin dar tiempo a Brunetti a insistir, el conde dijo—: Es toda la información que ese hombre estaba dispuesto a darme. Es todo lo que me debía.

Brunetti comprendió. No habría más; de nada serviría insistir.

—Gracias —dijo.

—¿Qué crees que significa?

—No sé. Tendré que pensarlo. —Entonces decidió pedir al conde otro favor—. Además, tengo que encontrar a una persona.

—¿A quién?

—Un tal Palmieri, un asesino a sueldo, o algo que se le parece mucho.

—¿Qué tiene que ver con Paola? —preguntó el conde.

—Podría tener que ver con el asesinato de Mitri.

—¿Palmieri?

—Sí. Ruggiero. Creo que es de Portogruaro. Pero lo último que sé de él lo sitúa en Padua. ¿Por qué?

—Yo conozco a mucha gente, Guido. Veré lo que puedo averiguar.

Durante un momento, Brunetti se sintió tentado de pedir al conde que tuviera cuidado, pero nadie llega a donde había llegado él sin hacer de la prudencia un hábito.

—Ayer hablé con Paola —dijo Falier—. Parece estar bien.

—Sí. —Brunetti, consciente de pronto de lo mezquinas que parecían sus palabras, dijo—: Si lo que empiezo a sospechar es verdad, ella no habrá tenido nada que ver con la muerte de Mitri.

—Claro que no ha tenido nada que ver —fue la respuesta inmediata—. Aquella noche estaba contigo.

Brunetti reprimió su primera reacción y respondió serenamente.

—Me refiero en el sentido que le daría ella, no como lo entenderíamos nosotros: el de que su acto indujo a alguien a cometer el asesinato.

—Aunque así fuera... —empezó el conde, pero entonces, bruscamente, desistió de argumentar sobre el caso hipotético y dijo en su tono de voz normal—: Yo en tu lugar trataría de averiguar qué asuntos tenía él con todos esos países.

—Así lo haré. —Y Brunetti, con una cortés despedida, colgó el teléfono.

Kenia, Egipto y Sri Lanka sufrían estallidos de violencia, pero nada que hubiera leído Brunetti hacía pensar que existiera una causa común, ya que cada grupo parecía tener objetivos totalmente distintos. ¿Materias primas? Brunetti no sabía sobre aquellos países lo suficiente como para adivinar qué podían poseer que necesitara el voraz Occidente.

Miró el reloj y vio que eran más de las seis, hora en que todo un comisario, en especial un comisario que estaba todavía en situación de baja administrativa, podía irse a su casa.

Por el camino seguía dando vueltas al caso y hubo un momento en que hasta se paró y sacó del bolsillo la lista de países para volver a leerla. Entró en Antico Dolo y pidió una copa de vino y una ración de sepia que, absorto como estaba, apenas saboreó.

Antes de las siete, llegaba a un hogar vacío. Entró en el estudio de Paola, sacó el atlas y se sentó en el raído sofá con el libro abierto en las rodillas, contemplando los mapas multicolores de las distintas regiones. Se hundió un poco más en el sofá y apoyó la cabeza en el respaldo.

Así lo encontró Paola media hora después, profundamente dormido. Lo llamó una vez, y luego otra, pero no se despertó hasta que ella se sentó a su lado.

Dormir de día siempre lo atontaba y le dejaba un extraño sabor de boca.

—¿Qué haces con eso? —preguntó ella dándole un beso en la oreja y señalando el libro.

—Sri Lanka. Y aquí Bangladesh, Egipto, Kenia, Costa de Marfil y Nigeria —dijo él volviendo las páginas lentamente.

—A ver si lo adivino: ¿el itinerario de nuestro segundo viaje de luna de miel por las grandes capitales de la pobreza? —sonrió ella. Y, al verle sonreír a su vez, prosiguió—: ¿Y yo seré la dama espléndida que arrojará puñados de monedas a la población local mientras visitamos los monumentos?

—Es interesante —dijo Brunetti cerrando el libro pero conservándolo sobre las rodillas—. Que también tú, de entrada, hayas pensado en la pobreza.

—En la mayoría de esos países es la característica principal, además de los disturbios. —Hizo una pausa y añadió—: Y el Imodium barato.

—¿Cómo?

—¿Recuerdas cuando estábamos en Egipto y tuvimos que comprar Imodium?

Brunetti recordó el viaje que habían hecho a Egipto diez años atrás, durante el cual los dos habían sufrido fuerte diarrea y subsistido durante días a base de yogur, arroz e Imodium.

—Sí —contestó él, aunque no recordaba este detalle.

—Sin receta, sin preguntas y barato, barato, barato. De haber llevado una lista de todas las cosas que toman mis amistades neuróticas, hubiera podido hacer mis compras de Navidad para cinco años. —Al observar que él no seguía la broma, ella miró otra vez el atlas—. Pero, ¿por qué te interesan esos países?

—Mitri recibía dinero de ellos, fuertes sumas. O sus empresas. No sé quién era el beneficiario, porque todo iba a Suiza.

—¿No es donde acaba siempre el dinero? —preguntó ella con un suspiro de cansancio.

Él ahuyentó el pensamiento de aquellos países y puso el atlas a su lado en el sofá.

—¿Dónde están los chicos? —preguntó.

—Hoy cenan con mis padres.

—¿Quieres que salgamos?

—¿Estás dispuesto a sacarme otra vez, a dejar que te vean conmigo? —preguntó ella con ligereza.

Brunetti, que no estaba seguro de hasta dónde bromeaba, respondió escuetamente:

—Sí.

—¿Adónde?

—Donde tú quieras.

Ella se recostó a su lado, estirando las piernas junto a las de él.

—Lejos no. ¿Una pizza en el Due Colonne?

—¿A qué hora vuelven los niños? —preguntó él poniendo su mano sobre la de ella.

—No será antes de las diez —respondió ella mirando su reloj.

—Bien —dijo Brunetti llevándose a los labios la mano de su mujer.

22

Ni aquel día ni al siguiente averiguó Brunetti algo acerca de Palmieri. En *Il Gazzettino* apareció un artículo en el que se señalaba que no se había adelantado nada en el caso Mitri, pero no se mencionaba a Paola, de lo que Brunetti dedujo que su suegro, efectivamente, habría hablado con sus conocidos. La prensa nacional también callaba. Al poco, once personas morían abrasadas en la cámara de oxígeno de un hospital de Milán, y el asesinato de Mitri cayó de las páginas de la prensa, desplazado por las denuncias contra todo el sistema sanitario italiano.

La *signorina* Elettra cumplió su palabra y entregó a Brunetti tres páginas de información sobre Sandro Bonaventura. Él y su esposa tenían dos hijos, ambos, en la universidad, una casa en Padua y un apartamento en Castelfranco Veneto. La fábrica, Interfar, como había dicho Bonaventura, estaba a nombre de su hermana. El importe de la compra, realizada hacía año y medio, había sido pagado un día después de que se retirara una fuerte suma de la cuenta de Mitri en un banco veneciano.

Bonaventura había sido gerente de una de las fábricas de su cuñado hasta que se hizo cargo de la dirección de la que poseía su hermana. Y esto era todo. Un caso típico de éxito profesional, clase media.

Al tercer día, un hombre fue detenido al atracar la oficina de Correos de *campo* San Polo. Tras cinco horas de interrogatorio, confesó ser el atracador del banco de *campo* San Luca. Era el hombre cuya foto había identificado Iacovantuono y al que, después de la muerte de su esposa, no había querido reconocer. Brunetti bajó a ver al atracador a través del cristal de la sala de interrogatorios. Era un individuo bajo y grueso, de pelo castaño y escaso; el hombre al que Iacovantuono describió la segunda vez era pelirrojo y pesaba veinte kilos menos.

Brunetti volvió a su despacho, llamó a Negri, de Treviso, el que llevaba el caso de la *signora* Iacovantuono —el caso que no era tal caso— y le dijo que habían arrestado al atracador del banco, que en nada se parecía al hombre que Iacovantuono había identificado la segunda vez.

Después de dar esta información, Brunetti preguntó:

—¿Qué hace él?

—Sale a trabajar, vuelve a casa y hace la comida para sus hijos. Día sí y día no va al cementerio a poner flores en la tumba —dijo Negri.

—¿Alguna otra mujer?

—Todavía no.

—Si lo hizo él, es bueno —reconoció Brunetti.

—Cuando hablé con él me pareció absolutamente convincente. Hasta puse vigilancia en la casa para protegerlo, al día siguiente de que ella muriera.

—¿Vieron algo los agentes?

—Nada.

—Si hay algo nuevo, avíseme —dijo Brunetti.

—No parece probable.

—No.

Generalmente, la intuición de Brunetti le advertía cuando alguien mentía o trataba de ocultar algo, pero con Iacovantuono no había tenido sospechas ni recelos. Ahora se preguntaba qué prefería, si haber estado en lo cierto o haberse equivocado y que el pequeño *pizzaiolo* resultara un asesino.

Sonó el teléfono antes de que retirara la mano, sacándolo de especulaciones que él sabía inútiles.

—Guido, aquí Della Corte.

El pensamiento de Brunetti voló a Padua, a Mitri y a Palmieri.

—¿Qué hay? —preguntó muy interesado, sin entretenerse en buscar fórmulas de cortesía, mientras Iacovantuono se borraba de su mente.

—Creo que lo hemos encontrado.

—¿A Palmieri?

—Sí.

—¿Dónde?

—Al norte de aquí. Al parecer, conduce un camión.

—¿Un camión? —repitió Brunetti estúpidamente. Parecía una frivolidad para un hombre que quizá había matado a cuatro personas.

—Usa otro nombre. Michele de Luca.

—¿Cómo lo habéis encontrado?

—Uno de nuestra brigada antidroga estuvo preguntando por ahí y un confidente se lo dijo. Como no estaba seguro, enviamos a un hombre, que hizo una identificación bastante positiva.

—¿Existe la posibilidad de que Palmieri lo viera?

—No; es un buen elemento. —Los dos callaron hasta que Della Corte preguntó:

—¿Quieres que lo detengamos?

—No creo que sea fácil.

—Sabemos donde vive. Podríamos ir de noche.

—¿Dónde?

—En Castelfranco Veneto. Conduce un camión para un laboratorio farmacéutico llamado Interfar.

—Yo también voy. Hay que detenerlo. Esta misma noche.

Para poder acompañar a la policía de Padua a detener a Palmieri, Brunetti tuvo que mentir a Paola. Durante el almuerzo le dijo que la policía de Castelfranco le había pedido que fuera a hablar con un sospechoso que tenía en custodia. Cuando ella le preguntó por qué había de estar fuera toda la noche, Brunetti le explicó que no llevarían al hombre hasta muy tarde y que después de las diez no había tren de regreso. En realidad, en el Véneto no habría trenes en toda la tarde. Los controladores aéreos habían empezado una huelga salvaje a mediodía, por lo que se había cerrado el aeropuerto y los aviones eran desviados a Bolonia y a Trieste, y el sindicato de maquinistas había decidido solidarizarse con los controladores, paralizando todo el tráfico ferroviario del Véneto.

—Pues toma un coche.

—Ya lo tomo, hasta Padua. Es todo lo que autoriza Patta.

—Eso significa que él no quiere que vayas, ¿verdad? —preguntó ella, mirándolo por encima de los restos del almuerzo. Los chicos ya se habían ido cada uno a su cuarto, por lo que podían hablar claro—. O que no sabe que vas.

—En parte —reconoció él. Tomó una manzana del frutero y empezó a pelarla—. Son buenas estas manzanas —observó poniéndose en la boca el primer trozo.

—No te escabullas, Guido. ¿Cuál es la otra razón?

—Quizá tenga que hablar con él mucho rato, de modo que no sé cuándo terminaré.

—¿Así que ellos detienen a ese hombre y tienes que interrogarlo tú? —preguntó ella con escepticismo.

—Tengo que interrogarlo acerca de Mitri —dijo Brunetti. Mejor una evasiva que una mentira.

—¿Es el asesino?

—Podría serlo. Está reclamado para ser interrogado en relación con otros tres asesinatos por lo menos.

—¿Cómo, tres?

Brunetti había leído los informes, por lo que sabía que había un testigo que lo había visto con la segunda víctima la noche de su muerte. Luego estaba la pelea con Narduzzi. Y ahora conducía un camión de una empresa farmacéutica. De Castelfranco. La empresa de Bonaventura.

—Está implicado.

—Comprendo —dijo ella, percibiendo en su tono su resistencia a ser más explícito—. ¿Entonces volverás mañana por la mañana?

—Sí.

—¿A qué hora te vas? —preguntó ella con súbita aquiescencia.

—A las ocho.

—¿Vas esta tarde a la *questura*?

—Sí.

Iba a agregar que quería saber si el hombre había sido acusado formalmente, pero desistió. No le gustaba mentir, aunque lo prefería a dejar que ella se preocupara por su decisión de exponerse deliberadamente al peligro. Si se enterase, le diría que tanto la edad como la categoría deberían eximirlo de tal obligación.

Brunetti no sabía dónde dormiría aquella noche, ni si dormiría siquiera, pero fue al dormitorio y metió unas cuantas cosas en una bolsa. Abrió la puerta de la izquierda del gran *armadio* de nogal que el conde Orazio les había ofrecido como regalo de boda y sacó las llaves. Con una abrió un cajón y con otra una caja metálica rectangular de la que extrajo la pistola y la funda, que se guardó en el bolsillo antes de volver a cerrar cuidadosamente la caja y el cajón.

Entonces se acordó de la *Ilíada,* y del pasaje en que Aquileo se arma para el combate con Héctor, con grande y fuerte escudo, grebas, lanza, espada y fornido yelmo. Qué vil nimiedad parecía, en comparación, este pequeño artilugio que ahora le rozaba la cadera, la pistola que Paola solía llamar el pene portátil. Y, sin embargo, con qué celeridad la pólvora había puesto fin a la caballerosidad y a las ideas de gloria, legado de Aquileo. Se paró en la puerta, exhortándose a poner su atención en el presente: se iba a Castelfranco a trabajar y antes tenía que despedirse de su esposa.

Aunque hacía años que Brunetti no veía a Della Corte, lo reconoció al instante, al verlo desde la misma puerta de la *questura* de Padua: aquellos ojos oscuros y aquel bigote despeinado eran inconfundibles.

Cuando Brunetti lo llamó, el policía volvió la cabeza.

—Guido —dijo acercándose rápidamente—. Encantado de volver a verte.

Hablando de lo que habían hecho durante los últimos años fueron hasta el despacho de Della Corte. Allí continuaron la charla sobre antiguos casos mientras tomaban café y, cuando terminaron, se pusieron a hablar de los planes de la noche. Della Corte propuso esperar hasta después de las diez para salir de Padua, a fin de llegar a Castelfranco a las once, hora a la que habían quedado en reunirse con la policía local que, al ser informada de la presencia de Palmieri, había insistido en acompañarlos.

Cuando, minutos antes de las once, llegaron a la *questura* de Castelfranco, encontraron esperándolos al comisario Bonino y a dos agentes vestidos con pantalón vaquero y cazadora de cuero. Los de Castelfranco habían dibujado un mapa detallado de la zona inmediata al apartamento en el que vivía Palmieri, sin omitir la disposición del aparcamiento contiguo a la casa, ni la situación de todas las puertas del edificio. También tenían un plano del apartamento.

—¿Cómo lo han conseguido? —preguntó Brunetti dejando que su voz tradujera su admiración.

Bonino señaló con un movimiento de la cabeza al más joven de los policías.

—El edificio fue construido hace sólo un par de años —explicó el agente—. Los planos tenían que estar en el *ufficio catasto*, de modo que esta tarde he ido a pedir copia del plano de la segunda planta. Él vive en la tercera, pero la distribución es idéntica. —Calló y se quedó mirando el plano, con lo que hizo que la atención de todos se concentrara en el papel.

La disposición era muy simple: una única escalera y un corredor en cada piso. El apartamento de Palmieri estaba al fondo del corredor. Podían situar a dos hombres debajo de sus ventanas y uno al pie de la escalera, con lo que aún dispondrían de dos hombres para entrar, más otros dos de reserva, apostados en el corredor. Brunetti iba a observar que parecían demasiado siete hombres, pero al recordar que Palmieri podía haber asesinado a cuatro personas, decidió callar.

Los dos coches pararon a unos cientos de metros del edificio y los hombres se apearon. Los jóvenes del pantalón vaquero subirían al apartamento con Brunetti y Della Corte, que haría el arresto. Bonino dijo que él cubriría la escalera y los dos hombres de Padua se apostaron bajo los tres gruesos pinos que estaban entre el edificio y la calle, uno vigilando la entrada principal y el otro, la de servicio.

Brunetti, Della Corte y los dos agentes subieron la escalera. Arriba se dispersaron. Los del pantalón vaquero se quedaron en la caja de la escalera. Uno de ellos, con el pie en el umbral, mantenía abierta la vidriera del corredor. Brunetti, en silencio, hizo girar el picaporte de la puerta del apartamento, pero estaba puesto el seguro. Della Corte llamó con los nudillos, no muy fuerte. Silencio. Volvió a llamar, ahora con más fuerza, y gritó:

—Ruggiero, soy yo. Me han enviado a avisarte. Tienes que largarte. La policía viene hacia aquí.

Dentro, algo cayó y se rompió, probablemente, una lámpara. Pero no se veía luz por debajo de la puerta. Della Corte volvió a golpearla:

—Ruggiero, *per l'amor di Dio,* sal, márchate ya.

Ahora se oyeron más ruidos; otro objeto cayó, pero éste era pesado, una silla o una mesa. Abajo sonaron gritos, probablemente, de los policías. Al oír las voces, tanto Brunetti como Della Corte se apartaron de la puerta, pegándose a la pared.

Y no les sobró ni un segundo. Una bala, dos más y

luego otras dos perforaron la gruesa madera de la puerta. Brunetti sintió una quemazón en la cara y al bajar la mirada vio que tenía dos gotas de sangre en el abrigo. De pronto, los dos jóvenes agentes ya estaban uno a cada lado de la puerta, rodilla en tierra y pistola en mano. Uno, retorciéndose como una anguila, se tumbó en el suelo de espaldas, encogió las piernas y estirándolas violentamente con la fuerza de un ariete, golpeó la puerta con los pies, cerca del marco. La madera se estremeció y, a la segunda patada, cedió con estrépito. Antes de que la puerta chocara con la pared, el que estaba en el suelo ya había girado sobre sí mismo y entrado en el apartamento.

Brunetti apenas había tenido tiempo de empuñar la pistola cuando oyó dos disparos y luego un tercero. Después, nada. Pasaron varios segundos y una voz gritó:

—Ya pueden entrar.

Brunetti cruzó el umbral y tras él entró Della Corte. El policía estaba arrodillado detrás de un sofá volcado, con la pistola en la mano. En el suelo, con la cabeza iluminada por una franja de luz que entraba de la escalera, yacía un hombre en el que Brunetti reconoció a Ruggiero Palmieri. Tenía un brazo extendido con los dedos apuntando a la puerta y a la libertad que había más allá y el otro, aplastado bajo el cuerpo. Donde hubiera debido estar la oreja izquierda había sólo un agujero rojo, por el que había salido la segunda bala disparada por el policía.

23

Brunetti era policía viejo y ya había visto fracasar muchas operaciones como para perder el tiempo tratando de averiguar qué era lo que se había torcido o de trazar un plan alternativo que hubiera podido funcionar. Pero los otros eran más jóvenes y aún no habían descubierto que es muy poco lo que se aprende de los fracasos, de manera que ellos hablaban y él escuchaba y asentía, pero sin prestar atención, mientras esperaban la llegada del equipo del laboratorio.

Cuando el agente que había matado a Palmieri, tendido en el suelo, comprobaba el ángulo con el que había irrumpido en el apartamento, Brunetti entró en el cuarto de baño y humedeció el pañuelo con agua fría para limpiarse la herida, del tamaño de un botón de camisa, que le había hecho en la mejilla una astilla de la puerta. Sosteniéndose el pañuelo en la cara, abrió el botiquín, en busca de una gasa para contener la sangre, y descubrió que estaba lleno, y no precisamente de material para pequeñas curas.

Se dice que las visitas siempre curiosean en el botiquín del cuarto de baño; Brunetti nunca había hecho tal cosa. Ahora lo sorprendió lo que veía: tres hileras de medicamentos de todas clases, una cincuentena de cajas y frascos de los más diversos tamaños y presentaciones, y todos, con la etiqueta distintiva del Ministerio de Sanidad y el número de nueve dígitos correspondiente. Pero no había esparadrapo. Cerró el armario y volvió a la habitación en la que estaba Palmieri.

Mientras Brunetti estaba en el cuarto de baño, habían entrado los otros policías y ahora los jóvenes se hallaban reunidos en la puerta, reconstruyendo el tiroteo, con la misma fruición —o eso le pareció a un disgustado Brunetti— con que contemplarían la repetición de una escena de acción en un vídeo. Los de más edad, diseminados por la habitación, guardaban silencio. Brunetti se acercó a Della Corte.

—¿Podemos empezar a registrar la casa?

—No hasta que llegue el equipo, diría yo.

Brunetti asintió. En realidad, no importaba esperar. Tenían toda la noche. Sólo quería que llegaran cuanto antes para que se llevaran el cadáver. Evitaba mirarlo, pero a medida que pasaba el tiempo y los jóvenes dejaban de comentar el episodio, más difícil le resultaba. Brunetti acababa de acercarse a la ventana cuando oyó pasos en el corredor y al volverse vio entrar en el apartamento a los personajes familiares: técnicos, fotógrafos, los funcionarios de la muerte violenta.

Se volvió otra vez hacia la ventana y miró los coches aparcados y los pocos que a aquella hora aún circulaban. Le hubiera gustado llamar a Paola, pero ella lo creía descansando en la cama de algún pequeño hotel, y desistió. No se movió al percibir los repetidos fogonazos del flash, ni al oír la llegada del que debía de ser el *medico legale*. Ninguna novedad.

Brunetti no se apartó de la ventana hasta oír los gruñidos de los dos camilleros de chaqueta blanca y el golpe de una de las empuñaduras de la camilla en el marco de la puerta. Entonces se acercó a Bonino que estaba hablando con Della Corte y preguntó:

—¿Podemos empezar?

El otro asintió.

—Por supuesto. Lo único que el muerto llevaba encima era un billetero. Con más de doce millones de liras, en los nuevos billetes de quinientas mil. —Y, antes de que Brunetti pudiera preguntar, agregó—: Lo he enviado al laboratorio, para que saquen las huellas.

—Bien —dijo Brunetti y, mirando a Della Corte—: ¿Empezamos por el dormitorio?

Della Corte asintió y juntos entraron en la otra habitación, dejando que la policía local se encargara del resto del apartamento.

Nunca habían registrado juntos una habitación, pero como por tácito acuerdo, Della Corte fue al armario y empezó a palpar los bolsillos de los pantalones y las chaquetas.

Brunetti se dedicó a la cómoda, sin molestarse en usar guantes de plástico, al ver que todas las superficies ya habían sido espolvoreadas por los técnicos en huellas. Al abrir el primer cajón, lo sorprendió ver las cosas de Palmieri tan bien dobladas, y se preguntó por qué habría supuesto que un asesino tenía que ser desordenado. La ropa interior estaba dispuesta en dos pulcros montoncitos y los calcetines, recogidos y, le pareció, clasificados según el color.

El siguiente cajón contenía jerseys y sudaderas. El de abajo de todo estaba vacío. Lo cerró con la punta del pie y miró a Della Corte. Había poca ropa en el armario: un anorak de pluma, chaquetas y unos pantalones en una bolsa transparente de tintorería.

Encima del tocador había una caja de madera tallada que el técnico había dejado cerrada. Cuando Brunetti la abrió se levantó una nubecilla de polvo gris. En su interior encontró un montón de papeles que sacó y puso encima del mueble.

Fue leyéndolos despacio y dejándolos a un lado, uno a uno. Había facturas de electricidad y de gas, a nombre de Michele de Luca, pero ninguna de teléfono, y el móvil que estaba al lado de la caja explicaba esta falta.

En el fondo encontró un sobre dirigido a R. P. con la parte superior, por donde se había rasgado cuidadosamente, un poco grisácea, de tan sobada. Dentro, fechado cinco años atrás, había un papel azul celeste, con unas líneas escritas con esmerada caligrafía. «Mañana, a las ocho, en el restaurante. Hasta entonces, los latidos de mi corazón me dirán lo despacio que pasan los minutos.» Estaba firmado con la inicial M. ¿Maria?, se preguntó Brunetti. ¿Mariella? ¿Monica?

Dobló la carta, volvió a guardarla en el sobre y la puso encima de las facturas. En la caja no había nada más.

Miró a Della Corte.

—¿Has encontrado algo?

El otro se volvió y levantó la mano con un juego de llaves.

—Sólo esto —dijo—. Dos son de coche.

—¿O de camión? —sugirió Brunetti.

Della Corte asintió.

—Vamos a ver qué hay aparcado ahí fuera —propuso.

La sala estaba vacía, pero Brunetti vio a dos hombres en el ángulo que ocupaba la cocina, donde tanto el frigorífico como los armarios estaban abiertos. Del cuarto de baño salía luz y ruido, pero Brunetti dudaba que allí encontraran algo.

Él y Della Corte bajaron al aparcamiento. Al mirar atrás, observaron que en el edificio había muchas luces encendidas. Se abrió una ventana del apartamento de encima del de Palmieri y una voz gritó:

—¿Qué ocurre?

—Policía —respondió Della Corte—. No pasa nada.

Brunetti se preguntó si el hombre de la ventana preguntaría algo más, si pediría una explicación por los disparos, pero una vez más se evidenció el temor de los italianos a la autoridad, y el vecino se retiró y cerró la ventana.

Había siete vehículos aparcados detrás del edificio: cinco turismos y dos camiones. Della Corte empezó por el primero de éstos, un camión cerrado, color gris, con el nombre de una fábrica de juguetes pintado en el lateral. Debajo de las letras, un osito de felpa cabalgaba en un caballo de madera. Ninguna de las llaves encajaba. Dos sitios más allá, había un Iveco color gris sin nombre. La llave tampoco abría. Y ninguna de las dos llaves era de los turismos.

Cuando ya iban a volver al apartamento, descubrieron al fondo del aparcamiento una hilera de puertas de garaje. Probaron inútilmente todas las llaves en las cerraduras de las tres primeras puertas, pero al fin una de ellas abrió la cuarta.

Dentro había un camión cerrado, blanco.

—Creo que deberíamos llamar otra vez a los del laboratorio.

Brunetti miró el reloj y vio que eran más de las dos. Della Corte comprendió. Probó la primera llave en la cerradura de la puerta del conductor. La llave giró con suavidad y él abrió la puerta. Con un bolígrafo que sacó del bolsillo del pecho de la chaqueta, accionó el interruptor de la luz. Brunetti tomó las llaves y fue a la otra puerta. La abrió, eligió una llave más pequeña y abrió la guantera. La bolsa de plástico transparente que había dentro no contenía más que la documentación del vehículo y del seguro. Brunetti, con la punta de su bolígrafo, empujó el sobre hacia la luz, dándole la vuelta para poder leer los papeles. El camión estaba registrado a nombre de «Interfar».

Con la punta del bolígrafo, metió el sobre y empujó la tapa de la guantera. Luego cerró con llave la cabina y se dirigió a las puertas traseras. La primera llave las abrió. El compartimiento de carga estaba lleno casi hasta el techo de grandes cajas de cartón que llevaban un logo en el que Brunetti reconoció el de Interfar: las letras I y F en negro a cada lado de un caduceo rojo. Había etiquetas pegadas a la parte central de las cajas y, encima, en rojo, la inscripción: «Por avión.»

Todas las cajas estaban selladas con cinta adhesiva, que Brunetti prefirió no cortar: que lo hicieran los del laboratorio. Apoyando un pie en el parachoques, introdujo el cuerpo en el camión hasta poder leer la etiqueta de la primera caja.

«TransLanka», rezaba, y una dirección de Colombo.

Brunetti se bajó al suelo y cerró las puertas con llave. Él y Della Corte volvieron al apartamento.

Los policías aguardaban, terminado el registro. Cuando entraron ellos, uno de los agentes locales movió la cabeza negativamente y Bonino dijo:

—Nada. Ni en el cuerpo, ni en la casa. Nunca había visto tanta limpieza.

—¿Alguna idea de cuánto tiempo llevaba aquí? —preguntó Brunetti.

El más alto de los dos agentes, el que no había disparado, contestó:

—He hablado con los vecinos de al lado. Dicen que les parece que llegó hará unos cuatro meses. No molestaba ni hacía ruido.

—Hasta esta noche —apostilló su compañero, pero sus palabras cayeron en el vacío.

—Bueno, ya podemos irnos a casa —dijo Bonino.

Salieron del apartamento y empezaron a bajar la escalera. Al llegar abajo, Della Corte se paró y preguntó a Brunetti:

—¿Qué quieres hacer? ¿Te llevamos a Venecia?

Era un ofrecimiento muy generoso; pero dejarlo en *piazzale* Roma y retroceder hasta Padua los retrasaría una hora.

—Muchas gracias, pero no es necesario —dijo Brunetti—. Quiero hablar con los de la fábrica, no vale la pena que vaya con vosotros, teniendo que volver mañana.

—¿Qué harás entonces?

—Seguro que en la *questura* tendrán una cama —dijo él, y se acercó a Bonino para preguntárselo.

Acostado en aquella cama, pensando que no podría dormir de tan cansado como estaba, Brunetti trataba de recordar cuándo había sido la última vez que había dormido sin tener a Paola a su lado. Pero sólo le vino a la memoria la madrugada en que se había despertado sin ella, cuando todo esto había empezado con un estallido. Y se durmió.

A la mañana siguiente, Bonino le proporcionó un coche y un conductor y, a las nueve y media, ya estaba en la Interfar, un edificio bajo y extenso, situado en el centro de un polígono industrial junto a una de las muchas autovías que partían de Castelfranco. Los edificios, que no hacían ninguna concesión a la estética, se levantaban a cien metros de la carretera, y estaban rodeados por todas partes de los coches de la gente que trabajaba dentro, como pedazos de carne sitiados por las hormigas.

Brunetti dijo al conductor que buscara un bar y lo invitó a un café. Había dormido profundamente pero no lo bastante, y estaba aturdido e irritable. Le dio la impresión de que esta segunda taza lo despejaría; o la cafeína o el azúcar lo mantendrían en pie durante unas horas.

Eran poco más de las diez cuando entró en las oficinas de Interfar y preguntó por el *signor* Bonaventura. Dio el nombre a la recepcionista y se quedó de pie delante del mostrador, mientras ella hacía la llamada. La respuesta fue inmediata, y entonces la joven colgó el teléfono, se puso en pie y condujo a Brunetti por una puerta y un pasillo cubierto de un pavimento industrial color gris pálido.

Al llegar a la segunda puerta de mano derecha, ella se paró, llamó con los nudillos, abrió y se hizo a un lado para dejarle paso. Bonaventura estaba sentado detrás de una mesa cubierta de papeles, folletos y catálogos. Se levantó al entrar Brunetti, pero se quedó detrás de la mesa, sonriendo mientras su visitante se acercaba, y se inclinó para estrecharle la mano. Los dos hombres se sentaron.

—Está usted lejos de su casa, comisario —dijo afablemente.

—Sí. Asuntos de trabajo.

—Trabajo de policía, imagino.

—Sí.

—¿Tiene que ver conmigo ese trabajo? —preguntó Bonaventura.

—Así es.

—Pues parece un milagro.

—No comprendo.

—Ahora mismo estaba hablando con el encargado, de llamar a los *carabinieri*. —Bonaventura miró su reloj—. No hace ni cinco minutos, y aparece usted, como si me hubiera leído el pensamiento.

—¿Puedo preguntar por qué iba a llamarlos?

—Para informar de un robo.

—¿Un robo de qué? —preguntó Brunetti, aunque estaba casi seguro de saberlo.

—Uno de nuestros camiones ha desaparecido, y el chófer no se ha presentado al trabajo.

—¿Eso es todo?

—No. Dice el encargado que también parece faltar una considerable cantidad de mercancía.

—¿La carga de un camión, por ejemplo? —preguntó Brunetti con voz neutra.

—Si han desaparecido camión y conductor parece lo más lógico, ¿no? —Todavía no estaba enfadado, pero Brunetti tenía tiempo de sobra para inducirlo a eso.

—¿Quién es el conductor?

—Michele de Luca.

—¿Cuánto tiempo hace que trabaja para ustedes?

—No sé, unos seis meses. Yo no me ocupo de estas cosas. Lo único que sé es que hace varios meses que lo veo por aquí. Esta mañana el encargado me ha dicho que ni el camión estaba en su sitio ni él se había presentado.

—¿Y la mercancía que falta?

—De Luca se marchó ayer por la tarde con una carga completa. Tenía que traer el camión antes de irse a su casa y estar aquí a las siete de la mañana a recoger otro cargamento. Pero no ha venido y el camión no está en su sitio. El encargado lo ha llamado al móvil, pero no contesta, de modo que he decidido avisar a los *carabinieri*.

Ésta pareció a Brunetti una reacción excesiva a lo que muy bien podía ser un simple retraso de un empleado, pero luego recordó que Bonaventura no había llegado a hacer la llamada, por lo que decidió guardar para sí la sorpresa y mantenerse a la expectativa.

—Es natural —dijo—. ¿En qué consistía la carga?

—Productos farmacéuticos, por supuesto. Es lo que aquí fabricamos.

—¿Y adónde estaban destinados?

—No sé. —Bonaventura miró los papeles que inundaban la mesa—. Por aquí deben de estar los conocimientos de embarque.

—¿Podría verlos? —preguntó Brunetti señalando los papeles con el mentón.

—¿Qué importa adónde fuera la mercancía? —inquirió Bonaventura—. Lo que importa es encontrar al hombre y recuperarla.

—Por él ya no debe preocuparse —dijo Brunetti, sospechando que también en lo de querer recuperar la mercancía mentía Bonaventura.

—¿Qué quiere decir?

—Que anoche fue muerto a tiros por la policía.

—¿Muerto? —repitió Bonaventura con lo que parecía estupefacción auténtica.

—La policía fue a su casa para interrogarlo y él los recibió a tiros. Resultó muerto cuando ellos entraron en el apartamento. —Entonces, cambiando de tema rápidamente, Brunetti preguntó—: ¿Adónde llevaba la carga?

Bonaventura, desconcertado por el brusco viraje, titubeó al contestar:

—Al aeropuerto.

—Ayer el aeropuerto estaba cerrado. Los controladores hacían huelga —dijo Brunetti, pero la expresión del otro le hizo comprender que ya lo sabía.

—¿Qué instrucciones tenía el conductor para el caso de no poder entregar la mercancía?

—Las mismas que tienen todos los conductores: traer el camión y dejarlo en el garaje de la fábrica.

—¿No pudo haberlo dejado en su propio garaje?

—¿Cómo voy a saber lo que pudo hacer? —estalló Bonaventura—. El camión ha desaparecido y usted dice que el conductor ha muerto.

—El camión no ha desaparecido —dijo Brunetti suavemente, observando la cara de Bonaventura. Vio que trataba de disimular el sobresalto y de cambiar de expresión rápidamente, sin conseguir más que una grotesca parodia de alivio.

—¿Dónde está?

—Seguramente, a estas horas, en el garaje de la policía. —Esperó a oír lo que preguntaría Bonaventura y, como guardara silencio, agregó—: Las cajas estaban dentro.

Bonaventura intentaba ocultar la consternación, lo intentaba pero no podía.

—No habían sido enviadas a Sri Lanka —dijo Brunetti, y entonces agregó—: ¿Cree que podría ayudarme a encontrar esos conocimientos de embarque, *signor* Bonaventura?

—Desde luego. —Bonaventura inclinó la cabeza hacia la mesa y se puso a mover papeles de un lado al otro, luego los apiló y los fue repasando uno a uno.

—Es extraño —dijo mirando a Brunetti, cuando hubo terminado. —Se levantó. —Si tiene la bondad de esperar, diré a mi secretaria que los traiga.

Antes de que diera un solo paso hacia la puerta, Brunetti se puso en pie.

—Quizá sea preferible que se lo diga por teléfono —sugirió.

Bonaventura levantó las comisuras de los labios en una sonrisa.

—En realidad, quien los tiene es el encargado, y está en el andén de carga.

Fue a pasar por el lado de Brunetti, que extendió una mano y le asió por el brazo.

—Lo acompaño, *signor* Bonaventura.

—No es necesario —dijo el hombre con otro estirón de labios.

—Yo diría que sí —fue toda la respuesta de Brunetti. No tenía idea de cuáles eran aquí sus atribuciones, ni con qué autoridad podía detener o seguir a Bonaventura. Estaba fuera de Venecia, incluso fuera de los límites de la provincia de Venezia, y no se habían contemplado —y, menos, presentado— cargos contra Bonaventura. Pero nada de esto le importaba. Se hizo a un lado, dejó que Bonaventura abriera la puerta del despacho y lo siguió por el corredor, alejándose de la parte frontal del edificio.

Al fondo, una puerta daba a un largo andén de cemento. Dos grandes camiones estaban perpendiculares y de espaldas a él, con las puertas traseras de par en par, y cuatro hombres empujaban plataformas rodantes cargadas de cajas que sacaban por otras puertas más alejadas abiertas al andén y subían a los camiones. Al ver salir a los dos hombres, levantaron la mirada un momento, pero sin interrumpir el trabajo. Al pie del andén, entre los camiones, había dos hombres que charlaban, con las manos en los bolsillos de las chaquetas.

Bonaventura se acercó al borde del andén. Cuando los hombres levantaron la cabeza, él dijo a uno de ellos:

—Han encontrado el camión de De Luca. La mercancía aún está dentro. Este policía quiere ver los conocimientos de embarque.

Aún no había acabado de decir «policía», cuando el más alto de los dos hombres se apartó de su compañero de un salto y sacó la mano del bolsillo empuñando una pistola, pero Brunetti, al ver el movimiento, retrocedió por la puerta que había quedado abierta a su espalda, sacando su propia arma.

No ocurrió nada. No hubo disparos, ni voces. Brunetti oyó pasos, el golpe de lo que parecía la puerta de un coche, luego el de otra, y el bronco zumbido de un motor potente que arrancaba. En lugar de volver a salir al andén para ver lo que ocurría, Brunetti corrió por el pasillo y salió por la puerta frontal del edificio, donde aguardaba su propio conductor, con el motor en marcha para mantener el coche caliente mientras leía *Il Gazzettino dello Sport.*

Brunetti abrió bruscamente la puerta del copiloto y subió al coche, a tiempo de ver cómo se borraba el susto de la cara del conductor al reconocerlo.

—Un camión sale por la puerta del fondo. Dé media vuelta y sígalo. —Antes de que la mano de Brunetti llegara al teléfono del coche, el conductor había arrojado el diario al asiento trasero, puesto la primera y daba la vuelta. Al doblar la esquina, el conductor giró bruscamente el volante hacia la izquierda, para esquivar una de las cajas que habían caído por las puertas abiertas del camión. Pero la siguiente no pudo sortearla y las ruedas de la izquierda pasaron sobre ella reventándola y dejando una ancha estela de ampollas. Cuando salían del recinto, Brunetti vio cómo el camión enfilaba la autovía en dirección a Padua, con un violento bamboleo de las puertas traseras.

Lo que ocurrió después fue tan previsible como trágico. A la salida de Resana, había dos coches de *carabinieri* atravesados en la calzada, bloqueando el tráfico. Para eludirlos, el conductor del camión dio un brusco viraje a la derecha subiéndose al arcén. En sentido contrario venía un Fiat, que frenó al ver el control de policía. El camión volvió a la carretera invadiendo el carril contrario y se empotró en el costado del Fiat, cuya conductora, una mujer que iba a buscar a su hija a la guardería, murió instantáneamente. Bonaventura y el conductor, que llevaban el cinturón abrochado, estaban ilesos, aunque aturdidos por el choque.

Antes de que pudieran soltar los cinturones, los dos hombres se encontraban rodeados por *carabinieri* que los sacaban del camión y los ponían de cara contra las puertas. Pronto quedaron custodiados por cuatro *carabinieri* armados con metralletas. Otros dos corrieron hacia el Fiat, donde comprobaron que no había nada que hacer.

El coche de Brunetti se detuvo y él se apeó. La escena era extrañamente muda. El comisario oía sus propios pasos acercarse a los detenidos que jadeaban con fuerza. Algo cayó del camión al suelo con un ruido metálico.

Brunetti miró al sargento.

—Llévenlos al coche —fue lo único que dijo.

24

Empezó una discusión sobre adónde había que llevar a los detenidos para ser interrogados, si a Castelfranco, que tenía jurisdicción sobre el lugar de su cap-
tura o a Venecia, la ciudad en la que se había iniciado la
investigación. Brunetti escuchó unos momentos y luego
cortó el debate con voz áspera.

—He dicho que los suban al coche. Vamos a Castelfranco. —Los otros policías se miraron, pero ninguno
puso objeciones, y así se hizo.

En el despacho de Bonino se informó a Bonaventura de que podía llamar a su abogado, y lo mismo se dijo
al otro hombre, después de que se identificara con el
nombre de Roberto Sandi, encargado de la fábrica. Bonaventura mencionó a un conocido criminalista de Venecia y pidió que se le permitiera llamarlo. Parecía de-
sentenderse de Sandi.

—¿Y a mí? —preguntó éste mirando a Bonaventura.
Su jefe no contestó.

—¿Y a mí? —volvió a decir Sandi.

Bonaventura seguía callado.

Sandi, que tenía un marcado acento piamontés,

preguntó entonces al agente de uniforme que estaba a su lado:

—¿Dónde está su jefe? Quiero hablar con su jefe.

Antes de que el agente pudiera responder, Brunetti se adelantó diciendo:

—Yo me encargo del caso —aunque no estaba seguro de que fuera así.

—Entonces con usted quiero hablar —dijo Sandi con un brillo de malicia en los ojos.

—Vamos, Roberto —terció Bonaventura de pronto, poniendo la mano en el antebrazo de Sandi—, ya sabes que puedes contar con mi abogado. En cuanto llegue hablamos con él.

Sandi se desasió jurando entre dientes.

—Nada de abogados. Y, menos, tuyos. Quiero hablar con el poli. —Miró a Brunetti—. ¿Qué? ¿Dónde podemos hablar?

—Roberto —dijo Bonaventura con una voz que quería ser amenazadora—. No puedes hablar con él.

—Ya basta de decirme lo que puedo y lo que no puedo hacer —escupió Sandi. Brunetti abrió la puerta del despacho y se llevó a Sandi al pasillo. Uno de los agentes de uniforme los siguió, abrió la puerta de un pequeño locutorio y se apartó para dejarles paso diciendo:

—Aquí, comisario.

Brunetti vio una mesa pequeña y cuatro sillas. Se sentó y se quedó esperando a Sandi. Cuando el otro se hubo sentado, el comisario lo miró fijamente y dijo:

—¿Y bien?

—¿Bien qué? —preguntó Sandi, todavía furioso por la cólera provocada por Bonaventura.

—¿Qué tiene que decirme de esos envíos?

—¿Qué es lo que usted sabe? —preguntó Sandi.

Como si no le hubiera oído, Brunetti preguntó:

—¿Cuántos de ustedes están implicados en eso?

—¿En qué?

En vez de contestar inmediatamente, Brunetti apoyó los codos en la mesa, juntó las manos y apoyó los labios en los nudillos. Así estuvo durante casi un minuto, mirando fijamente a Sandi, y repitió:

—¿Cuántos de ustedes están implicados en eso?

—¿En qué? —volvió a preguntar Sandi, esta vez permitiéndose una sonrisita como la que tiene el niño cuando hace una pregunta que cree que va a poner en un aprieto al maestro.

Brunetti levantó la cabeza, apoyó las manos en la mesa y se puso en pie. Sin decir nada, fue a la puerta y llamó con los nudillos. Al otro lado de la tela metálica de la mirilla apareció una cara. La puerta se abrió y Brunetti salió al pasillo y cerró la puerta. Hizo seña al agente de que se quedara y se alejó por el pasillo. Miró al interior de la habitación en la que estaba Bonaventura y vio que no había nadie con él. Brunetti se quedó diez minutos observando a través del cristal opaco. Bonaventura estaba sentado de perfil a la puerta, tratando de no mirarla ni reaccionar al ruido de pasos cuando pasaba alguien.

Finalmente, Brunetti abrió la puerta y entró. Bonaventura se volvió rápidamente.

—¿Qué quiere? —preguntó

—Hablar con usted de esos envíos.

—¿Qué envíos?

—Los de medicamentos. A Sri Lanka. Y a Kenia. Y a Bangladesh.

—¿Qué hay de ellos? Son perfectamente legales. En el despacho tenemos todos los papeles.

Brunetti estaba seguro de que así era. Se había quedado junto a la puerta, con los hombros y un pie apoyados en ella y los brazos cruzados.

—*Signor* Bonaventura, ¿quiere que hablemos de esto o prefiere que vuelva a hablar con su encargado? —Brunetti imprimió en su voz una nota de cansancio, casi de aburrimiento.

—¿Qué le ha dicho? —preguntó Bonaventura sin poder contenerse.

Brunetti lo miró fijamente y repitió:

—Hábleme de esos envíos.

Bonaventura tomó una decisión. Cruzó los brazos imitando a Brunetti.

—No diré nada hasta que llegue mi abogado.

Brunetti volvió a la otra habitación. En la puerta seguía el mismo agente que, al ver a Brunetti, se apartó y la abrió.

Sandi miró a Brunetti.

—Está bien, ¿qué quiere saber? —dijo sin preámbulos.

—Esos envíos, *signor* Sandi —dijo Brunetti, mencionando el apellido para que lo captaran los micrófonos escondidos en el techo y sentándose frente al detenido—, ¿adónde van?

—A Sri Lanka, como el de anoche. A Kenia, a Nigeria y otros muchos sitios.

—¿Siempre eran medicamentos?

—Sí, como los que encontrará en ese camión.

—¿Qué clase de medicamentos?

—Muchos son para la hipertensión. Jarabe para la tos. Y estimulantes. Están muy solicitados en el Tercer Mundo. Dicen que allí pueden comprarse sin receta. Y antibióticos.

—¿Cuántos de esos medicamentos están en las debidas condiciones?

Sandi se encogió de hombros, como si no le interesaran los detalles.

—Ni idea. Muchos están caducados o han dejado de fabricarse, son cosas que ya no pueden venderse en Europa, por lo menos, en Occidente.

—¿Qué hacen? ¿Cambiar las etiquetas?

—No estoy seguro. Eso no me lo explicaban. Lo único que yo hacía era enviarlos —dijo Sandi con la voz firme y serena del embustero avezado.

—Pero alguna idea tendría —le instó Brunetti, suavizando el tono para dar a entender que un hombre tan avispado como Sandi debía de haberlo adivinado. En vista de que Sandi no respondía, prescindió de la suavidad—. *Signor* Sandi, me parece que ha llegado el momento de que empiece a decir la verdad.

Sandi meditó mientras miraba a un implacable Brunetti.

—Supongo que eso es lo que hacen —dijo finalmente. Señalando con un movimiento de la cabeza en dirección a la habitación en la que estaba Bonaventura, agregó—: Él también tiene una empresa que se dedica a recoger de las farmacias medicamentos caducados. Para su eliminación. Se supone que los queman.

—¿Y qué hacen en realidad?

—Queman cajas.

—¿Cajas de qué?

—De papel viejo. O sólo cajas. Basta con que den el peso. A nadie parece interesarle lo que haya dentro, mientras el peso concuerde.

—¿Y no hay alguien que controle?

Sandi asintió.

—Un funcionario del Ministerio de Sanidad.

—¿Y?

—Está de acuerdo.

—Así pues, ¿esa mercancía, esos medicamentos que no se queman, son enviados al aeropuerto y expedidos al Tercer Mundo?

Sandi asintió.

—¿Se expiden? —repitió Brunetti, que necesitaba que la respuesta quedara grabada.

—¿Y se cobran?

—Naturalmente.

—¿A pesar de estar caducados?

Sandi pareció ofenderse por la pregunta.

—Muchas de esas cosas duran más de lo que dice el Ministerio de Sanidad. Buena parte de la mercancía está bien. Seguramente, tiene una vida mucho más larga de lo que indica el envase.

—¿Qué más envían?

Sandi lo miró con ojos astutos, pero no dijo nada.

—Cuanto más hable ahora, mejor para usted más adelante.

—¿Mejor en qué sentido?

—Los jueces sabrán que ha colaborado y eso pesará en favor suyo.

—¿Qué garantías tendría?

Brunetti se encogió de hombros.

Ninguno de los dos habló durante mucho rato, y luego Brunetti preguntó:

—¿Qué más enviaban?

—¿Les dirá que le he ayudado? —preguntó Sandi, ansioso de hacer un trato.

—Sí.

—¿Qué garantías? —repitió.

Brunetti volvió a encogerse de hombros.

Sandi inclinó la cabeza un momento, trazó un dibujo con el dedo en la mesa y levantó la mirada.

—Parte de lo que se envía no sirve para nada. No es nada. Harina, azúcar, lo que sea que usan para hacer placebos. Y, en las ampollas, aceite o agua con colorante.

—Comprendo —dijo Brunetti—. ¿Y dónde lo hacen?

—Allí. —Sandi levantó una mano para señalar un punto lejano, donde podría estar la fábrica de Bonaventura, o no—. Hay un turno que trabaja de noche. Lo envasan, etiquetan y embalan. Y lo llevan al aeropuerto.

—¿Por qué? —preguntó Brunetti y, al ver que Sandi no entendía la pregunta, agregó—: ¿Por qué, placebos? ¿Por qué no las auténticas medicinas?

—Concretamente, la medicina para la hipertensión es muy cara. Por la materia prima, la sustancia química, o lo que sea. Y el remedio para la diabetes, lo mismo, o eso creo, por lo menos. Así que, para reducir costes, usan placebos. Pregúntele a él —dijo, volviendo a señalar en la dirección en la que había dejado a Bonaventura.

—¿Y en el aeropuerto?

—Allí, todo normal. Las cajas se cargan en los aviones y se entregan en destino. No hay problemas. Todo está controlado.

—¿Y todo es operación comercial? —A Brunetti le había asaltado una idea—. ¿O destinan parte a beneficencia?

—Muchas cosas van a organizaciones benéficas. La ONU y demás. Les vendemos con descuento y así desgravamos por obras de caridad.

Brunetti contuvo su reacción a lo que estaba oyendo. Daba la impresión de que Sandi sabía muchas más cosas de las necesarias para llevar un camión al aeropuerto.

—¿Alguien de la ONU comprueba el contenido?

Sandi dio un bufido de incredulidad.

—Lo único que les interesa es hacerse la foto cuando entregan las cosas en los campos de refugiados.

—¿Envían a los campos de refugiados los mismos productos que en los embarques normales?

—No; allí enviamos sobre todo cosas contra la diarrea. Y mucho jarabe para la tos. Cuando la gente está tan flaca, es lo que más les preocupa.

—Comprendo —aventuró Brunetti—. ¿Cuánto tiempo llevaba usted en esto?

—Un año.

—¿En calidad de qué?

—Encargado. Antes trabajaba para Mitri, en su fábrica. Pero luego vine aquí. —Hizo una mueca, como si el recuerdo le disgustara.

—¿Mitri hacía lo mismo?

Sandi asintió.

—Sí, hasta que vendió la fábrica.

—¿Por qué la vendió?

Sandi se encogió de hombros.

—Tengo entendido que le hicieron una oferta que no pudo rechazar. O sea, que hubiera sido peligroso rechazar. Que gente importante quería comprarla.

Brunetti comprendió perfectamente lo que quería decir y le sorprendió que, incluso aquí, Sandi temiera mencionar la organización que representaba aquella «gente importante».

—¿Así que la vendió?

Sandi asintió.

—Pero a mí me recomendó a su cuñado. —La

mención de Bonaventura le hizo volver de los tiempos pasados a la realidad presente—. Y maldigo la hora en que empecé a trabajar para él.

—¿Lo dice por esto? —preguntó Brunetti señalando con un ademán la lóbrega asepsia de la habitación y todo lo que representaba.

Sandi asintió.

—¿Y qué me dice de Mitri? —preguntó Brunetti.

Sandi juntó las cejas simulando confusión.

—¿Estaba involucrado en las actividades de la fábrica?

—¿Qué fábrica?

Brunetti levantó la mano y descargó un puñetazo en la mesa delante de Sandi, que dio un brinco como si el golpe lo hubiera recibido él.

—No me haga perder el tiempo, *signor* Sandi —gritó—. No me haga perder el tiempo con preguntas estúpidas. —Como Sandi no respondiera, se inclinó hacia él para preguntar—: ¿Me ha entendido?

Sandi asintió.

—Bien —dijo Brunetti—. ¿Qué puede decirme de la fábrica? ¿Mitri tenía parte en ella?

—Debía de tenerla.

—¿Por qué?

—Venía de vez en cuando a preparar una fórmula o a decir a su cuñado qué aspecto debía tener un medicamento. Tenían que asegurarse de que cada cosa parecía lo que debía parecer. —Miró a Brunetti y agregó—: No es que esté del todo seguro, pero yo diría que por eso venía.

—¿Con qué frecuencia?

—Una vez al mes, quizá más.

—¿Cómo se llevaban? —Y, para evitar que Sandi preguntara quién, agregó—: Bonaventura y Mitri.

Sandi pensó la respuesta.

—No muy bien. Mitri estaba casado con la hermana del otro, y tenían que aguantarse, pero no creo que a ninguno de los dos le gustara.

—¿Y qué hay del asesinato de Mitri? ¿Qué es lo que sabe?

Sandi agitó la cabeza repetidamente.

—Nada. Nada en absoluto.

Brunetti dejó pasar un largo momento antes de preguntar:

—¿Y en la fábrica, se hablaba?

—Siempre se habla.

—Del asesinato, *signor* Sandi. ¿Se hablaba del asesinato?

Sandi callaba, tratando de recordar, o quizá sopesando posibilidades. Finalmente, musitó:

—Se hablaba de que Mitri quería comprar la fábrica.

—¿Por qué?

—¿Se refiere a por qué se hablaba o por qué quería comprarla?

Brunetti suspiró profundamente y dijo con calma:

—¿Por qué quería comprarla?

—Porque la llevaba mucho mejor que Bonaventura. Él no sabía dirigirla. La gente no cobraba puntualmente. El descontrol era total. Yo nunca sabía cuándo estaría lista la carga para el embarque. —Sandi movió la cabeza a derecha e izquierda apretando los labios en gesto de desagrado, la estampa del contable metódico ante el desbarajuste administrativo.

—Dice que es usted el encargado de la fábrica, *signor* Sandi. —Éste asintió—. Yo diría que sabía usted más sobre su funcionamiento que el mismo dueño.

Sandi volvió a mover la cabeza afirmativamente,

como si le halagara que alguien se hubiera dado cuenta de esto.

Sonó un golpe en la puerta, que se abrió una rendija, y Brunetti vio a Della Corte en el pasillo llamándole por señas. Cuando Brunetti salió, el otro le dijo:

—Ha venido la mujer.

—¿La mujer de Bonaventura? —preguntó Brunetti.

—No; la de Mitri.

25

—¿Cómo que ha venido? —preguntó Brunetti. Al ver la confusión que la pregunta provocaba en Della Corte, explicó—: Quiero decir, cómo se le ha ocurrido venir.

—Dice que estaba con la esposa de Bonaventura y que, al enterarse de que había sido arrestado, ha decidido venir.

Los sucesos de la mañana habían distorsionado la noción del tiempo de Brunetti, que ahora, al mirar el reloj, se sorprendió de que fueran casi las dos. Habían transcurrido horas desde que había llevado a los dos hombres al puesto de policía, pero, absorto como estaba en sus pesquisas, ni se había enterado. De pronto, se le despertó un fuerte apetito y sintió cosquilleo en todo el cuerpo, como si le hubieran conectado una leve corriente eléctrica.

Su primer impulso fue el de ir a hablar con la mujer inmediatamente, pero comprendió que sería inútil si antes no comía algo o conseguía calmar de algún modo los calambres que le recorrían el cuerpo. ¿Eran ya los años la causa de esta sensación, o serían los nervios, o acaso debía preocuparlo la posibilidad de que fuera algo peor, el anuncio de algún trastorno físico?

—Tengo que comer algo —dijo a Della Corte, que no pudo disimular la sorpresa al oír sus palabras.

—En la esquina hay un bar donde te harán un sándwich. —Salió con Brunetti a la puerta del edificio, desde donde le señaló el bar y, diciendo que tenía que hacer una llamada a Padua, volvió a entrar. Brunetti recorrió la media manzana hasta el bar, donde tomó un sándwich del que no hubiera podido decir qué sabor tenía y dos vasos de agua mineral que no le quitaron la sed. Por lo menos, aquello puso fin a los temblores y se sintió más dueño de sí, aunque no dejaba de preocuparlo que hubiera sido tan fuerte su reacción física a los hechos de la mañana.

De vuelta en la *questura*, pidió el número del *telefonino* de Palmieri. Cuando lo tuvo, llamó a la *signorina* Elettra y le dijo que dejara lo que estuviera haciendo y le consiguiera una lista de todas las llamadas hechas durante las dos semanas anteriores, a y desde el móvil de Palmieri y los domicilios de Mitri y Bonaventura. Le pidió luego que aguardara un momento y preguntó al agente cuyo teléfono estaba usando adónde habían llevado el cadáver de Palmieri. Cuando el hombre le dijo que estaba en el depósito del hospital local, Brunetti dio instrucciones a la *signorina* Elettra para que se lo comunicara a Rizzardi y enviara inmediatamente a alguien para tomar muestras de tejido corporal. Quería comprobar si coincidía con el hallado en las uñas de Mitri.

Cuando acabó de hablar, Brunetti pidió que lo llevaran a donde estaba la *signora* Mitri. Después de hablar con ella aquella primera y única vez, Brunetti intuyó que la mujer nada podía saber acerca de la muerte de su marido, por lo que no había vuelto a interrogarla. El que ahora se hubiera presentado aquí le hacía dudar de lo acertado de su decisión.

Un agente de uniforme lo recogió en la puerta y lo llevó por un pasillo. El hombre se detuvo delante de la habitación contigua a la que ocupaba Bonaventura.

—El abogado está con él —dijo a Brunetti señalando la puerta de al lado—. La mujer está aquí.

—¿Han venido juntos? —preguntó Brunetti.

—No, señor. Él entró un poco después, y no parecían conocerse.

Brunetti le dio las gracias y se acercó a mirar por el falso espejo. Frente a Bonaventura estaba sentado un hombre del que Brunetti no veía más que la parte posterior de la cabeza y los hombros. Pasó entonces a la otra puerta y observó a la mujer.

Volvió a chocarle su corpulencia. Hoy llevaba un traje de chaqueta de falda recta, sin concesiones a moda ni estilo. Era el traje que habían llevado las mujeres de su tamaño, edad y posición desde hacía décadas y probablemente —ellas u otras como ellas— seguirían llevando en décadas venideras. Apenas iba maquillada y, si aquella mañana se había pintado los labios, ya se había comido la pintura. Tenía las mejillas tan abultadas como si las estuviera hinchando para hacer reír a un niño.

La mujer estaba sentada de cara a la puerta, con las manos entrelazadas en el regazo, las rodillas juntas y los ojos fijos en la ventanilla de la puerta. Parecía mayor que la otra vez, aunque Brunetti no hubiera podido decir por qué. Tuvo la sensación de que ella lo miraba, a pesar de saber que lo único que podía ver era un cristal negro, aparentemente opaco. Ella no pestañeaba, y el primero en desviar la mirada fue Brunetti. Abrió la puerta y entró.

—Buenas tardes, *signora*. —Se acercó a ella con la mano extendida.

Ella lo observaba con expresión neutra y ojos activos. No se levantó sino que se limitó a darle la mano, que no era blanda ni yerta.

Brunetti se sentó frente a ella.

—¿Ha venido a ver a su hermano, *signora*?

Sus ojos eran infantiles y reflejaban una confusión que a Brunetti le pareció auténtica. Abrió la boca y se humedeció los labios con una lengua nerviosa.

—Quería preguntarle... —empezó pero no acabó la frase.

—¿Preguntarme, *signora*? —instó Brunetti.

—No sé si debería decir esto a un policía.

—¿Por qué no? —Brunetti inclinó ligeramente el torso hacia ella.

—Porque... —empezó, y se interrumpió. Luego, como si hubiera explicado algo y él lo hubiera entendido, dijo—: Necesito saberlo.

—¿Qué es lo que necesita saber, *signora*? —la apremió él.

Ella apretó los labios y, ante los ojos de Brunetti, se convirtió en una anciana desdentada.

—Necesito saber si lo hizo él —dijo al fin. Entonces, admitiendo otras posibilidades, agregó—: O lo mandó hacer.

—¿Se refiere a la muerte de su esposo?

Ella asintió.

Brunetti, para los micrófonos escondidos y la cinta que estaba grabando todo lo que se decía en la habitación, recalcó:

—¿Piensa que él pudiera ser el responsable de su muerte?

—Yo no... —empezó ella, luego, cambiando de idea, susurró—: Sí —tan suavemente que quizá los micrófonos no lo captaron.

—¿Qué le hace pensar que él pueda estar implicado? —preguntó el comisario.

Ella se revolvió en la silla, con aquel movimiento que Brunetti había observado en las mujeres durante más de cuatro décadas: se levantó a medias alisándose la falda por debajo de las piernas y volvió a sentarse juntando bien tobillos y rodillas.

Durante un momento, dio la impresión de que ella pensaba que aquel gesto ya era suficiente respuesta, por lo que Brunetti insistió:

—¿Por qué cree que él está implicado?

—Se peleaban —dijo ella, dosificando la respuesta.

—¿Por qué?

—Cosas de los negocios.

—¿Podría ser más explícita, *signora*? ¿Qué negocios?

Ella movió la cabeza negativamente varias veces, insistiendo en manifestar ignorancia. Finalmente, dijo:

—Mi marido no me hablaba de sus negocios. Decía que no necesitaba saber nada.

Nuevamente, Brunetti se preguntó cuántas veces habría oído esta frase y cuántas veces se le habría dado esta respuesta para encubrir culpas. Pero creía que esta mujer gruesa decía la verdad: era verosímil que el marido no considerara oportuno tenerla al corriente de su vida profesional. Evocó al hombre que había conocido en el despacho de Patta: elegante, elocuente, casi engolado. Qué mal armonizaba con esta mujer del traje prieto y el pelo teñido. Le miró los pies y vio unos zapatos de tacón robusto que le comprimían los dedos en afilada y dolorosa punta. En el izquierdo, un grueso juanete tensaba la piel con su protuberancia en forma de medio huevo. ¿Sería el matrimonio el misterio supremo?

—¿Cuándo se peleaban?

—Continuamente. Sobre todo, durante el último mes. Algo debió de ocurrir que puso furioso a Paolo. Nunca se habían llevado bien, pero tenían que transigir, por la familia y por el negocio.

—¿Pasó algo de particular durante el último mes? —preguntó él.

—Tuvieron una disputa, me parece —dijo ella en una voz tan baja que Brunetti, pensando en los futuros oyentes de la cinta, se creyó en la necesidad de recalcar:

—¿Una discusión entre su esposo y su hermano?

—Sí. —Ella asintió repetidamente.

—¿Por qué lo cree?

—Paolo y él se reunieron en casa. Fue dos noches antes de que ocurriera.

—¿De que ocurriera qué, *signora*?

—Antes de que mi marido fuera... antes de que lo mataran.

—Comprendo. ¿Por qué fue la disputa? ¿Los oyó usted?

—Oh, no —dijo ella rápidamente mirándole como si la sorprendiera la sugerencia de que alguien hubiera podido levantar la voz en casa de los Mitri—. Deduje que habían discutido de lo que dijo Paolo cuando subió después de la reunión.

—¿Qué dijo?

—Sólo que era un incompetente.

—¿Se refería a su hermano?

—Sí.

—¿Algo más?

—Que Sandro estaba hundiendo la fábrica, arruinando el negocio.

—¿Sabe de qué fábrica hablaba?

—Pensé que se refería a la de aquí, de Castelfranco.

—¿Y por qué había de interesar eso a su marido?

—Había invertido dinero en ella.

—¿Dinero de él?

Ella movió la cabeza negativamente.

—No.

—¿De quién era el dinero, *signora*?

Ella titubeó como si buscara la mejor respuesta.

—El dinero era mío.

—¿Suyo?

—Sí; yo llevé mucho dinero al matrimonio. Dinero que siguió estando a mi nombre. El testamento de nuestro padre... —explicó haciendo un ademán vago con la mano derecha—. Paolo siempre me había aconsejado lo que tenía que hacer con él. Y cuando Sandro dijo que quería comprar la fábrica, los dos me propusieron que invirtiera en ella. Eso fue hace un año. O quizá dos. —Se interrumpió al ver el gesto de Brunetti ante su vaguedad—. Lo siento, pero yo nunca he prestado mucha atención a estas cosas. Paolo me pidió que firmara unos papeles y el hombre del banco me explicó de qué se trataba. Pero en realidad no entendía para qué querían el dinero. —Calló y se sacudió la falda con la punta de los dedos—. Era para la fábrica de Sandro, pero, como era mío, Paolo siempre consideró que también le pertenecía a él.

—¿Tiene idea de cuánto invirtió en la fábrica, *signora*? —Ella miraba a Brunetti como la colegiala que está a punto de echarse a llorar porque no recuerda cuál es la capital del Canadá, por lo que él agregó—: Aproximadamente. No necesitamos saber la cantidad exacta. —Ya lo averiguarían más adelante.

—Creo que eran trescientos o cuatrocientos millones de liras —contestó ella.

—Comprendo. Muchas gracias —dijo Brunetti y entonces preguntó—: ¿Su esposo dijo algo más aquella noche, después de hablar con su hermano?

—Bien. —Ella hizo una pausa y, según le pareció a Brunetti, trató de recordar—. Dijo que la fábrica perdía dinero. Por su manera de hablar, me pareció que también Paolo había invertido dinero particularmente.

—¿Además del de usted?

—Sí. Pero extraoficialmente, sólo contra un recibo de Paolo. —Ante el silencio de Brunetti, ella prosiguió—: Me parece que Paolo quería tener más control sobre la manera de llevar la empresa.

—¿Su marido le dijo lo que pensaba hacer?

—Oh, no. —La mujer estaba claramente sorprendida por la pregunta—. Él no me hablaba de esas cosas. —Brunetti se preguntaba de qué cosas le hablaría su marido, pero se reservó la pregunta—. Después, se fue a su cuarto y al día siguiente no volvió a hablar de aquello, por lo que creí, o quizá quería creer, que él y Sandro habían llegado a un acuerdo.

Brunetti reaccionó instantáneamente a la referencia a «su cuarto», que sin duda no era indicio de un matrimonio feliz. Imprimió en su voz un tono más grave al decir:

—Le pido perdón, *signora* pero, ¿me permite preguntar cómo eran las relaciones entre usted y su esposo?

—¿Relaciones?

—Ha dicho que él había ido a «su cuarto» —respondió Brunetti suavemente.

—Ah. —Fue un sonido leve que ella dejó escapar involuntariamente.

Brunetti esperaba. Al fin, dijo:

—Él ya no está, *signora*, creo que puede usted hablar.

La mujer lo miró a la cara y él vio lágrimas en sus ojos.

—Había otras mujeres —susurró—. Durante muchos años, otras mujeres. Una vez lo seguí y me quedé esperando delante de la casa, bajo la lluvia, hasta que salió. —Ahora las lágrimas le resbalaban por la cara, sin que ella pareciera notarlo, y le caían en la blusa, dejando en la tela largas marcas ovaladas—. También contraté a un detective. Y escuchaba sus llamadas telefónicas. Las grababa y le oía decirles a ellas las mismas cosas que me decía a mí. —Las lágrimas la obligaron a callar, pero Brunetti se abstuvo de apremiarla. Finalmente, ella prosiguió—: Yo lo quería con todas mis fuerzas. Desde el primer día en que lo vi. Si Sandro ha hecho esto... —Volvieron a llenársele los ojos de lágrimas, que ella se enjugó con las palmas de las manos—. Si él lo ha hecho, quiero que ustedes lo descubran y que sea castigado. Por eso he venido a hablar con Sandro. —Calló y bajó la mirada—. ¿Me contará lo que él le diga? —preguntó, mirándose las manos que tenía en el regazo.

—No puedo, *signora*, hasta que haya terminado todo. Pero entonces se lo diré.

—Gracias —dijo ella, levantando la mirada para volver a bajarla enseguida. Entonces se puso en pie bruscamente y fue hacia la puerta. Brunetti llegó antes que ella, la abrió y le cedió el paso—. Me voy a casa —dijo la mujer y, antes de que él pudiera responder, salió y se alejó por el pasillo hacia el vestíbulo del puesto de policía.

26

Brunetti volvió a la mesa del agente desde cuyo teléfono había hablado y, sin pararse a pedir permiso, llamó otra vez a la *signorina* Elettra. Nada más oír su voz, ella le comunicó que el técnico ya iba camino del hospital de Castelfranco, para tomar las muestras de tejido y le pidió que le diera un número de fax. Él dejó el teléfono y fue al mostrador, donde hizo que el sargento le anotara el número. Después de darlo a la *signorina* Elettra, recordó que aquella mañana no había llamado a Paola, y marcó el número de su casa. Como nadie contestó, dejó el mensaje de que el trabajo lo retenía en Castelfranco, pero pensaba regresar aquella misma tarde.

Después se sentó y apoyó la cabeza en las manos. Minutos más tarde, oyó una voz que decía a su lado.

—Perdone, comisario, pero se ha recibido esto para usted.

Brunetti levantó la cabeza y, delante de la mesa que se había apropiado, vio a un joven agente que tenía en la mano unos papeles que se rizaban con el alabeado característico del fax. Eran varias hojas.

Brunetti, haciendo un esfuerzo por sonreír, alargó

la mano hacia los papeles y los puso en la mesa, alisándolos con el canto de la mano. Recorrió con la mirada las columnas y vio con satisfacción que la *signorina* Elettra había puesto un asterisco al lado de las llamadas hechas entre aquellos números, y separó las hojas en tres pilas. Palmieri, Bonaventura y Mitri.

Durante los diez días anteriores al asesinato de Mitri, se habían hecho varias llamadas entre el *telefonino* de Palmieri y el número de Interfar, una de ellas, de siete minutos. La víspera del crimen, a las nueve y veintisiete de la noche, se hizo una llamada desde el teléfono del domicilio de Bonaventura al de Mitri. La conversación duró dos minutos. La noche del asesinato, casi a la misma hora, se hizo una llamada de quince segundos desde el teléfono de Mitri al de Bonaventura. Después, se habían hecho tres llamadas desde la fábrica al *telefonino* de Palmieri y varias más entre los domicilios de Bonaventura y de Mitri.

Brunetti juntó los papeles, se levantó y se fue por el pasillo. Cuando le abrieron la puerta de la pequeña habitación en la que había hablado con Bonaventura, encontró a éste sentado frente a un hombre de pelo negro que tenía encima de la mesa, a su lado, una pequeña cartera de mano y, abierto ante sí, un cuaderno con tapas de piel a juego con la cartera. Cuando el hombre se volvió, Brunetti reconoció a Piero Candiani, un abogado penalista de Padua. Candiani llevaba gafas sin montura, detrás de las que Brunetti vio unos ojos oscuros, en los que se combinaban inteligencia y candor, mezcla que no dejaba de ser sorprendente en un abogado.

Candiani se levantó y extendió la mano.

—Comisario Brunetti —saludó.

—*Avvocato* —Brunetti hizo una inclinación de cabeza en dirección a Bonaventura, que no se había molestado en levantarse.

Candiani acercó una de las sillas vacantes y esperó a que Brunetti se sentara antes de ocupar de nuevo la suya. Sin preámbulos, señalando al techo con un ademán negligente, dijo:

—Supongo que esta conversación se está grabando.

—Sí —admitió Brunetti. Y, sin más dilación, recitó en voz alta la fecha, la hora y los nombres de los presentes.

—Tengo entendido que usted ya ha hablado con mi cliente —empezó Candiani.

—Sí. Le pregunté por los envíos de medicinas que Interfar ha venido haciendo a países del extranjero.

—¿En relación con las disposiciones de la Unión Europea? —preguntó Candiani.

—No.

—¿De qué se trata entonces?

Brunetti lanzó una mirada a Bonaventura, que ahora había puesto una pierna encima de la otra y un brazo alrededor del respaldo de la silla.

—Se trata de envíos a países del Tercer Mundo.

Candiani escribió en su cuaderno y preguntó, sin levantar la cabeza:

—¿Y por qué interesan a la policía esos envíos?

—Al parecer, muchos de ellos contenían medicamentos en mal estado, caducados o adulterados.

—Comprendo. —Candiani volvió la página—. ¿Y en qué pruebas funda estas acusaciones?

—En la declaración de un cómplice.

—¿Un cómplice? —preguntó Candiani disimulando apenas el escepticismo—. ¿Y puedo preguntar quién es el cómplice? —La segunda vez pronunció la palabra poniendo en ella todo el énfasis de la duda.

—El encargado de la fábrica.

Candiani miró a su cliente, y Bonaventura se encogió de hombros con gesto de confusión o de ignorancia. Apretó los labios y, con un parpadeo rápido, rechazó la posibilidad.

—¿Y desea usted preguntar sobre ello al *signor* Bonaventura?

—Sí.

—¿Eso es todo?

—No. También deseo preguntar al *signor* Bonaventura qué sabe del asesinato de su cuñado.

Al oír esto, la expresión de Bonaventura derivó hacia la estupefacción, pero siguió sin traducirse en palabras.

—¿Por qué? —Candiani volvía a estar inclinado sobre su cuaderno.

—Porque hemos empezado a considerar la posibilidad de que pueda estar implicado en la muerte del *signor* Mitri.

—¿Implicado, cómo?

—Eso es exactamente lo que me gustaría que me dijera el *signor* Bonaventura —respondió Brunetti.

Candiani miró a su cliente.

—¿Desea contestar a las preguntas del comisario?

—No estoy seguro de poder hacerlo —dijo Bonaventura—. Pero desde luego estoy dispuesto a prestarle toda la ayuda que me sea posible.

Candiani se volvió hacia Brunetti.

—Si desea interrogar a mi cliente, comisario, sugiero que lo haga ahora.

—Me gustaría saber —empezó Brunetti, hablando directamente a Bonaventura— qué tratos tenía con

Ruggiero Palmieri o, como se hacía llamar cuando trabajaba en su empresa, Michele de Luca.

—¿El chófer?

—Sí.

—Como le dije antes, comisario, lo veía de vez en cuando en la fábrica. Pero no era más que un chófer. Quizá haya hablado un par de veces con él, pero eso es todo. —Bonaventura no preguntó el porqué del interés de Brunetti.

—¿De manera que no tenía con él más trato que el ocasional que pudiera haber en la fábrica?

—No —dijo Bonaventura—. Ya se lo he dicho: era un chófer.

—¿Nunca le dio dinero? —preguntó Brunetti, confiando en que en los billetes encontrados en el bolsillo de Palmieri hubiera huellas de Bonaventura.

—Por supuesto que no.

—Quedamos en que usted no lo veía ni hablaba con él más que en la fábrica.

—Es lo que acabo de decirle. —Bonaventura no ocultaba la irritación.

Brunetti miró a Candiani.

—Creo que eso es todo, por el momento.

La sorpresa de los dos hombres fue evidente. Candiani, reaccionando antes que su cliente, se puso en pie y cerró el cuaderno.

—¿Podemos marcharnos entonces? —preguntó inclinándose sobre la mesa para acercarse la cartera. Gucci, observó Brunetti.

—Creo que no.

—¿Cómo? —preguntó Candiani imprimiendo décadas de asombro procesal en la palabra—. ¿Y por qué no?

—Yo diría que la policía de Castelfranco debe de tener varios cargos contra el *signor* Bonaventura.

—¿Por ejemplo? —inquirió Candiani.

—Resistencia al arresto, obstrucción a investigación policial y homicidio por imprudencia, por ejemplo.

—No conducía yo —interrumpió Bonaventura, con una indignación audible tanto en las palabras como en el tono.

Brunetti, que miraba a Candiani, observó que la piel de debajo de sus ojos se contraía mínimamente al oír la protesta, aunque no estaba seguro de si era de sorpresa o de un sentimiento más fuerte.

Candiani guardó el cuaderno en la cartera y cerró ésta con un movimiento ágil.

—Me gustaría cerciorarme de que la policía de Castelfranco tiene esta intención, comisario. —Y, para suavizar la falta de confianza que pudiera atribuirse a sus palabras, agregó—: Pura formalidad, desde luego.

—Desde luego —repitió Brunetti levantándose a su vez.

Brunetti dio unos golpecitos en el cristal de la puerta, para llamar al agente que esperaba en el pasillo. Dejando a Bonaventura en la habitación, los dos hombres fueron en busca de Bonino, quien confirmó la suposición de Brunetti, de que la policía de Castelfranco formularía varios cargos graves contra Bonaventura.

Un agente acompañó a Candiani al locutorio, para que informara a su cliente y se despidiera de él, dejando a Brunetti con Bonino.

—¿Lo tienen todo? —preguntó Brunetti.

Bonino asintió.

—El equipo de sonido es nuevo y lo graba todo, hasta el más leve susurro, hasta un suspiro. Sí, lo tenemos todo.

—¿Y antes de que yo entrara?

—No. No podemos grabar mientras no haya un policía en la habitación. Confidencialidad abogado-cliente.

—¿En serio? —preguntó Brunetti, sin poder disimular el asombro.

—En serio —repitió Bonino—. El año pasado perdimos un caso porque la defensa pudo demostrar que habíamos escuchado lo que decía a su cliente. Por eso el *questore* ha ordenado que no se hagan excepciones. No se graba nada si no hay un policía en la habitación.

Brunetti asintió y preguntó:

—¿Le tomarán las huellas en cuanto se vaya el abogado?

—¿Lo dice por los billetes?

Brunetti asintió.

—Ya están tomadas —dijo Bonino con una pequeña sonrisa—. Extraoficialmente. Esta mañana ha bebido agua mineral y del vaso hemos sacado tres huellas claras.

—¿Y?

—El técnico del laboratorio dice que hay coincidencia; por lo menos dos aparecen en varios de los billetes que estaban en la cartera de Palmieri.

—También preguntaré en el banco —dijo Brunetti—. Esos billetes de quinientas mil liras aún son nuevos. Incluso hay gente que no los quiere, porque no encuentras quien te dé cambio. No sé si tienen un registro de la numeración, pero si es así...

—Recuerde que él tiene a Candiani —dijo Bonino.

—¿Lo conoce?

—Todo el mundo lo conoce en el Véneto.

—Pero nosotros tenemos las llamadas telefónicas a un hombre al que él niega conocer bien, y tenemos las huellas —insistió Brunetti.

—Pero él tiene a Candiani.

27

Y nunca se había cumplido más fielmente una profecía. El banco de Venecia tenía un registro de la numeración de los billetes de quinientas mil liras distribuidos el día en que Bonaventura retiró del banco quince millones en efectivo, y entre ellos estaban los encontrados en la billetera de Palmieri. Y, por si ello no era prueba suficiente, los billetes tenían las huellas de Bonaventura.

Candiani, hablando en representación de Bonaventura, adujo que esta circunstancia era perfectamente explicable. Su cliente había retirado el dinero para pagar un préstamo personal que le había hecho Paolo Mitri, su cuñado, préstamo que había devuelto en efectivo al día siguiente de retirar el dinero, es decir, el día en que Mitri fue asesinado. Los fragmentos de la piel de Palmieri hallados en las uñas de Mitri eran prueba de lo ocurrido: Palmieri había robado a Mitri y preparado la nota por adelantado, a fin de alejar sospechas. Él había matado a Mitri, accidental o intencionadamente, para robarle.

En cuanto a las llamadas telefónicas, Candiani no tuvo dificultad para invalidarlas. Le bastó señalar que la fábrica Interfar tenía centralita, por lo que las llamadas

273

hechas desde cualquier extensión quedaban registradas como procedentes de la centralita. Por ello, las llamadas al móvil de Palmieri había podido hacerlas cualquiera, desde cualquier lugar de la fábrica, lo mismo
que Palmieri podía haber llamado a la fábrica, simplemente, para avisar del retraso de un envío.

Cuando se mencionó a Bonaventura la llamada hecha a su número desde el apartamento de Mitri la noche del asesinato, él recordó que Mitri había llamado
para invitarlos a él y a su esposa a cenar la semana siguiente. Y, al hacerle observar que la llamada había du-
rado sólo quince segundos, Bonaventura recordó que
Mitri había colgado enseguida diciendo que estaban llamando a la puerta. Y manifestó consternación al darse
cuenta de que el que llamaba debía de ser el asesino.

Cada uno de los detenidos había tenido tiempo
para hilvanar una justificación de su huida de la fábrica
Interfar. Sandi dijo que había interpretado el repentino
aviso de Bonaventura de que la policía estaba allí como
una orden para huir y que Bonaventura había sido el
primero en correr hacia el camión. Bonaventura, por su
parte, insistía en que Sandi le apuntaba a él con la pistola para obligarle a subir a la cabina. El tercer hombre
decía no haber visto nada.

En la cuestión de los envíos de medicamentos, Candiani no fue tan eficaz para alejar las sospechas de la justicia. Sandi repitió y amplió su testimonio y dio los nombres y direcciones del equipo del turno de noche encargado de envasar y embalar los medicamentos falsos.
Como se les pagaba en efectivo, no había constancia de
sus salarios, pero Sandi facilitó hojas de horarios con sus
nombres y firmas. También dio a la policía una extensa
lista de envíos pasados, con fechas, contenidos y destinos.

En este momento, intervino el Ministerio de Sanidad. La fábrica Interfar fue clausurada y las naves, selladas mientras los inspectores examinaban cajas, frascos y tubos. Se comprobó que todos los productos que se encontraban en la parte central de la fábrica eran lo que indicaban los respectivos envases, pero una sección del almacén contenía cajas de embalaje llenas de sustancias sin valor terapéutico. En tres de ellas había botellas de plástico que, según la etiqueta, debían contener jarabe para la tos. Los análisis demostraron que el producto era un compuesto de agua, azúcar y líquido anticongelante, combinación que podía resultar nociva y hasta letal.

Otras cajas contenían cientos de fármacos caducados y paquetes de gasas y de hilo de sutura cuyos envases se deshacían al tacto, por el mucho tiempo que llevaban deambulando por distintos almacenes. Sandi facilitó los conocimientos de embarque y facturas que debían acompañar estas cajas a su destino en países castigados por el hambre y las epidemias, así como la lista de precios que se facturaban a las agencias internacionales, deseosas de distribuirlos entre los pobres.

Brunetti, retirado del caso por orden expresa de Patta que, a su vez, actuaba a instancias del ministro de Sanidad, seguía la investigación por la prensa. Bonaventura admitió haber intervenido en la venta de medicinas falsificadas, pero mantuvo que la idea y la instigación partían de Mitri. Al adquirir Interfar, había contratado a gran parte del personal de la fábrica que Mitri se había visto obligado a vender: ellos habían traído consigo el mal y la corrupción, y Bonaventura nada pudo hacer para oponerse. Cuando protestó a Mitri, su cuñado le amenazó con exigirle la devolución del préstamo personal y retirar el capital de su esposa, lo que suponía la ruina para Bonaventura. Éste, víctima de su propia debilidad e indefenso ante el superior poder financiero de Mitri, no había tenido más opción que la de continuar la producción y venta de medicinas falsas. Protestar hubiera supuesto la quiebra y la deshonra.

De lo que leía, Brunetti dedujo que, si el caso de Bonaventura llegaba a juicio, lo más que podía caerle era una multa, que tampoco sería muy fuerte, ya que, en realidad, las etiquetas del Ministerio de Sanidad no habían sido sustituidas ni manipuladas. Brunetti no sabía qué ley se infringía con la venta de medicinas caducadas, y menos, si la venta se realizaba a un país extranjero. La ley era más explícita en lo referente a falsificación de medicamentos, pero la circunstancia de que éstos no se vendieran ni distribuyeran en Italia complicaba la cuestión. Aunque todo esto le parecían especulaciones gratuitas. El delito de Bonaventura era asesinato, no manipular envoltorios: el asesinato de Mitri y de las personas que hubieran muerto por tomar las medicinas que él vendía.

En esta tesitura, Brunetti estaba solo. La prensa se mostraba convencida de que a Mitri lo había matado Palmieri, aunque ningún periódico se retractó de la primitiva idea, manifestada con absoluta certidumbre, de que el asesino era un fanático inducido al crimen por el acto de Paola. El magistrado decidió no procesar a Paola y el caso fue archivado.

Varios días después de que Bonaventura fuera enviado a su casa, donde debía permanecer bajo arresto, Brunetti estaba en la sala, enfrascado en la lectura del relato que hacía Arriano de las campañas de Alejandro Magno, cuando sonó el teléfono. Él levantó la cabeza, aguzando el oído para averiguar si Paola contestaba desde el estudio. Cuando, después de la tercera señal, dejó de sonar el aparato, Brunetti volvió al libro y al evidente deseo de Alejandro de que sus amigos se postraran ante él como si fuera un dios. La fuerza del relato lo arrastró inmediatamente hacia aquellos remotos tiempos y lugares.

—Es para ti —dijo Paola a su espalda—. Una mujer.

—¿Hmm? —hizo Brunetti levantando la mirada del libro, pero sin haber vuelto del todo a la habitación ni al presente.

—Una mujer —repitió Paola desde la puerta.

—¿Quién? —preguntó Brunetti, intercalando un billete de barco usado entre las páginas y dejando el libro en el sofá, a su lado.

Estaba levantándose cuando Paola dijo:

—No tengo ni idea. Yo no escucho tus llamadas.

Él se quedó en suspenso, encorvado como un viejo con dolor de espalda.

—*Madre di Dio* —exclamó. Enderezó el cuerpo y miró fijamente a Paola, que lo observaba con extrañeza.

—¿Qué te ocurre, Guido? ¿Te duele la espalda?

—No, no, estoy bien. Pero me parece que ya lo tengo. Me parece que ya lo he pescado. —Fue al *armadio* y sacó el abrigo.

—¿Qué haces? —preguntó Paola.

—Tengo que salir —dijo él sin más explicaciones.

—¿Qué le digo a esa mujer?

—Que no estoy —respondió él y, al cabo de un momento, era la verdad.

La *signora* Mitri le abrió la puerta. Estaba sin maquillar y en la raya del pelo se veía una fina franja gris. Llevaba un vestido marrón sin forma y parecía haber engordado aún más desde la última vez que la había visto. Cuando él se acercó para estrecharle la mano, notó un olorcillo dulzón, a vermut o Marsala.

—¿Ha venido a decirme algo definitivo? —preguntó ella cuando se hubieron sentado en la sala a uno y otro lado de una mesita de centro en la que había tres copas sucias y una botella de vermut vacía.

—No, señora. Lo siento, pero aún no puedo decirle nada.

La decepción hizo a la mujer cerrar los ojos y juntar las manos. Al cabo de un momento, lo miró y susurró:

—Yo confiaba...

—¿Ha leído los periódicos?

Ella, sin preguntarle a qué se refería, movió la cabeza negativamente.

—Necesito saber una cosa. Necesito que me explique una cosa —dijo Brunetti.

—¿Qué? —preguntó ella con voz neutra, sin demostrar interés.

—La última vez que hablamos, usted dijo que escuchaba las conversaciones de su marido. —Como ella no diera señales de haberle oído, él agregó—: Con otras mujeres.

Como él temía, las lágrimas empezaron a resbalar por las mejillas de la mujer, cayendo en la gruesa tela del vestido. Ella asintió.

—¿Podría decirme cómo?

Ella lo miró entornando los ojos desconcertada.

—¿Cómo escuchaba las conversaciones?

La mujer movió la cabeza negativamente.

—¿Cómo las escuchaba? —Ella no contestaba, y él insistió—: Es muy importante. Necesito saberlo.

Brunetti vio cómo se le encendía la cara. A demasiada gente había dicho ya que él era como un sacerdote y que sus secretos estarían bien guardados, y no quiso volver a utilizar este falso argumento. Sólo se quedó esperando.

Al fin ella dijo:

—El detective puso un aparato en el teléfono de mi habitación.

—¿Una grabadora? —preguntó Brunetti.

Ella asintió, más colorada todavía.

—¿Aún está instalada?

Ella volvió a mover la cabeza afirmativamente.

—¿Podría traérmela? —Ella no parecía haber oído, y él repitió—. ¿Podría traérmela? ¿O decirme dónde está?

Ella se tapó los ojos, pero por debajo de la mano seguían resbalando las lágrimas.

Brunetti esperaba. Finalmente, con la otra mano, ella señaló por encima del hombro izquierdo, hacia el interior del apartamento. Moviéndose con rapidez, para no darle tiempo a arrepentirse, Brunetti se levantó y salió al vestíbulo. Recorrió todo el pasillo, pasando por delante de una cocina a un lado y un comedor al otro y, al fondo, se asomó a una habitación en la que vio trajes de hombre colgados de un perchero. Abrió la puerta de enfrente y se encontró en el dormitorio con el que sueña toda adolescente, con volantes de organza blanca en la cama y el tocador y una pared cubierta de espejos.

Al lado de la cama vio un artístico teléfono dorado, cuyo auricular descansaba en una esbelta horquilla sobre una gran caja cuadrada, provista de un disco evocador de tiempos pasados. Brunetti se acercó a la cama, se arrodilló y apartó la nube de organza. De la base del teléfono salían dos hilos, uno que iba al conector y el otro a una grabadora no mayor que un walkman. Él conocía el aparato, lo había usado para hablar con sospechosos, se activaba por la voz y la claridad de sonido era sorprendente para su tamaño.

Brunetti desconectó la grabadora y volvió a la sala. La mujer seguía con la mano sobre los ojos, pero levantó la cabeza al oírle entrar.

Él puso el aparato encima de la mesa, delante de ella.

—¿Es ésta la grabadora, *signora*?

Ella asintió.

—¿Puedo escuchar lo grabado?

Hacía tiempo, Brunetti había visto un programa de televisión en el que se mostraba la manera en que las serpientes hipnotizan a la presa. Al ver cómo ella movía la cabeza de atrás adelante, cuando él se inclinaba hacia la grabadora, se acordó de la serpiente y se sintió incómodo.

La mujer asintió sin dejar de seguir sus movimientos con la cabeza mientras él oprimía, primero, «Rewind» y, cuando sonó el chasquido que indicaba que la cinta se había rebobinado, «Play».

Ellos escuchaban mientras en la habitación sonaban otras voces, una de ellas, la de un muerto. Mitri se citaba para cenar con un compañero de estudios; la *signora* Mitri encargaba unas cortinas; el *signor* Mitri decía a una mujer que estaba ansioso de volver a verla. Al oír esto, la *signora* Mitri volvió la cara, turbada y las lágrimas volvieron a manar.

Siguieron varios minutos de llamadas diversas que sólo tenían en común la banalidad. Y nada parecía más intrascendente que la expresión verbal de la sensualidad de Mitri ahora que estaba muerto. Entonces sonó la voz de Bonaventura que preguntaba a Mitri si tendría tiempo de mirar unos papeles la noche siguiente. Cuando Mitri respondió afirmativamente, Bonaventura dijo que pasaría a eso de las nueve o, quizá, enviaría a uno de los chóferes con los documentos. Y fue entonces cuando Brunetti oyó la llamada que él confiaba que estuviera grabada. El teléfono sonó dos veces, Bonaventura contestó con un nervioso «¿Sí?» y en la habitación se oyó la voz de otro muerto.

«Soy yo. Ya está hecho.»

«¿Seguro?»

«Sí. Aún estoy aquí.»

La pausa que seguía denotaba la consternación de Bonaventura ante semejante temeridad.

«Márchate de ahí. Ahora mismo.»

«¿Cuándo nos vemos?»

«Mañana. En mi despacho. Entonces te daré el resto.»

Y los que escuchaban oyeron colgar el teléfono.

A continuación, sonó la voz nerviosa de un hombre que hablaba con la policía. Brunetti alargó la mano y oprimió «Stop». Cuando miró a la mujer vio que de su cara había sido barrida toda emoción, como por efecto de un trauma, y que las lágrimas estaban olvidadas.

—¿Su hermano?

Ella, lo mismo que la víctima de un bombardeo, no pudo sino mover la cabeza de arriba abajo, con los ojos muy abiertos.

Brunetti se levantó y se inclinó para recoger la grabadora y la guardó en el bolsillo.

—No tengo palabras para expresar cuánto lo siento, *signora*.

28

Mientras caminaba hacia casa, la pequeña grabadora le pesaba en el bolsillo más que cualquier pistola o instrumento de muerte. Era como si algo tirara de él hacia abajo, y también los mensajes que contenía le pesaban, pero en el espíritu. Con qué facilidad había preparado Bonaventura la muerte de su cuñado: una simple llamada, para decirle que el chófer le llevaría unos papeles que quería que leyera. Y Mitri, inconscientemente, había abierto la puerta a su asesino, quizá había tomado unos papeles y se había vuelto para dejarlos en una mesa. Esto había dado a Palmieri la ocasión de rodearle el cuello con el cable fatal.

Para un hombre tan fuerte y experimentado como Palmieri, habría sido una maniobra instantánea, seguida, quizá, de un minuto de tensar el cable tirando de cada extremo hasta estrangular la vida de Mitri. Los restos de piel hallados en las uñas de la víctima indicaban que se había resistido, pero desde el momento en que Bonaventura llamó para decirle que le enviaba los papeles, no tenía escapatoria, estaba condenado desde el instante en que Bonaventura había decidido librarse del hombre que amenazaba su fábrica y su sórdido tráfico.

Brunetti ya no recordaba cuántas veces había dicho que de la maldad humana poco o nada podía sorprenderlo, y sin embargo, cada vez que se tropezaba con ella, seguía asombrándolo. Había visto matar por unos miles de liras y por millones de dólares, pero, cualquiera que fuera la suma, aquellas muertes no tenían sentido para él, porque era poner precio a la vida humana y afirmar que la adquisición de riqueza era un bien superior, principio que él no concebía. Ni comprendía que alguien pudiera regirse por él. Entendía por qué lo hacía la gente. Esto era relativamente fácil, y los móviles eran tan diáfanos como diversos: codicia, ambición, celos. Pero, ¿cómo se podía llegar a cometer el acto? Su imaginación no daba para tanto; era demasiado trascendente la acción, las consecuencias desbordaban sus facultades de comprensión.

Brunetti llegó a casa con las ideas confusas. Paola salió del estudio y fue a su encuentro por el pasillo. Al ver la expresión de su cara, dijo:

—Haré una tisana.

Él colgó el abrigo y entró en el cuarto de baño, se lavó las manos y la cara y se miró al espejo. ¿Cómo podía saber semejantes cosas y no tener en la cara alguna señal de este conocimiento? Recordó un poema que Paola le había leído, que trataba de la forma en que el mundo contemplaba el desastre sin sentirse estremecido por él. Los perros, creía recordar que había escrito el poeta, seguían atendiendo sus asuntos perrunos. Como él atendía los suyos.

En la cocina, en el centro de la mesa, sobre una esterilla de rafia, Brunetti vio la tetera de su abuela con dos tazones a un lado y una jarra de miel al otro. Se sentó y Paola sirvió la tisana.

—¿Te viene bien una tila? —preguntó abriendo el tarro de la miel y echando una cucharada en una de las tazas. Él movió la cabeza de arriba abajo y su mujer le acercó la taza con la cuchara dentro. Removió la infusión, aspirando con gusto el humo aromático.

Entonces dijo sin preámbulos:

—Envió a alguien a matarlo y el asesino lo llamó desde la misma casa. —Paola no dijo nada, y procedió con el ritual de echar la miel en su propia taza, ahora, menos colmada la cuchara. Mientras ella removía el líquido, Brunetti prosiguió—: Su esposa, la de Mitri, grababa sus conversaciones con otras mujeres. —Sopló y bebió un sorbo de tila, dejó la taza en la mesa y prosiguió—: Hay una cinta de la llamada. Del asesino a Bonaventura. Este último dice que le dará el resto del dinero al día siguiente.

Paola seguía removiendo con la cuchara como si hubiera olvidado que tenía que beber. Cuando comprendió que Brunetti no tenía más que decir, preguntó:

—¿Será suficiente? ¿Suficiente para condenarlo?

Brunetti asintió.

—Eso espero. Creo que sí. Seguramente, podrán sacar un gráfico de voz de la cinta. Es una grabadora muy sofisticada.

—¿Y la conversación?

—Lo que dicen no deja lugar a duda.

—Ojalá —dijo ella sin dejar de remover.

Brunetti se preguntaba cuál de los dos sería el primero en mencionarlo. La miró, vio las rubias bandas de pelo caer a cada lado de su cara y se sintió conmovido.

—Ya ves que tú no tuviste nada que ver —dijo.

Ella callaba.

—Nada en absoluto —insistió él.

Esta vez ella se encogió de hombros, pero tampoco dijo nada.

Él alargó el brazo por encima de la mesa y le quitó la cuchara, la dejó en el tapete de rafia y le oprimió la mano. Ella no respondía.

—Paola, tú no tuviste absolutamente nada que ver. Lo hubiera matado de todos modos.

—Pero yo se lo puse más fácil.

—¿Te refieres a la nota?

—Sí.

—Hubiera buscado otra cosa. Se hubiera servido de otro pretexto.

—Pero se sirvió de eso. —Su voz era firme—. Si yo no hubiera brindado un móvil, quizá ese hombre no hubiera muerto.

—Eso no lo sabes.

—No, ni lo sabré. Eso es lo que no puedo soportar, no saber. Y siempre me sentiré responsable.

Él hizo una pausa, hasta reunir el valor para preguntar:

—¿Volverías a hacerlo? —Ella no contestaba, y él insistió, porque necesitaba saberlo—: ¿Volverías a tirar aquella piedra?

Ella se quedó pensativa mucho rato, dejando la mano inmóvil bajo la de él. Al fin dijo:

—Si sólo supiera lo que sabía entonces, sí, volvería a hacerlo.

Como él no contestara, ella giró la mano y oprimió la de él interrogativamente. Él miró las manos y luego la miró a ella.

—¿Qué dices? —preguntó Paola.

Él, con voz átona, respondió:

—¿Necesitas que yo lo apruebe?

Ella movió la cabeza negativamente.

—No puedo, ¿comprendes? —dijo él no sin cierta tristeza—. Pero sí puedo decirte que no eres responsable de lo que le ocurrió.

Ella meditó sus palabras.

—Ah, Guido, tú siempre empeñado en remediar los males del mundo.

Él tomó la taza con la mano libre y bebió otro sorbo.

—Y no puedo.

—Pero eso es lo que quieres, ¿verdad?

Él se quedó pensativo y al fin dijo, como el que confiesa una debilidad:

—Sí.

Ella sonrió y volvió a oprimirle la mano.

—Creo que basta con querer.

Otros títulos de Donna Leon:

Muerte y juicio

Vestido para la muerte

Acqua alta

Mientras dormían

Nobleza obliga

Rosalba garcia

84469316